巫師 II

雙重魔法

Twice Magic

克瑞希達・科威爾

Cressida Cowell

本書給最親愛的克萊門汀，在此獻上我的愛

這則故事有兩個小英雄。

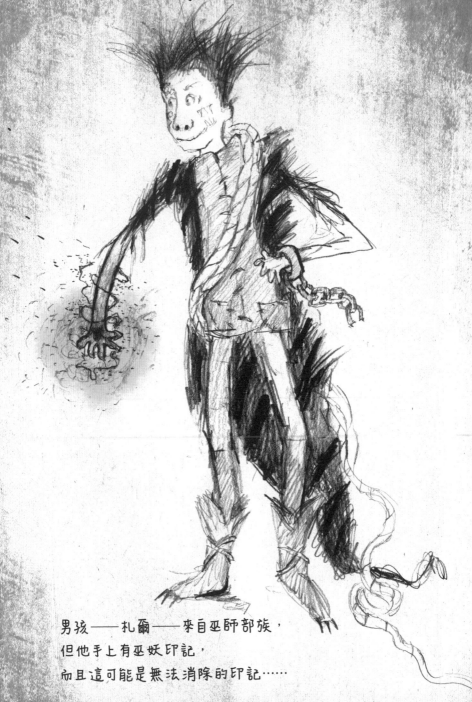

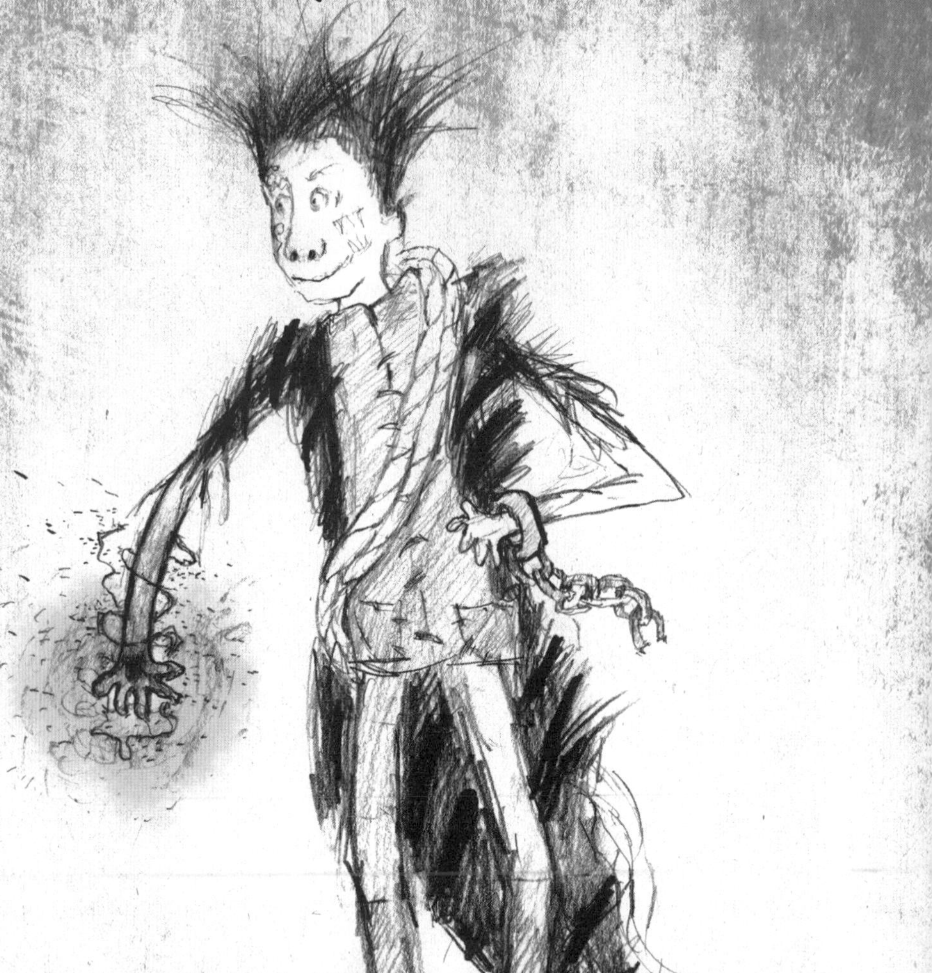

男孩——扎爾——來自巫師部族，
但他手上有巫妖印記，
而且這可能是無法消除的印記……

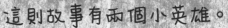

女孩——希望——

來自戰士部族，

但她有股強大又神祕的力量：
操控鐵的魔法。

戰士帝國
占領地
通往戰士帝國中心
甜美小徑
戰士鐵堡
戰士帝國
希剋
銳絲的女王國
希剋銳絲女王的新牆
（建在上一座牆的殘骸上）
林
鋸齒河

通往巨人的足印的海路
北
東
西
南
不朽之崖
死亡堡
巨人國
巫妖山脈
甜美小徑
怪鼻領土
（沼澤地）
戈閔克拉監獄
骷髏海
佐卡恩的王國
甜美小徑
巫師
迷失湖
西海漩渦
注意：請勿進入那個方向

從前從前，
魔法第二度
出現……

楔子

請想像一個巨人仍存在世上的時代。

那是很久很久以前的事了，在那個久遠的時代，不列顛群島還不知道它們是不列顛群島，這片土地布滿野林。森林中，有兩派互相仇視的人類。

「巫師部族」有史以來一直住在森林裡，這些騎巨大雪貓的人和森林一樣，擁有魔法。另外一派人是「戰士部族」，他們用閃亮的劍與火焰獵殺魔法，建造堡壘、農田與全新的現代世界。

在戰士和巫師的鬥爭中，戰士占上風，因為他們使用「鐵」做的武器……

……而「鐵」是唯一不受魔法影響的物質。

這是一個巫師男孩和一個戰士女孩的故事，他們總是樂呵呵地、對未來充滿希望，腦袋裡也有很多好點子，但他們從一出生就學會憎恨對方，把對方視若毒物。這是他們相遇的故事，男孩和女孩學會作朋友，還有從對方的角度看事情。這個故事很希望自己是一則「快樂」的故事……但不幸的是，在上次歡快的冒險中……

小英雄們不小心把囚禁在石頭裡好幾百年的「巫妖王」給放了出來……神祕的野林中，再次出現「巫妖」的蹤影。

親愛的讀者，我不想嚇你，但我必須說：巫妖有覆滿羽毛的翅膀和酸血，每隻手有五根尖爪，比剛磨好的劍還要鋒利。

假如他們心地善良，這也沒什麼。

可是巫妖是痛恨所有善良事物的邪惡生物，他們喜歡把知更鳥的心臟挖出來吃，更恨不得毀了整個世界和世界上的一切。

而統領巫妖的，就是巫妖王……

沒有人知道巫妖王現在躲在哪裡，不過「我」知道。

我要那個男孩，巫妖王邪惡的心思全擠在他腦中。**我要那個即將屬於我的男孩，因為「他」可以把能操控鐵的女孩帶來我面前……只要「得到」她的魔法，我將所向無敵……**

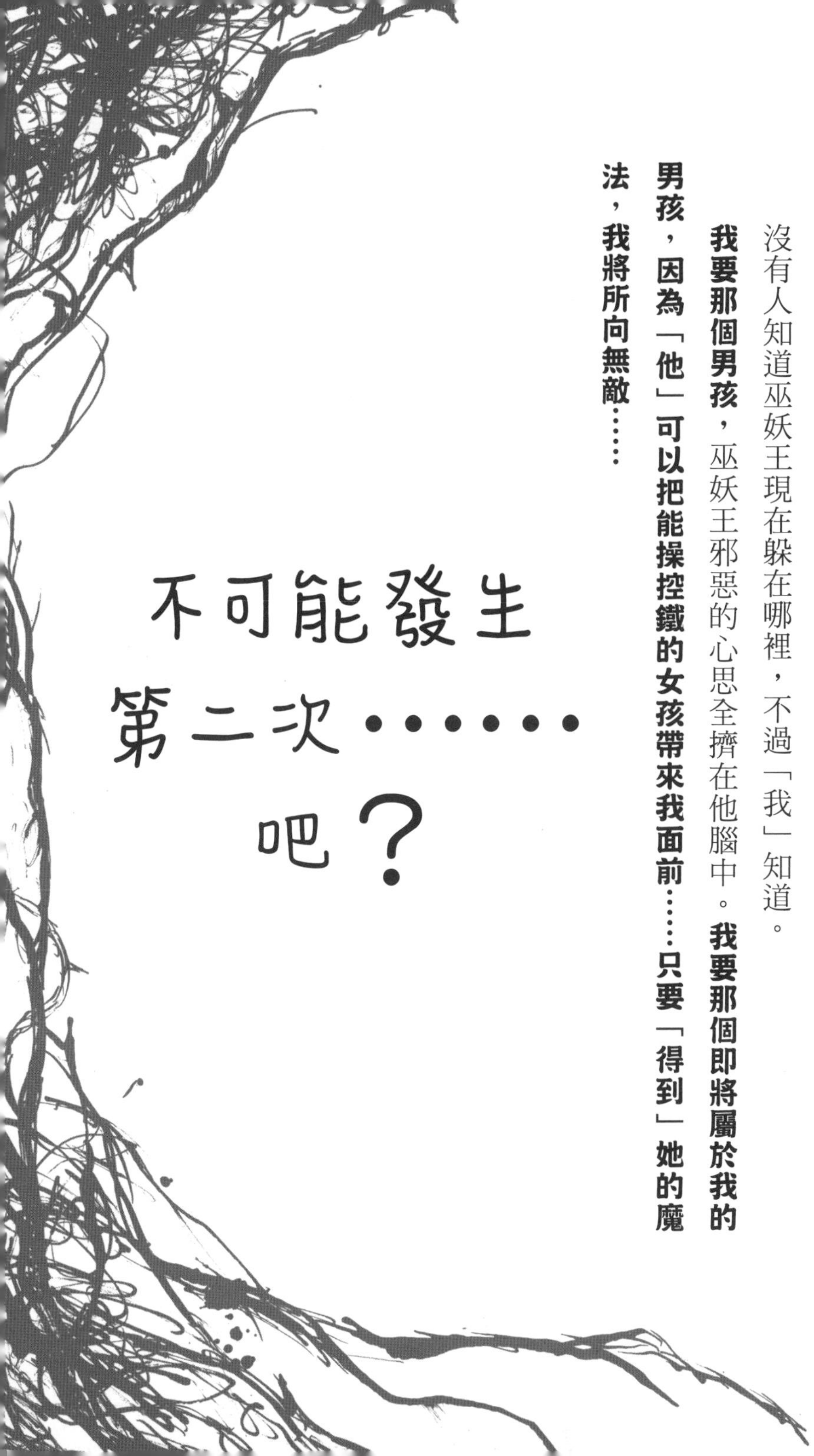

不可能發生第二次……吧？

親愛的讀者，你別擔心！巫妖王的計畫不可能實現，因為札爾被囚禁在戈閔克拉監獄，沒有人能逃出這所監獄——對札爾來說這不是好消息，但就如我們知道白晝過後是黑夜，我們也知道，這代表巫妖王和他的巫妖闖不進監獄。

至於希望？希望可怕的母親——偉大的戰士女王希剋銳絲——為了防止巫妖入侵，在整座女王國西部邊境蓋了一座巨大的牆，這座牆高到連長步高行巨人踮起腳尖，也看不到另一側。

所以，在我們要說的這則小故事裡，小英雄們根本不可能相遇，也不可能遇到巫妖王。

他們第一次相遇已經很不可思議了。

這是已經發生過「一次」的事情。

我是這個故事裡的某個角色……我能看見一切、知悉一切，但我不會跟你說我是誰。你猜到我是誰了嗎？循著墨水編織的道路，踏上故事的旅程吧（別走丟了，這片森林很危險的）。

PART
One
Escape
第一部 脫逃

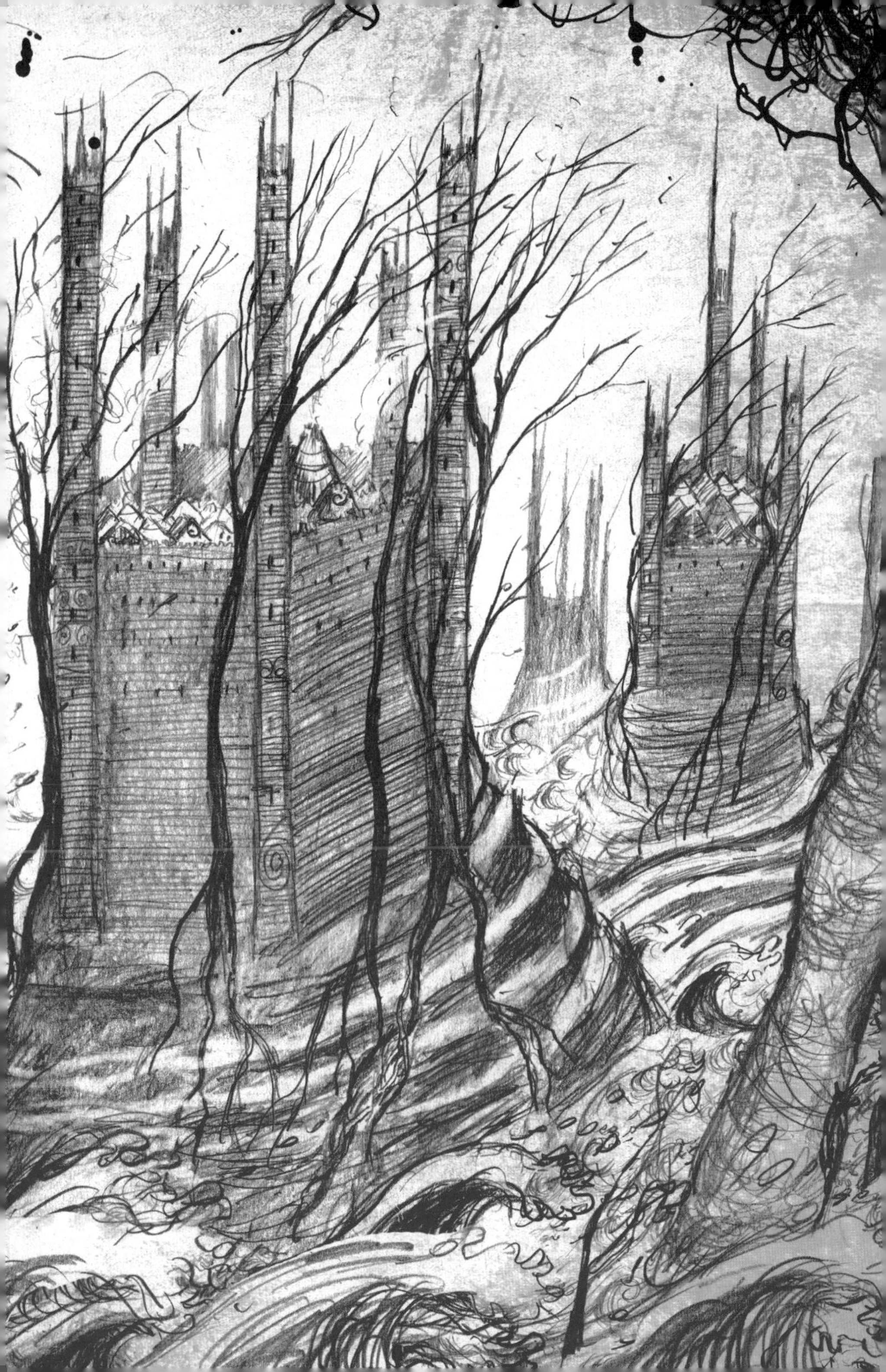

戈閔克拉監獄

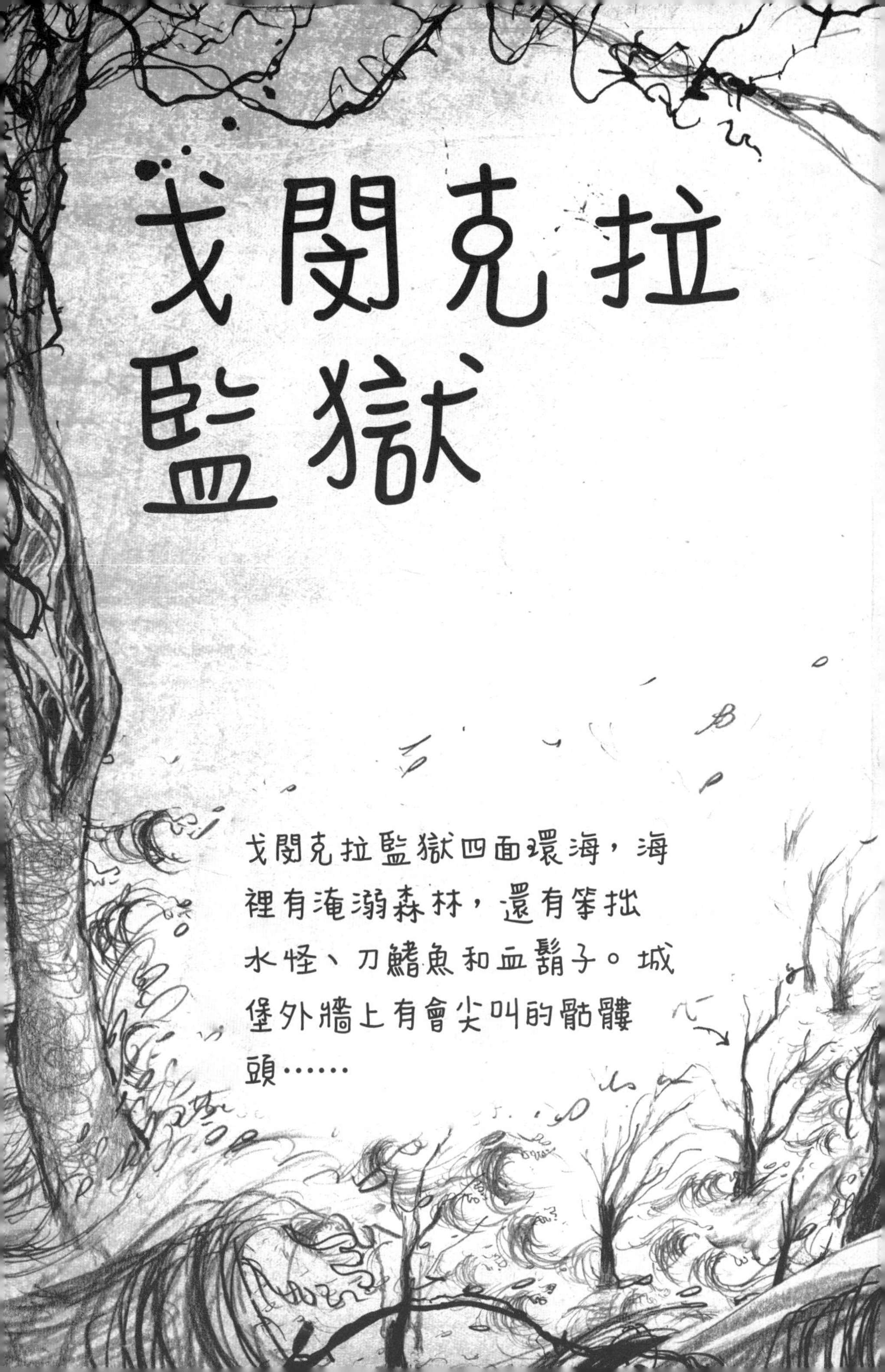

戈閔克拉監獄四面環海，海裡有淹溺森林，還有笨拙水怪、刀鰭魚和血鬍子。城堡外牆上有會尖叫的骷髏頭……

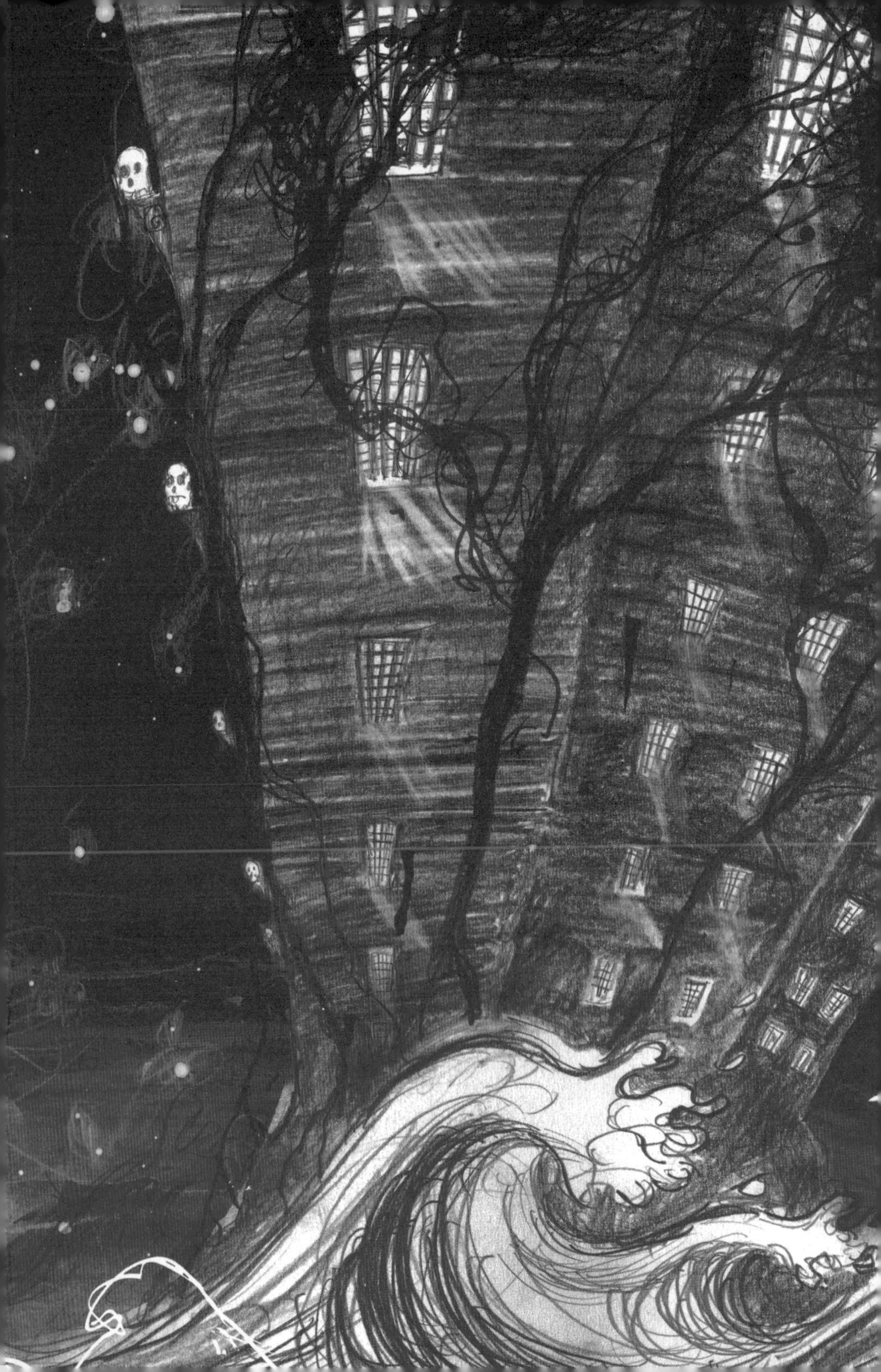

沒有人逃得出恐怖
的戈閔克拉監獄
骷髏海

第一章　逃出戈閔克拉監獄是不可能的任務

時間是仲冬末之夜前兩個星期，午夜過後一刻鐘，戈閔克拉監獄——黑魔法及邪惡巫師再教育與遷善中心——最陰暗的高塔外牆上，一個十三歲男孩抓著隨時可能散掉的自製繩索，搖搖晃晃地掛在窗外。

（這所監獄的名字很長，它不是什麼普通監獄，而是野林中最牢固、最難以攻陷的監牢。）

男孩的名字叫札爾（英文拼法是「Xar」——別問我為什麼，拼字是門奇怪的學問），此時此刻，他真的、真的、真的不該在那裡。

他應該在監獄「裡面」，而不是在窗戶「外面」，掛在海平面上五十英尺的高空。這是監獄最重要的規定之一，札爾應該很清楚才對。

可是，札爾不是那種乖乖守規矩的男孩。

札爾總是先行動後思考，之所以被關進戈閔克拉遷善中心、被稱為巫師王國四代以來最調皮、最粗野的男孩，都是因為他沒有三思而後行。

我把札爾做過的事情說給你聽，你自己判斷他是不是巫師王國最調皮、最粗野的男孩……

過去一週，札爾做了這些壞事：

他在野山怪獄卒的葡萄酒裡下了睡眠魔藥，結果那不是睡眠魔藥，而是詛咒魔藥……他為了爭取逃跑的時間，把德魯伊最高統帥部所有人的屁股都黏在椅子上——但他忘記把椅子黏在地板上，所以德魯伊全都帶著黏在屁股上的椅子追趕札爾……他偷喝了一些隱形魔藥，結果只有他的頭隱形，負責再教育的

德魯伊走進札爾的牢房時嚇了一大跳，還以為有無頭幽靈入侵監獄……

這些不算是札爾故意做的壞事，而是他嘗試越獄過程中發生的種種意外。札爾雖然是個隨遇而安、自在樂觀的人，關在獄中這兩個月對他來說也不好過，在監獄裡，他壓力大到平時翹起來的頭髮垂了下去，有時他甚至覺得自己走投無路了。

所有人都曉得，關在戈閔克拉的囚犯不可能越獄，但札爾從不在意成功的可

能性，因此，即使別人看到他現在的處境會覺得他很慘，以一個抓著隨時會斷裂的繩索、在住著笨拙水怪、刀鰭魚和血鬍子的海洋上空晃來晃去的人而言，札爾對自己的表現十分滿意。

他那雙毫無睡意的眼睛，閃爍著興奮與希望的光芒。

「你們看！」札爾驕傲地小聲對夥伴們說。「我就說可以逃出去！我們做得超棒！我們已經快要逃出去了！」

札爾說得沒錯，他們能走到這一步已經很了不起了。

戈閔克拉黑魔法及邪惡巫師再教育與遷善中心，是為了囚禁魔法世界最恐怖的怪物而建，關在這所監獄裡的魔法生物數不勝數，有床邊妖怪、大小和野蠻程度不一的山怪、巫師肯特傑克、熊地精、凱爾派水魔還有陰森安妮絲，甚至，很久很久以前滅絕的恐怖生物——**巫妖**——也曾被關進戈閔克拉。現在，一度絕跡的巫妖又重返野林了。

從來沒有人成功逃出戈閔克拉監獄，即使是黑暗小妖精、巨大又可怕的野

寶寶

山怪和擁有殘暴魔法的邪惡巫師也一樣。當然，有不少人和魔法生物試過，多年來，小妖精們也時常講述囚犯逃獄失敗的傳奇故事——但從來沒有人活著逃出戈閔克拉。

　　就算你僥倖逃出監獄圍牆，牆上的骷髏沒有發出尖叫警報，你也離不開戈閔克拉那幾座陰森高塔所在的七座小島。這七座小島位在波濤洶湧的海上，人們為這片海洋取了個漂亮的名字：骷髏海，即使你沒有被危險的海水吞噬，凶殘的血鬍子人魚也會從海底的淹溺森林游上來，把你拖回他們的洞窟。

　　札爾是巫師之王——魔法大師恩卡佐——的兒子，又是個魅力十足的男孩，身邊聚集了不少追隨者。

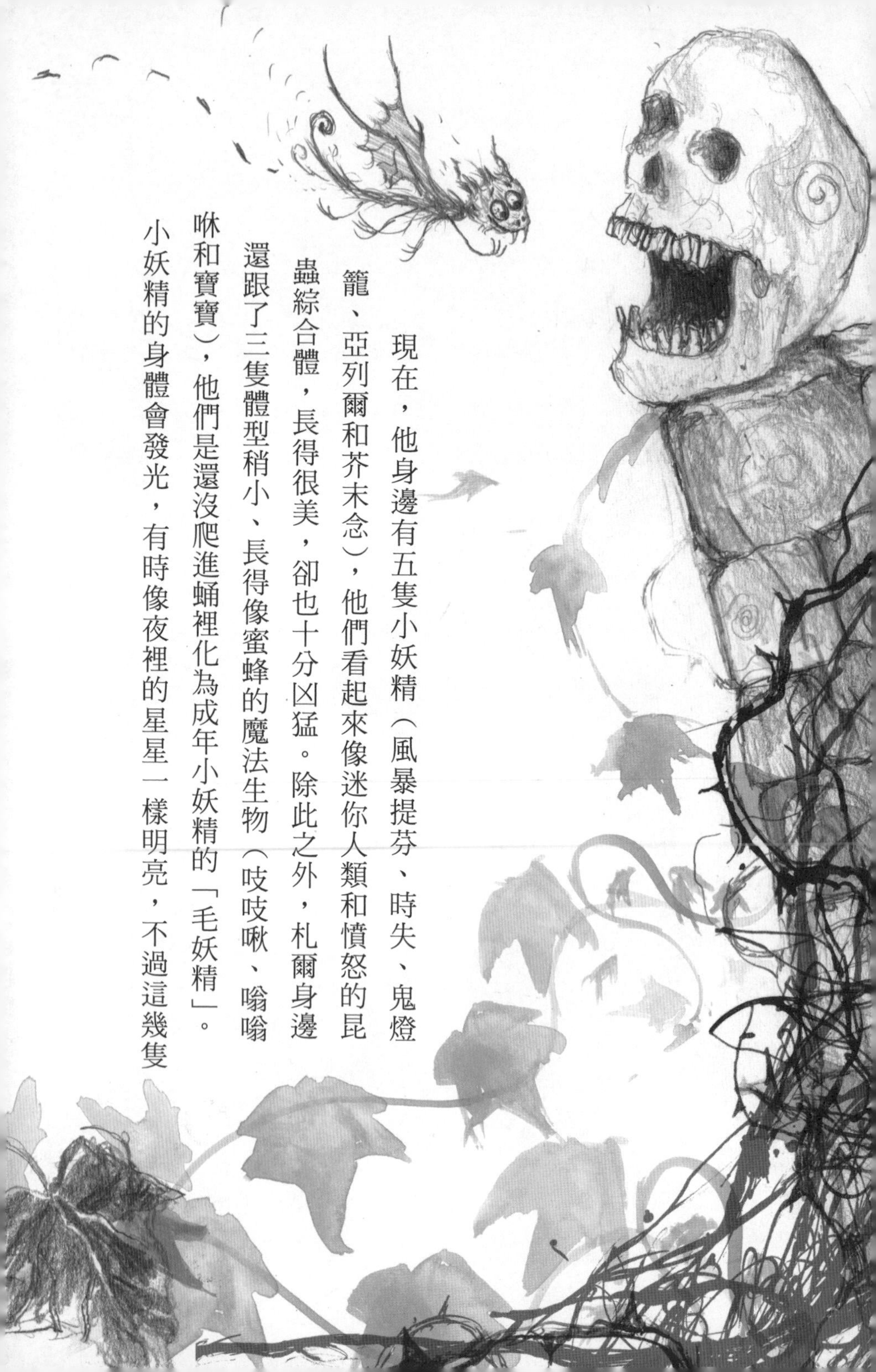

現在，他身邊有五隻小妖精（風暴提芬、時失、鬼燈籠、亞列爾和芥末念），他們看起來像迷你人類和憤怒的昆蟲綜合體，長得很美，卻也十分凶猛。除此之外，札爾身邊還跟了三隻體型稍小、長得像蜜蜂的魔法生物（吱吱啾、嗡嗡咻和寶寶），他們是還沒爬進蛹裡化為成年小妖精的「毛妖精」。小妖精的身體會發光，有時像夜裡的星星一樣明亮，不過這幾隻小妖精不想被人看見，所以他們只讓身體散發微乎其微的光芒。

這幾隻小妖精是札爾忠誠的追隨者，他們之前安靜又隱形地溜進戈閔克拉監獄，試圖幫札爾越獄。

「主人，逆說得對！」其中一隻毛妖精——吱吱啾——小聲說。吱吱啾有六隻腳，體型比大黃蜂大一點，仍小到能坐在人類手上。他興奮地在札爾的頭旁邊飛來飛去，說：「逆說的『永遠』是對的！所以逆是領袖，逆永遠不會讓我們遇到危險！喔喔！這是什麼超級無敵好玩有趣的山洞？」

那座「超級無敵好玩有趣的山洞」，其實是嘴巴大開的骷髏頭，吱吱啾飛進去一探究竟時，骷髏頭的嘴巴不祥地「喀啦」一聲闔起來，眼眶彷彿還有眼皮，也跟著緊緊閉上。「哈囉？」吱吱啾在骷髏裡焦急地嗡嗡作響，小小的聲音在裡頭迴響。「哈囉？窩覺得窩被困住了！」其他小妖精笑到差點忘記飛行，札爾連忙緊張地警告他們：「誰都不准越過城牆！這座城堡周圍有魔法結界，進來沒問題，可是不行穿過結界出去！」

骷髏頭在札爾搆不到的位置，他不得不用繩子綁住腳踝，冒著摔死的危險，倒吊著救吱吱啾。札爾非常、非常小心地打開骷髏頭的顎骨，讓吱吱啾飛出來。吱吱啾得意地尖呼：「窩沒事！大家別擔心！窩『沒事』！」

札爾拉著繩子盪回去，爬到牆上一個石磚稍微凸出、較能安全地站著的地方。他對興致勃勃的同伴解

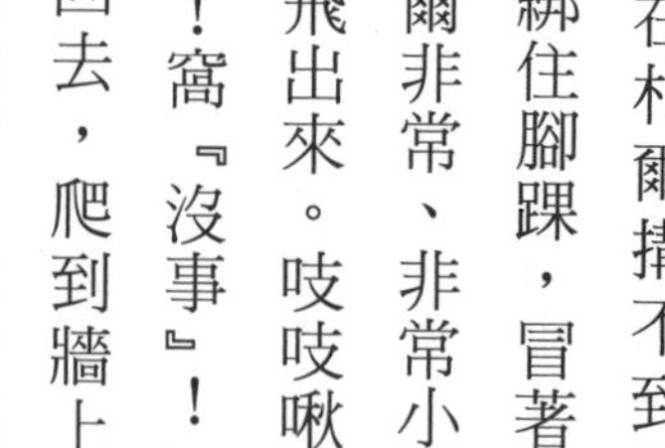

釋，那些骷髏頭會尖叫，它們是戈閔克拉的終極防衛措施之一。就算你只有一根手指越過監獄的邊界，骷髏頭也會張大嘴巴發出令人毛骨悚然的尖叫，接著，被叫聲喚醒的獄卒會一起來追殺你。

札爾冒生命危險救吱吱啾這件事，並不令人意外。他年紀輕輕就時常帶著一眾追隨者惹是生非，但也總是盡量幫追隨者「化解」是非，即使這讓自己陷入危險，他也不會退縮。

除了小妖精和毛妖精，札爾身邊有隻會說話的渡鴉——渡鴉看見札爾倒吊著從會尖叫的骷髏頭口中拯救毛妖精，嚇得用翅膀遮住眼睛——還有一隻身高七呎半、名叫孤狼的孤獨胡言尖齒狼人。札爾提到戈閔克拉的獄卒時，孤狼發出焦慮的低哼。

札爾是在監獄裡認識孤狼的。和孤獨胡言尖齒狼人當朋友不是非常明智的選擇，但無論是札爾或狼人都沒有別的選項，因為他們都想逃離這座監獄。

孤狼壓抑地發出不滿的號叫。

「那個狼人在說什麼？」渡鴉問道。

會說話的渡鴉名叫卡利伯，他本來長得很漂亮，但他奉魔法大師的命令防止札爾惹麻煩，這項不可能的任務和隨之而來的憂慮，害他不停地掉羽毛。

「他的意思好像是：我們為什麼往這邊走？」札爾說。

在場只有札爾學過狼人語，但札爾上課總是不專心。而且狼人說話口齒不清，有時「唔」會聽起來像「咕」、「嗚嗚啊啊啊」會聽起來像「呃呃嘎啊啊」，很容易翻譯錯。

「我們往這邊走，」札爾解釋。「是因為我們要溜進德魯伊統帥的房間……這是我們越獄計畫很重要的環節……」

孤狼驚恐地小聲嚎叫，他大力揮動毛茸茸的爪子，差點忘記抓緊繩索。

「你不該越獄的！我們也不該幫你！」卡利伯緊張地搧著翅膀說。「但假如我們真的要幫你越獄，不是該低調一點嗎？粉碎者和你的動物在西邊城牆外等我們……」

（粉碎者是長步高行巨人，他和狼、雪貓與熊也都是札爾的同伴。）

「我們應該去和粉碎者他們會合才對啊！」卡利伯指出。「我們應該趕快從西邊城牆跳下去找他們，不該把越獄的計畫告訴別人，更不該去找典獄長喝香草茶聊天！」

「所以從來沒有成功逃出這間比腋窩還臭的鬼地方。」札爾說。「孤狼，你之前也想越獄對不對？你試過幾次？」

狼人咕噥一聲，聽起來有點像：「二十三……」

「我就說吧。」札爾說。「大家，相信我！我有一個計畫，這應該是野林史上最狡猾、最出色、最大膽的越獄計畫……」

札爾這個人有很多優點，可惜他一點也不謙虛。

一小群魔法生物一吋一吋沿著繩索往下爬，來到德魯伊統帥房間的外側窗臺。他們往窗內偷窺。

這間房間也許是星形，或是圓形，或是五邊形，誰曉得呢？牆壁會在你眼前自行移動，地板浮動的樣子和海浪沒兩樣，天花板和天空幾乎沒有差別，光是看到這樣的房間就足以讓人頭暈目眩。

房間裡只有一樣東西沒有亂動，那是一張巨大的書桌。

三個巫師坐在書桌旁談話。

其中一個巫師是戈閔克拉監獄的德魯伊統帥，札爾指向德魯伊統帥手裡的法杖。

「我們來這裡，就是為了它……」札爾悄聲說。「**因為德魯伊統帥的法杖可以控制城堡裡的所有東西**。」

「喔喔喔不……喔不不不……」渡鴉卡利伯震驚又急迫地輕聲說。「你的計畫，該不會是偷走控制城堡的法杖吧？」

札爾點點頭。這就是他大膽的計畫。

「太太太聰明啦！超級無敵聰明！」吱吱啾尖聲說。他激動地飛來飛去，激動到差點吐出來。

「噓……」其他魔法生物小聲提醒他。

狼人輕輕「嗯」了一聲，或許是表示贊同。札爾的計畫還不錯，至少這是孤狼沒有嘗試過的做法。

然而，札爾和毛茸茸的狼人並肩偷窺房裡那三個人時，他嚇了一大跳，差點摔下窗臺。

因為，他突然認出了和戈閔克拉監獄德魯伊統帥談話的另外兩個巫師。

「那是我父親……還有我哥哥……」札爾小聲說。

沒錯，房裡的人確實是魔法大師兼巫師之王兼札爾的父親——壯闊的恩卡佐——以及札爾的哥哥劫客。

札爾感覺到恐懼和羞愧感在體內蔓延，一開始只有胃不安地翻騰，接著，羞愧讓他的臉又紅又燙。

札爾被德魯伊士兵逮捕時，恩卡佐和劫客剛好出遠門，到巫妖山脈評估巫妖對巫師部族的威脅。

所以，他們還不知道札爾被關進戈閔克拉監獄的原因……札爾非常、非常不想讓父親和哥哥發現真相……

札爾把耳朵湊到窗邊，勉強能聽見三個巫師的對話。

「你們德魯伊趁我不在，偷偷摸摸地溜進我的王國，把我的兒子綁走了！」恩卡佐氣沖沖地說。「我要你立刻放了他！」

札爾的父親恩卡佐是個個子很高、法力高強的巫師，他的法力強到別人很難直視他，他身體輪廓在魔法的作用下不停變動，說話時魔力會以雲朵和蒸氣的形式從頭頂冒出來，十分壯觀。此時恩卡佐看上去有點疲倦，因為他很努力帶領人民對抗巫妖，已經身心俱疲。

德魯伊統帥比恩卡佐還要高，他身材細瘦，長相尖酸刻薄，一雙眉毛長到被他編成辮子。他年紀很大，身體變得和樹有點像——手指像細枝一樣彎折、扭曲，一張臉和古木的樹皮同樣又綠又皺。

德魯伊統帥

沒有惡意，但他深信自己想的一切、做的一切都是對的，其他人都錯了。隨著時間過去，這樣的想法非但不會讓你變溫和，還會讓你變得刻薄而不近人情。我們變老的時候，原本的個性會越來越濃縮，這位德魯伊統帥也是一樣，如果每個人都是一種飲料，那他想必是最難聞、最毒的飲料。樹皮般皺巴巴的臉上，嵌了兩顆惡狠狠、老愛批判別人的小眼睛，那雙尖爪般的手也總是緊緊握著法杖。

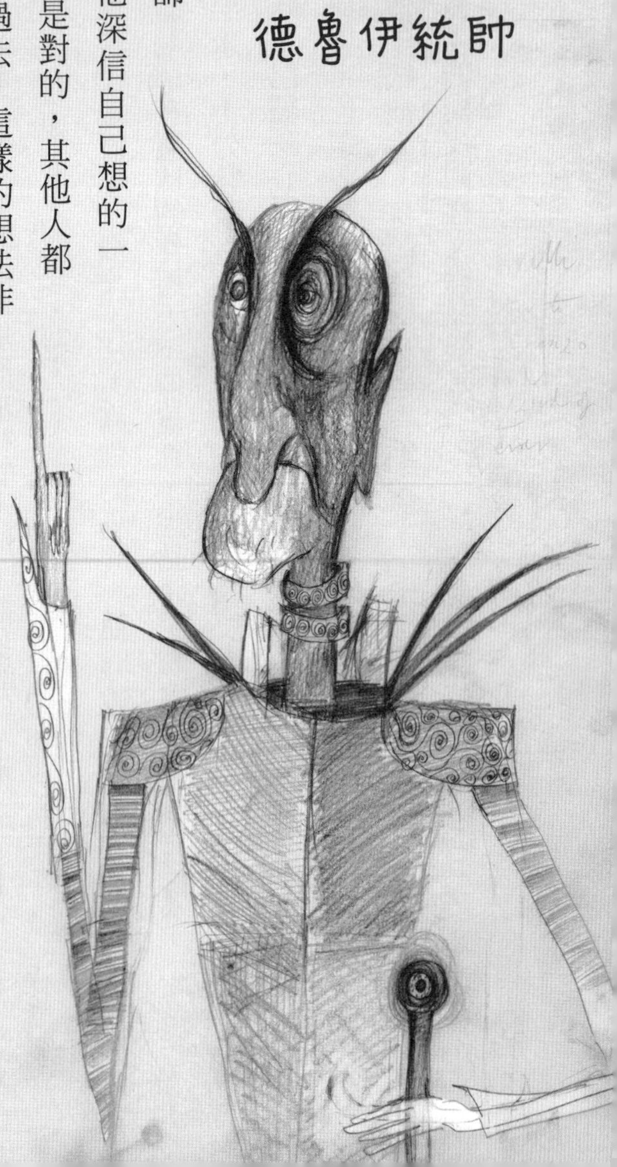

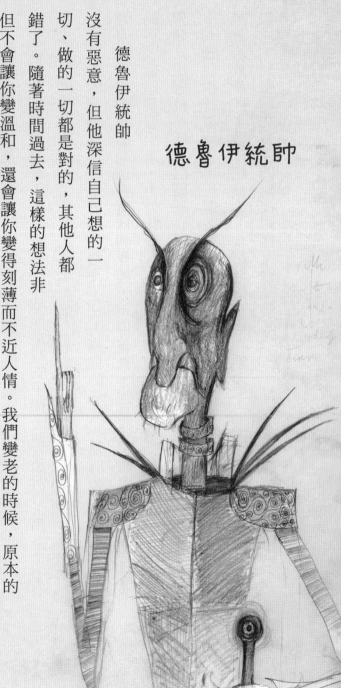

「我把札爾關在這裡，不是為了好玩！」德魯伊統帥怒斥。「他來到這座監獄才短短兩週，就完全擾亂了這裡的秩序！他沒來由地趁『號叫毛屁股山怪』在牢房裡睡覺時，偷偷剪了那頭山怪尾巴的毛髮，過了五天那頭山怪還氣得整晚號叫，害西塔的其他人都睡不著覺……」

「喔，」恩卡佐若有所思地說。「我還想說遠方為什麼會傳來奇怪的叫聲，原來是這個原因啊。」

「我才不是沒來由這麼做！」札爾悄聲對同伴說。「有了那些毛，我才能完美地假扮成留鬍子的大腳怪士兵……」

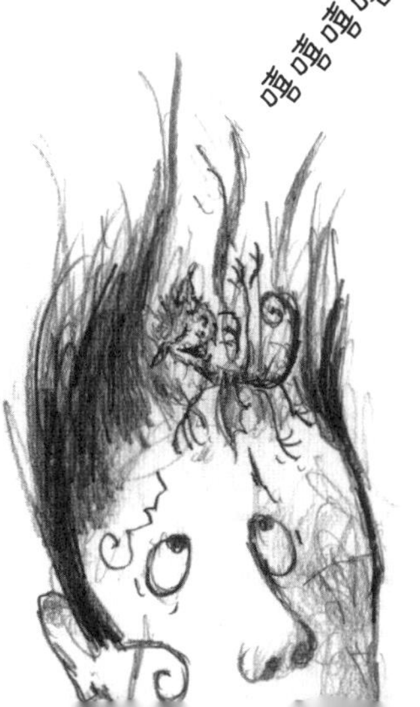

「札爾，沒有人會相信你年紀大到可以留鬍子！」卡利伯指出。「而且大腳怪士兵身高都超過六英尺！」

「我的完美計畫的確有一點點瑕疵。」札爾承認。

那還不是唯一的瑕疵——號叫毛屁股山怪冬季換毛時，會變成漂亮的午夜藍，札爾的裝扮不到五分鐘就被德魯伊獄卒識破了，因為他們和卡利伯一樣，不相信世界上有留著藍鬍子、只有五呎高的大腳怪士兵。

德魯伊統帥還沒說完，他忙著列出札爾在監獄裡做過的每一件壞事：

「……他趁我的侍衛巡邏的時候，在他們褲子裡放癢癢粉……他偷了獄卒的披風和斗篷，丟進吸血狗的犬舍……他把野山怪的臭襪子丟進大家的早餐燕麥粥，那頓早餐吃起來像噁心的臭雞蛋……」

「都是意外……這些不是意外就是誤會……」躲在窗外的札爾小聲說。

「然後，那個肆無忌憚的小鬼，」德魯伊統帥終於說到最後一件事了。「竟然在德魯伊最高統帥部全員安安靜靜地坐下來享用晚餐時，把我們的屁股都黏在椅子上！那個小鬼實在不可理喻、莫名其妙、**不可饒恕**！」

最後這件事令德魯伊統帥特別憤怒，因為他是個有威嚴的人，他一點也不喜歡黏著一張椅子去醫療所看診。當時他無可奈何地用斗篷罩住椅子，但那是一張很大的椅子，喝了一堆詛咒魔藥的野山怪獄卒看了一直指指點點，到現在，德魯伊統帥想起那幾隻野山怪說的話，還是覺得羞憤難當。

「那還滿好笑的。」札爾回想起當時的情景，笑著坦承。「可是那也是意外！誰叫他們要把我關在這裡，我當然會想辦法逃獄啊！」

「你說的這些，不過是我兒子調皮搗蛋。」恩卡佐鬆一口氣說。「我知道他有時候很煩人，他早該變成熟了，但這些事情並不**邪惡**……他只是厭倦了監獄裡的生活，老實說，我一點也不怪他……」

「我是戈閔克拉的典獄長，」德魯伊統帥抿脣說。「怎麼可以讓你兒子完全毀了這裡的秩序？他被關在這裡，是因為他嚴重威脅到魔法社會。」他邊說邊站起來。「話雖如此，我可以帶你去看他，你親眼看到他就知道了，他現在很安全。跟我來……」

德魯伊統帥的房間裡，擺著許多巨大的鏡子，這些不是普通的鏡子，你可以在鏡中看見城堡裡每一間房間。戈閔克拉監獄的德魯伊統帥能隨時看到整間監獄的狀況。

德魯伊統帥指向鏡子，一面鏡子變得模糊不清，漸漸浮現監獄戒備最森嚴的區塊——一間小牢房內部的景象。

「房間是空的。」巫師之王恩卡佐說。

正如恩卡佐所說，牢房裡空無一人。

德魯伊統帥不可置信地盯著空空蕩蕩的牢房。「怎麼會這樣！」他說。「這是札爾的牢房沒錯啊……他到底在哪裡？」

「你們這裡不是全野林最牢固、戒備最嚴的監獄嗎？」恩卡佐厲聲說。「你們該不會把我十三歲大的兒子**弄丟**了吧？」

「太奇怪了……」德魯伊統帥又氣又急。他朝每一面鏡子眨眼，鏡子迅速變得模糊又清晰，照出一間間牢房，監獄裡有野山怪、有巫婆黑安妮絲、有復仇妖精……就是沒有札爾的蹤影。「一定有完全合理的解釋……一定是獄卒幫他換了牢房，沒有告訴我……」

「天啊，我的天啊……」恩卡佐懶洋洋地說。「這也叫秩序嗎？我不得不說，看樣子你和獄卒溝通不良啊……統帥，我再重複一次，**我的兒子在哪裡？**」

「我在這裡。」一道聲音從他們背後傳來。

不幸的是，三名巫師遠離德魯伊統帥的書桌、站到鏡子前時，他們沒有取走擺在書桌上的法杖。

他們現在很、慢、很、慢地轉身……

……**札爾就站在書桌前**。

他身邊是隻七呎高的狼人，頭上有群飛來飛去的小妖精，以及一臉愧疚的卡利伯。

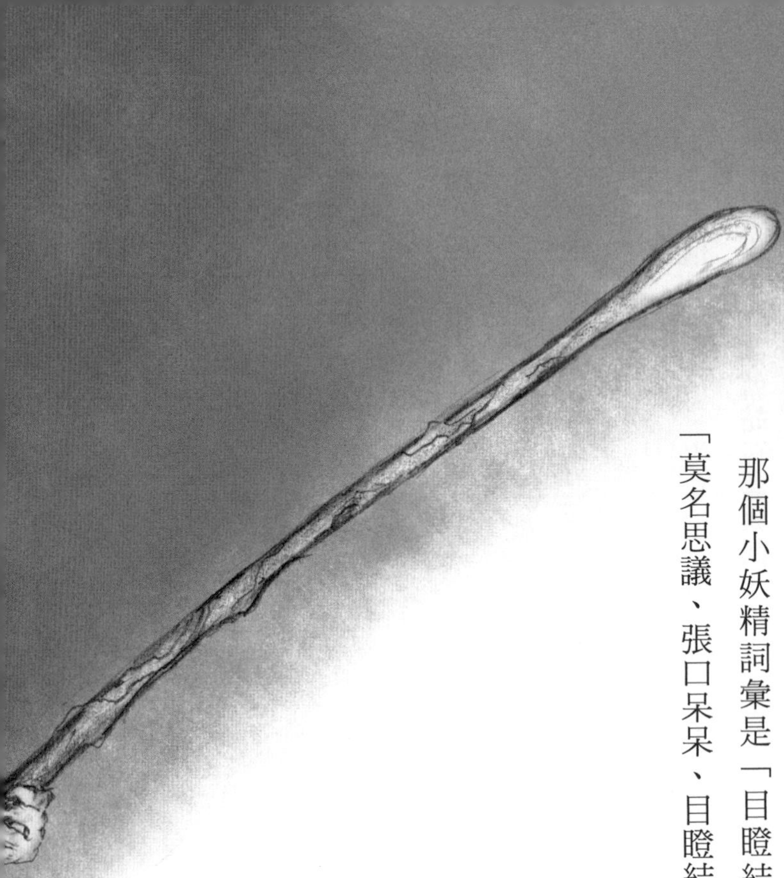

德魯伊統帥、恩卡佐和劫客看著札爾的表情，我們能用一個小妖精詞彙形容。

那個小妖精詞彙是「目瞪結舌」，更準確地說，是徹底「莫名思議、張口呆呆、目瞪結舌」。

札爾的小妖精

亞列爾
吱吱啾
寶寶
嗡嗡咻

第二章　我有沒有說過，逃出戈閔克拉監獄是不可能的任務？

「你好啊，父親。」札爾挑釁地說。他發現自己在顫抖，為此感到有點氣惱。

「你好啊，札爾。」魔法大師恩卡佐平靜地說。「我們剛才在找你，沒想到你就這麼出現了……你在做什麼？」

「我在逃獄。」札爾說。

「沒有人能逃出戈閔克拉監獄！」德魯伊統帥氣呼呼地說。

札爾和恩卡佐都沒有理他。

「既然你在逃獄，」巫師之王若有所思地說。「你來這邊做什麼？在我看來，一個以逃獄為目標的人，不該來德魯伊統帥的辦公室。」

「我也是這麼說的！」卡利伯表示同意。

「我建議你放下法杖，」巫師之王說。「我們理性對話。你現在狀況如何？你還好嗎？」

他這麼問，是因為札爾看似受到了驚嚇，而且有種說不出的疲倦。他翹起來的捲髮毫無精神地下垂，雖然他和平時一樣厚顏無恥，卻顯得像個走到窮途末路的人。札爾看起來像個惹了非常多麻煩的十三歲男孩。

「你們這群德魯伊，對我兒子做了什麼？」恩卡佐轉向德魯伊統帥，厲聲說。「你們**好大的膽子**，竟敢虐待巫師之王的兒子？」

「你可以問問你兒子，我們把他關在監獄裡是為什麼。」德魯伊統帥冷笑著說。「這麼一來，你或許就會明白我們這麼做的原因。問啊！你問他啊！」

「札爾，你為什麼會被抓來坐牢？」恩卡佐鎮定地問。

札爾絕不會回答父親的問題。

他沒法對上父親的視線，他感覺自己尷尬得滿臉通紅。

「你不把真相告訴你父親嗎？」德魯伊統帥幸災樂禍地說。「莫非你……感到羞愧？」

札爾緊緊握住法杖。「不要告訴他！」他央求。

「他被我們抓來這裡，」德魯伊統帥大聲說。「是因為他用了巫妖的魔力！」

房間裡充斥著令人不安的沉寂。

「這是真的嗎？」巫師之王發問。情況和札爾想的一樣慘，他父親聽起來非常、非常失望。

而且不幸的是，德魯伊統帥說的是實話。

巫師並非一出生就有魔法，魔法通常會在巫師小孩十二歲的時候降臨。札爾已經十三歲了，魔法卻還沒降臨，對任何巫師小孩——尤其是像札爾這麼驕傲的巫師男孩——來說，這都是非常丟臉的事。堂堂巫師之王、魔法大師的兒子，居然沒有魔法？太不可思議了！

於是，六個月前，札爾決定鋌而走險，設法得到屬於自己的魔法。

那是將近絕望、十分愚蠢，而且萬分危險的計畫。

札爾故意劃破自己的手，讓巫妖血和他自己的血混融，這麼一來他就能使用巫妖的魔力。

他右手有很明顯的十字印記，那是巫妖血進入他身體的地方。札爾之前想辦法把印記藏起來，但德魯伊可以用特殊方法知道別人有沒有使用黑魔法，他們在恩卡佐出遠門時，到恩卡佐的堡壘逮捕了札爾。

「那個小鬼藏在背後的手臂，就是有巫妖印記的手臂。他用手上的巫妖印記施展了禁忌的魔法。」德魯伊統帥說。「不瞞你說，我發現的時候非常驚訝。」他接著說。「一個像你這般法力高強的魔法大師，竟然沒發現自己的兒子在用黑魔法……」

札爾的父親為什麼沒有發現呢？

有時，就算孩子的缺點昭然若揭，父母也不願相信自己的孩子是壞小孩。

「把手伸出來給我看。」恩卡佐雖然這麼說，他一看到札爾內疚的表情，就明白德魯伊統帥沒有說謊。

札爾想讓這件事快快過去，他伸出藏在背後的手臂，脫下他用來隱藏巫妖印記的手套。

「它看起來很可怕，但其實還好。」札爾帶著一絲希望說。

恩卡佐震驚得全身僵硬，身體輪廓隨著憤怒的魔力閃爍不定。

札爾的手，只能用怵目驚心來形容。

小妖精們看到他的手臂，嚇得嘶嘶亂叫。小吱吱啾把尾巴夾在雙腿間，縮在空中不停發抖。

「札爾好可憐……」吱吱啾輕聲說。

鮮綠色巫妖印記已經從札爾的手蔓延到手腕，而且它似乎像瘀傷，像緩緩纏繞、絞殺小樹的常春藤，會持續擴散到札爾全身。

札爾真的好可憐。

六個月前那個午夜，札爾在惡林的瘋狂計畫，已經讓他吃足了苦頭。

「札爾，你做過的蠢事多到不勝枚舉，」恩卡佐犀利地說。「但這絕對是最蠢的一件。」

「父親，我之前就說了！」札爾的哥哥劫客幸災樂禍地說。「他不但是**沒有魔法**的巫師，還用了巫妖的魔力！他讓我們家族丟臉！難怪德魯伊會把他抓起來關！」

札爾感覺越來越羞愧，臉越來越紅，眼睛也越來越想哭。

「那是因為我的魔法早該降臨了！」

札爾試著解釋。「父親，你不懂，別人都有魔法，就只有我沒有。你不懂我的感受！」

「唉，札爾……」巫師之王搖頭說。他感覺自己越來越火大。札爾為什麼總是害他面對這種窘境？他今天是來要求德魯伊統帥放札爾自由的，沒想到德魯伊統帥把札爾關進監獄，原因很合情合理。

「你有這種魔法，為什麼沒告訴我？我明明可以想辦法幫你消除印記的啊！」恩卡佐越說，眉毛就像雷雨雲似地沉得越低。「那你們呢，卡利伯？亞列爾？怎麼從頭到尾都沒有人把這件事情告訴我？」

卡利伯看起來更慚愧了。「他這麼信任我們，」卡利伯說。「我們怎麼能背叛他呢？」

「我保證，我會改正這一切。」

「您叫我們輔佐札爾，沒有叫我們監禁他……」亞列爾嘶聲說。他飛到札爾肩膀旁邊保護小主人，對巫師之王露出尖銳的牙齒，威脅性地低鳴。

這回，輪到恩卡佐臉紅了。

「我沒有監禁他！」

「你沒有監禁他，

那還好我們有！」德魯

伊統帥說。「這個小鬼對整個魔法社會造成非常嚴重的威脅，在我們消除他偷來的黑魔法之前，不能放他出去。」

「那你們為什麼不能教我怎麼『控制』巫妖魔法？」札爾說。「只要你們教我，我就可以控制它……又不會怎麼樣……」

「幾乎沒有人能控制巫妖魔法，」德魯伊統帥說。「你這種自私又衝動的小鬼，還是別作夢吧——」

「他才十三歲！」恩卡佐抗議道。「統帥，你年輕時就沒有做過傻事嗎？你就從沒犯過讓自己後悔的錯誤嗎？」

「我也曾經是年輕人，但我從來沒做過傻事。」德魯伊統帥抿著嘴脣說。

札爾轉向父親。

「父親，對不起，我不是故意讓事情變成這樣的。我有黑魔法……可是我沒有跟你講……我真的、真的知道錯了，對不起……」他難過地垂著頭，語氣很誠懇。

不過，札爾這個人不會一直難過下去。

他眼睛一亮，又興奮地說：「可是我保證，我會改正這一切！我一定會讓你**超級驕傲**的！」

「我已經為你感到驕傲了！」恩卡佐開始感到擔憂。「你有時候會讓我懊惱……讓我火大……可是我已經很驕傲了……你在計畫什麼？」

「我要**改正**錯誤，」札爾說。「我要逃出這所監獄，自己滅了所有的巫妖，**這樣**巫妖印記就會消失了！」

大家驚得沉默片刻，恩卡佐試著憋笑。

不過劫客連試都沒有試。

劫客個子比札爾大很多，他長得帥、頭腦聰明、包括魔法在內什麼都擅長，而且總是志得意滿。

「唉呀，**拜託**，老弟！」劫客哈哈大笑。「你怎麼可能做得到！」

「你憑什麼說我做不到？」札爾和哥哥針鋒相對。

「因為你個子這麼小，頭腦這麼笨，你這種笨小孩怎麼可能打敗巫妖！」劫客輕蔑地說。「札爾太天真了，居然會覺得自己是什麼『命運之子』。」

「我就是命運之子！」札爾大叫著亂揮拳頭。

聽他這麼說，劫客和德魯伊統帥笑得更誇張了，就連恩卡佐也忍不住笑出來。

「**別笑了……**」卡利伯用翅膀遮著眼睛哀求。「您要顧及札爾的自尊……別笑了，恩卡佐！」

「你？你說你是命運之子？」

「札爾，我很欣賞你的野心。」恩卡佐連忙恢復鎮定。「你不僅知錯，還想改過向善，我也很感動，這表示你終於變得成熟了。但是，你相信我，我會替你改正錯誤，幫你消滅巫妖。把法杖給我吧。」

巫師之王恩卡佐平靜地伸出手。

札爾猶豫不決。

「所以你真的會幫我消滅巫妖？」他小心翼翼地問。

「我也許沒辦法徹底殲滅巫妖，」恩卡佐承認。「但我應該能找到別的方法，幫你移除巫妖印記……」

「那你會讓我幫忙嗎？」札爾問。「你會

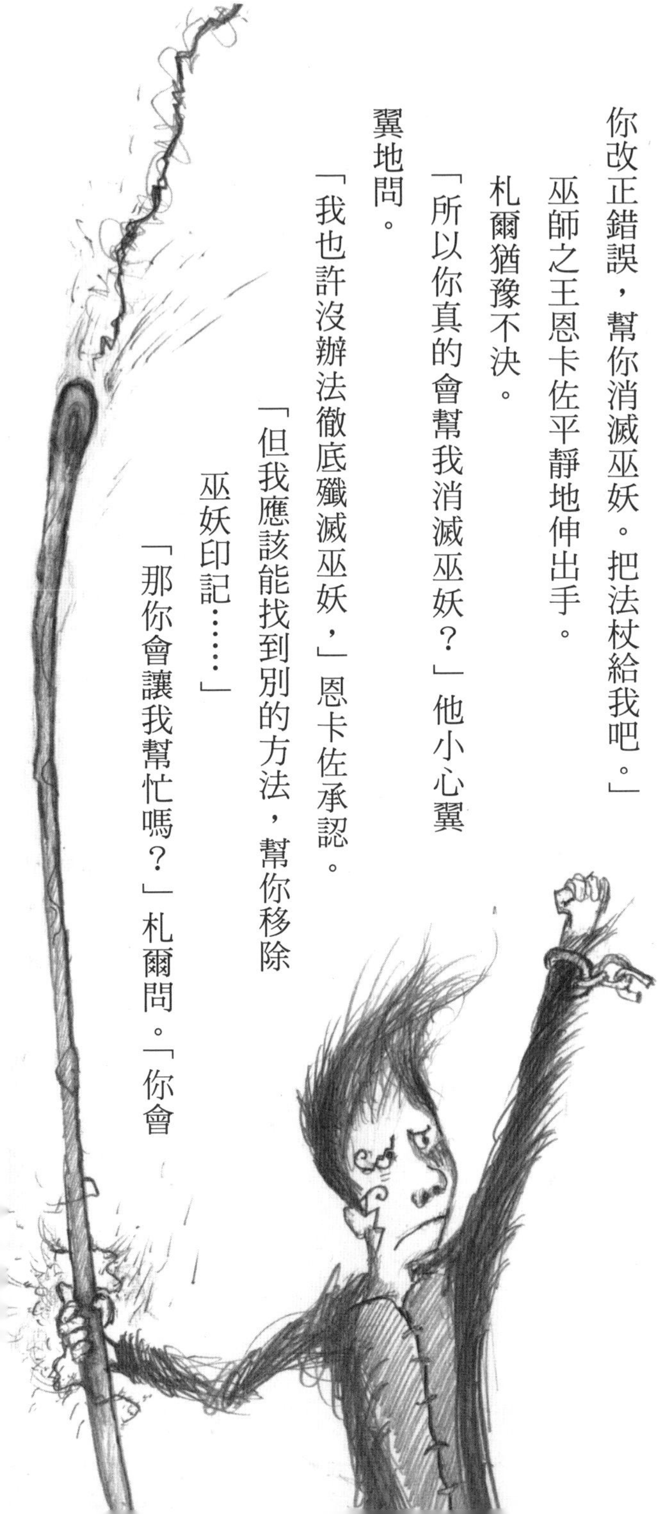

叫這些德魯伊放我自由？」

「抱歉，札爾，德魯伊統帥說得對，在我們移除巫妖印記之前，你不可以離開戈閔克拉，你待在這裡才安全。」恩卡佐說。「德魯伊是野林裡最厲害的巫師部族，如果世上存在移除巫妖印記的方法，他們一定能找到它。」

「就算他們不能移除印記，我也能『控制』它！」札爾邊說邊倒退，遠離他父親。「你為什麼都這麼悲觀？你為什麼都不聽我的，只聽那個德魯伊說的話？卡利伯覺得我可以學會控制巫妖印記啊。卡利伯相信我。」

「從卡利伯和亞列爾的表現看來，他們沒資格輔佐你！」巫師之王怒喝。

「他們輔佐得比你好！」札爾大吼。「你永遠不會消滅巫妖，因為你太膽小了，你都不敢像我們祖先那樣和巫妖還有戰士戰鬥！」

巫師之王火大了。

「札爾，你不准胡鬧！」巫師之王怒喝。「你給我乖乖待在戈閔克拉，直到我們移除巫妖印記，還要等你學會自制、明白了自己在這世界上該扮演的角色，才准離開。我是你父親，我命令你現在交出法杖！」

札爾又倒退一步，眉毛同樣如雷雨雲般緊緊皺起。「你不信任我！你也覺得我應該關在監獄裡！你也覺得我很自私！我跟你說，我可以當好人！我可以改過向善！**我會證明給你看！**」

恩卡佐發現自己說錯話了。「不是的！札爾，對不起，我真的信任你，但我覺得你需要幫助，你不能自己一個人去獵殺巫妖！」

可惜這句話說得太遲，札爾改變人生道路的機會已經過去了。

德魯伊統帥快速眨兩次眼，魔法束從他雙眼射出去，直直射向札爾握在手裡的法杖。

接下來發生的事，我們只能用「極度混亂」形容。

札爾用法杖指著德魯伊統帥，一波強勁的魔法從法杖尖端射出去，札爾的魔法狂亂到令德魯伊統帥的魔法停在空中。

劫客跳上前，想從札爾手裡搶過法杖。札爾用法杖指向哥哥，他之前在法術課學過冰凍術，現在他努力保持冷靜，小聲唸出自己隱約記得的咒語。

這麼多年來，札爾每次嘗試施法都以失敗告終，這次他感覺到右手臂刺刺麻麻的，這種感覺越來越強，直到閃電般的魔法射出去，命中劫客的肚子。札爾感覺到魔法，看到令人滿意的效果，心裡又驚又喜。劫客突然停下動作，他張大了嘴巴，往前伸的兩條手臂動彈不得。

「你們看！」札爾眉飛色舞地說。「**我可以控制魔法！**」

但這句自信滿滿的話才剛說出口，劫客凍結的鼻子就開始融化、膨

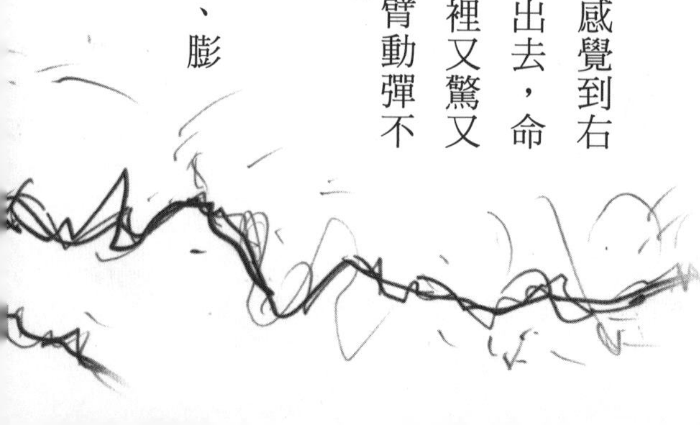

脹，變成平時的兩倍大小，還在地上滴了不少紫色鼻涕。接著，劫客的身體越縮越小，變成一種毛茸茸又難以形容的生物，從來沒有人看過他這樣的生物。

「喔！」札爾詫異地說。「我不太確定這是怎麼回事……」

「**你做了什麼好事？**這就是你『改過向善』的方式嗎？」恩卡佐怒不可遏地問。

「我不是故意的。」札爾氣喘吁吁地說。他晃了晃法杖，

彷彿那是瓶效果不好的魔藥，彷彿劫客變成奇怪生物全是法杖的錯。

搖晃控制城堡的法杖，是不明智的行為。魔法瘋狂地在房裡飛來飛去，又是繞彎又是衝撞，害德魯伊統帥的書桌燒了起來。

城堡發現桌子著火，就立刻做出反應，因為這棟建築配備了最先進的魔法防禦設備。魔法天花板下起滂沱大雨，在澆熄火焰的同時，也徹底淋溼了房裡的巫師，他們只能跌跌撞撞地走來走去，努力在大雨和煙霧中看清房裡的狀況。

「天啊！」札爾說。

「快跑！」狼人大吼一聲，抱起札爾（其實他說的是：「嗯嘶啊，呃嘎，吼啊啊。」但他的意思就是「快跑」）。狼人從窗戶跳出去，札爾的小妖精和卡利伯緊跟在後，卡利伯的羽毛如黑雨般飛落。

「父親，我跟你保證，我會改過向善的！」札爾站在外側窗臺大喊。

他揮著控制城堡的法杖，高喊一聲：「關閉！」

窗戶宛如一隻大眼睛，它緊緊閉合，變成一面牆壁。

巫師之王和德魯伊統帥同時發射魔法，但太遲了，魔法毫無作用地被本是窗戶的牆壁彈開。

德魯伊統帥一眨眼，撲滅了書桌的火焰，他和恩卡佐蹣

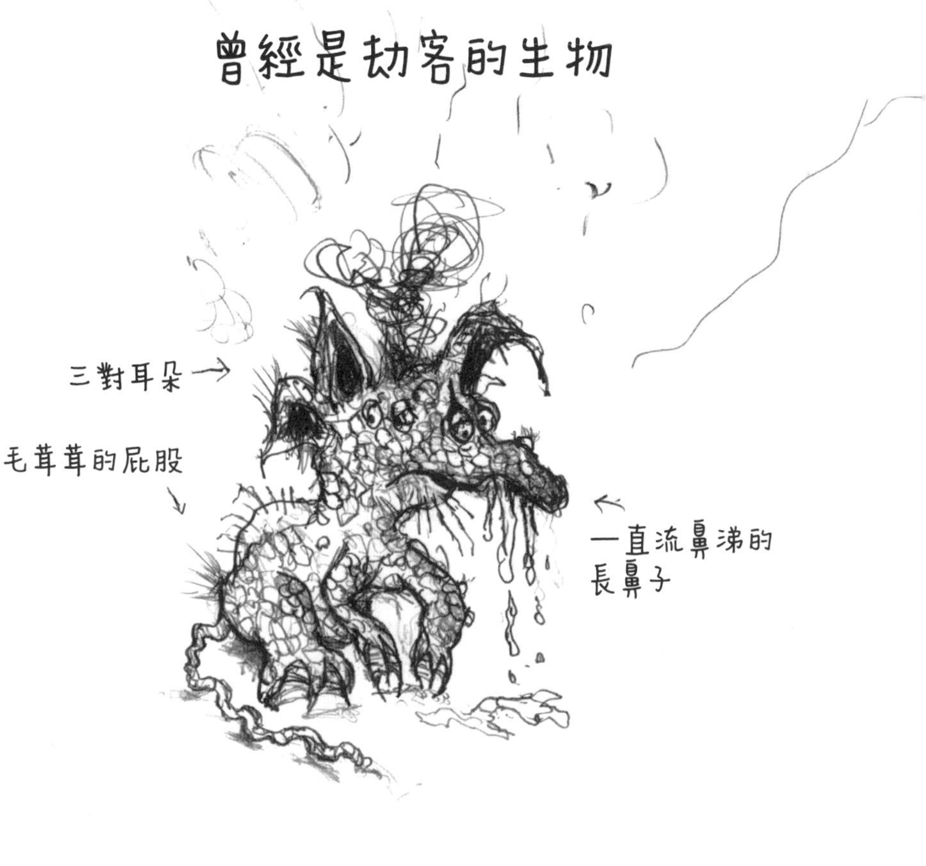

跚地走向鏡子。德魯伊統帥又眨一次眼睛，鏡子一一閃過城堡外的景象，直到他們看見札爾和狼人抓著自製的繩索掛在城堡外側。

「他們不可能逃出去……看好了！」德魯伊統帥說。

札爾和狼人一步步挪向城堡邊緣，牆上的骷髏頭一一睜開眼睛。札爾之前很小心避免觸碰城堡外圍的結界，現在控制城堡的法杖逐漸接近結界，法杖尖端快要碰到它時，骷髏頭張開嘴巴，沒有皮膚血肉、只有牙齒的嘴裡，發出難以忍受的尖叫聲。那是類似五百隻狐狸被狗包圍的聲音，聲音大到飛在空中的小妖精不停震顫，光點隨著聲波明暗閃爍。

「你看那裡！」德魯伊統帥得意地指著鏡子說。「德魯伊守衛出動了。」

他說得沒錯，長著翅膀的「雞蛇」從城內的衛兵室飛出來，每一隻雞蛇都載了一名德魯伊守衛，每個德魯伊守衛都帶了各式各樣看起來很恐怖的法杖。

「警報一響，守衛就會在兩分鐘內出動。」德魯伊統帥得意洋洋地說。

「是嗎？」巫師之王若有所思地說。

一小群準備越獄的人急得像熱鍋上的螞蟻，他們望向城牆外，在很遠很遠的城牆下，札爾的忠實夥伴正等著他們下去會合。札爾的巨人夥伴——粉碎者——為了幫助札爾越獄，勇敢地游過了恐怖的骷髏海，札爾的雪貓、狼和熊則緊緊抓住粉碎者的背。札爾雖然有很多缺點，他的魅力還是讓追隨者對他忠心耿耿。

一隻名叫「曾精」的小妖精騎在遊隼背上，他用手擋住光線，抬頭望向札爾。曾精身後是札爾上次冒險時得到的巫妖羽毛，羽毛散發出不祥的詭異光芒。

「他們怎麼不跳下來？」曾精不安地問。他們都站在粉碎者身上，粉碎者站在海裡。海霧與海風帶

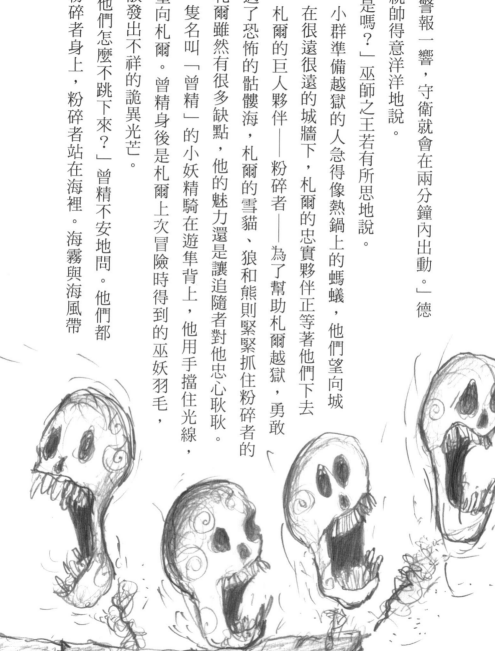

曾精身後的巫妖羽
毛，散發出不祥的
詭異光芒……

著一股熟悉的可怕氣味，飄進小妖精靈敏的鼻子裡。

一股老鼠腐臭味，加上腐屍的嗆味，再加上鮮明刺鼻的蛇毒味……和藥劑鋪的砷同樣有毒，同樣致命……

那是「巫妖」的氣味……

一定有巫妖藏在海霧裡窺視他們。

「嗯嗯嗯？」粉碎者心不在焉地回應曾精的問題。巨人身體很巨大，思想通常也很巨大，粉碎者是長步高行巨人，他們是巨人中最偉大的思想家。

「我想知道，」粉碎者慢吞吞地說。「人類的命運是早就由星辰決定好了呢，還是他們能打造自己的命運？世界上真的有『運氣』這種東西嗎？我們所謂的『自由意志』，到底是什麼意思？」

這些都是很有意思的問題，但此時此刻這種偉大思想對他們幫助不大。

「他們真的該走了……」曾精輕聲說。他緊張地往上看，又望向周遭的霧氣，他似乎能瞥見巫妖的翅膀、利爪或鳥喙。「我們必須**現在**離開這裡！」

「我們該怎麼辦怎麼辦？」城牆上，卡利伯呻吟著說。

「翅膀！」吱吱啾小聲說。「人類為什麼沒有翅膀？」

「我們設計不良。」札爾承認。「吱吱啾，你的想法很好，可是我沒時間長翅膀。別擔心……我有個計畫！」

「我真心希望這是個好計畫……」卡利伯嘀咕。

札爾晃了晃控制城堡的法杖，大聲喊出咒語。

然後他用全力將法杖丟出去，法杖在空中畫出大大的弧線後落入海中，札爾跟著往下跳。狼人、小妖精和卡利伯也跟著跳了下去。

札爾如流星般往下墜、往下墜，墜向海面和他忠誠的同伴。

「他跳下去之前說了什麼？」德魯伊統帥看著鏡中的札爾說。

「他說：『全部都打開。』」恩卡佐回答。

德魯伊統帥得意洋洋的笑容立即消失，辦公室的門自動開鎖，**吱吱吱呀呀呀呀！**一聲開啟。**咻——砰！**窗戶也都打開了，月光灑進辦公室，戶外的冷風

粉碎者（札爾的巨人）

吹進房裡，兩名巫師冷得皺起眉頭。

他們從每一面鏡子聽到門窗打開、閘門升起、柵門融化的吵雜聲響，以及看不見的魔法結界消失時的嘶嘶聲。

然後，是很多很多雙腳開始狂奔，很多很多對翅膀舒展開來的聲音。

「喔我的大屁股沼澤嗝怪熱騰騰的大便啊！」德魯伊統帥瞪大眼睛咒罵。「他用控制城堡的法杖把全部的門都打開了，這樣**所有人**都能逃出去了————！」

「統帥，看來**這下**，你的守衛有得忙了。」恩卡佐諷刺地說。「你之前不是說，這所監獄關了很多陰森安妮絲、野山怪和各種恐怖的生物嗎？**這下**，我們就能看看守衛面對全員大逃獄會有什麼反應了。我想，他們可能會忙著和其他囚犯打鬥，沒空去抓我的兒子。」

德魯伊統帥惡狠狠地瞪他一眼，然後他一甩溼答答的斗篷，大步走出敞開的辦公室門。他大吼：「囚犯越獄！**紅色警報！多名囚犯越獄！來人，『馬上』**

把我的雞蛇帶過來——！」

恩卡佐站在鏡子前，看著兒子從鏡中消失。

他在德魯伊統帥的書桌前坐下。

「嗚嗯！」恩卡佐肘邊傳來很小但很急切的聲音。被札爾變成不明生物的劫客坐在桌上，他現在長得很難看，體型比兔子稍微小一點，長長的鼻子不停流鼻涕，還不時發出尖細的叫聲。

「抱歉，劫客。」恩卡佐說。「我得先弄清楚你現在是什麼生物，才有辦法

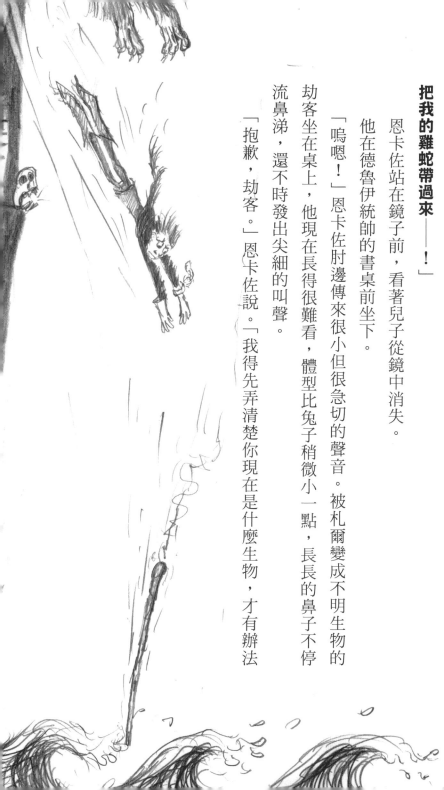

把你變回人形……我晚點會用我的《法術全書》查一查。你現在只能忍一忍了，我們得先處理最要緊的事情。札爾現在的情況很危險……」

曾經是劫客的奇怪生物，一直是父親生命中最重要的人，他已經習慣了時時受到父親矚目。現在他一臉驚慌地用鼻孔噴出噁心的黑色液體，然後沮喪地跌坐在那灘黑液裡。

「也許這是我們應得的報應。」恩卡佐嘆息著說。他急迫地翻閱他的《法術全書》，努力、努力、非常努力尋找能治癒巫妖印記的法術。「你會不會是閃螺腳？不對，你耳朵太多了……我們是不是對那孩子不夠好？我們對他冷嘲熱諷，還傷了他的自尊……」

恩卡佐臉上浮現複雜的神情。現在他的憤怒消退了，他為小兒子機智又肆無忌憚的越獄計畫感到那麼一點驕傲——世界上沒幾個人有膽闖進德魯伊統帥的辦公室，偷走他的法杖。

除了驕傲之外，恩卡佐也感到很內疚，因為他沒有制止這些事情發生。

但現在他心裡最主要的情緒，是「恐懼」。無論如何，恩卡佐還是愛他的兒子，他知道札爾現在的處境非常危險。

兩隻年邁的小妖精嚴肅地落在恩卡佐雙肩。

恩卡佐的手指急促地輕敲書桌。「巫妖印記不可能自己消失……如果放著不管，札爾一定會完全被黑暗吞噬。我們**必須**找到治癒他的方法……」他嘆口氣。「但首先，我們得在札爾還有救的時候找到他。

「我之前是不是有能力防止這件事發生？」恩卡佐自言自語。「卡利伯說得對……我不該傷到札爾的自尊，我應該好好聽他說話，和他理性對話的。」

但說著，恩卡佐的臉又沉了下來。「但我再怎麼對不起札爾，也不能忽略他極度危險的事實。那孩子的缺點恐怕比優點多，我們所有人都會為他的過錯受苦受難。」

唉，當爸媽真的很不容易。

而且人雖然老了，還是可能犯錯。

這，就是戈閔克拉大逃獄事件的來龍去脈。

這是戈閔克拉監獄千年來第一次有人成功越獄，還不只一個人越獄，「所有囚犯」都在同一天晚上逃走了。

即使過了好幾個世紀，這還是小妖精們津津樂道的故事，這麼好的故事，不說給別人聽實在太浪費了。當然，後來所有的逃犯都被抓回去了，只有兩個人成功脫逃。

一隻狼人，還有札爾，恩卡佐之子。

史上第一個逃出戈閔克拉的人類，同時也是最後一個逃出這所監獄的人類。他乘著雪貓游過骷髏海海底的淹溺森林，其他動物和狼人也跟著游離監獄所在的小島。

「我是命運之子！」札爾掙扎著從海裡爬上彼岸時，他宣稱。「命運站在我這邊！」說完，恢復自由的他，和同伴們興奮、得意又狂喜地消失在野林之中。

但是，札爾「真的」掌握了自己的命運嗎？他成功逃出戈閔克拉監獄，真

札爾和同伴從海底的淹溺森林逃離戈閔克拉監獄。

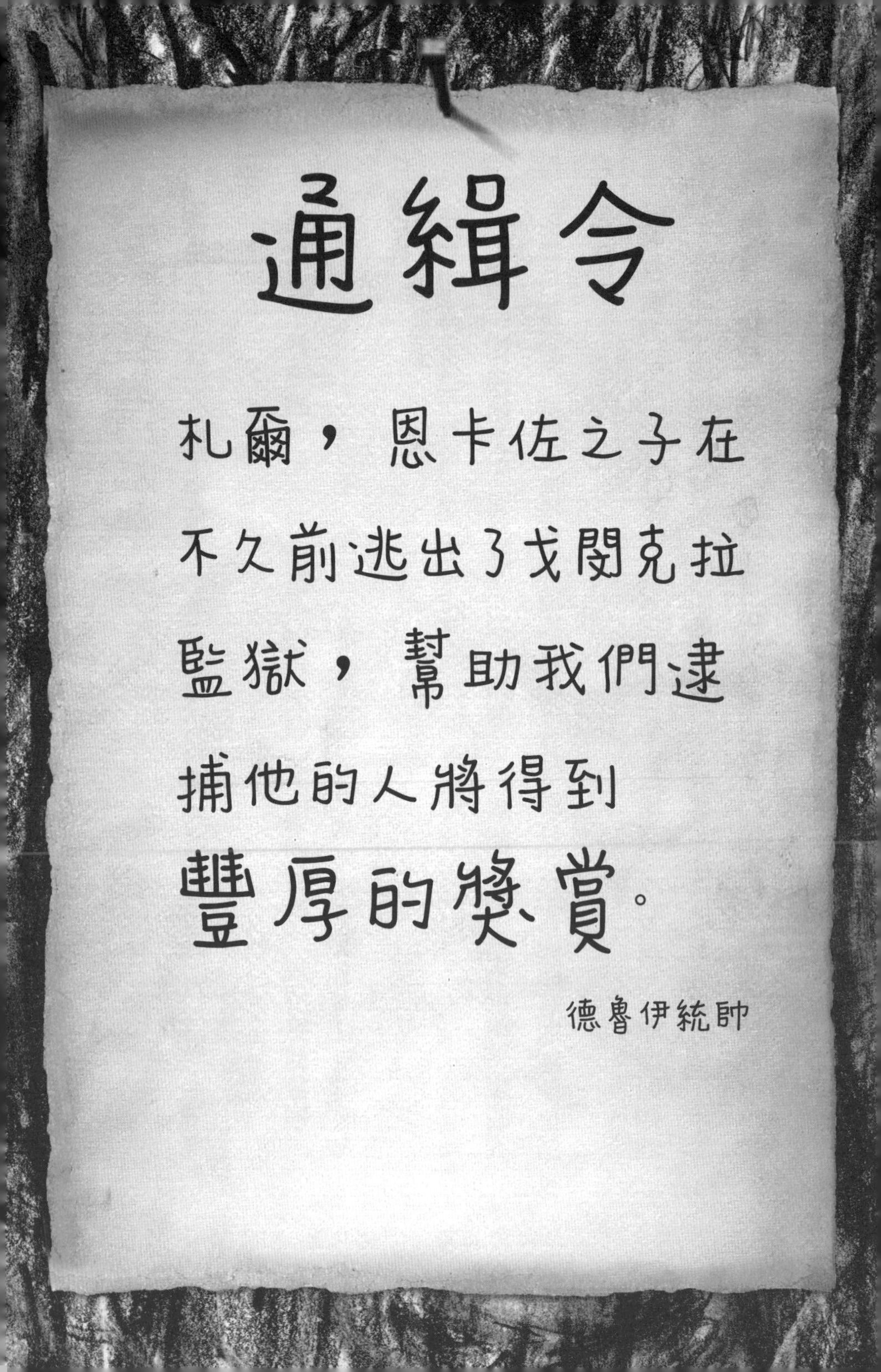
通緝令
扎爾，恩卡佐之子在不久前逃出了戈閔克拉監獄，幫助我們逮捕他的人將得到豐厚的獎賞。
德魯伊統帥

的是靠自己的聰明和幸運嗎？

我必須告訴你，骷髏海裡的血鬍子、刀鰭魚和笨拙水怪本來打算把札爾一群人拖到海底淹死，但這些生物還來不及出手，就被尖爪刺穿了胸腔、被酸腐蝕了肺臟、被黑魔法奪走了性命。

是巫妖殺了他

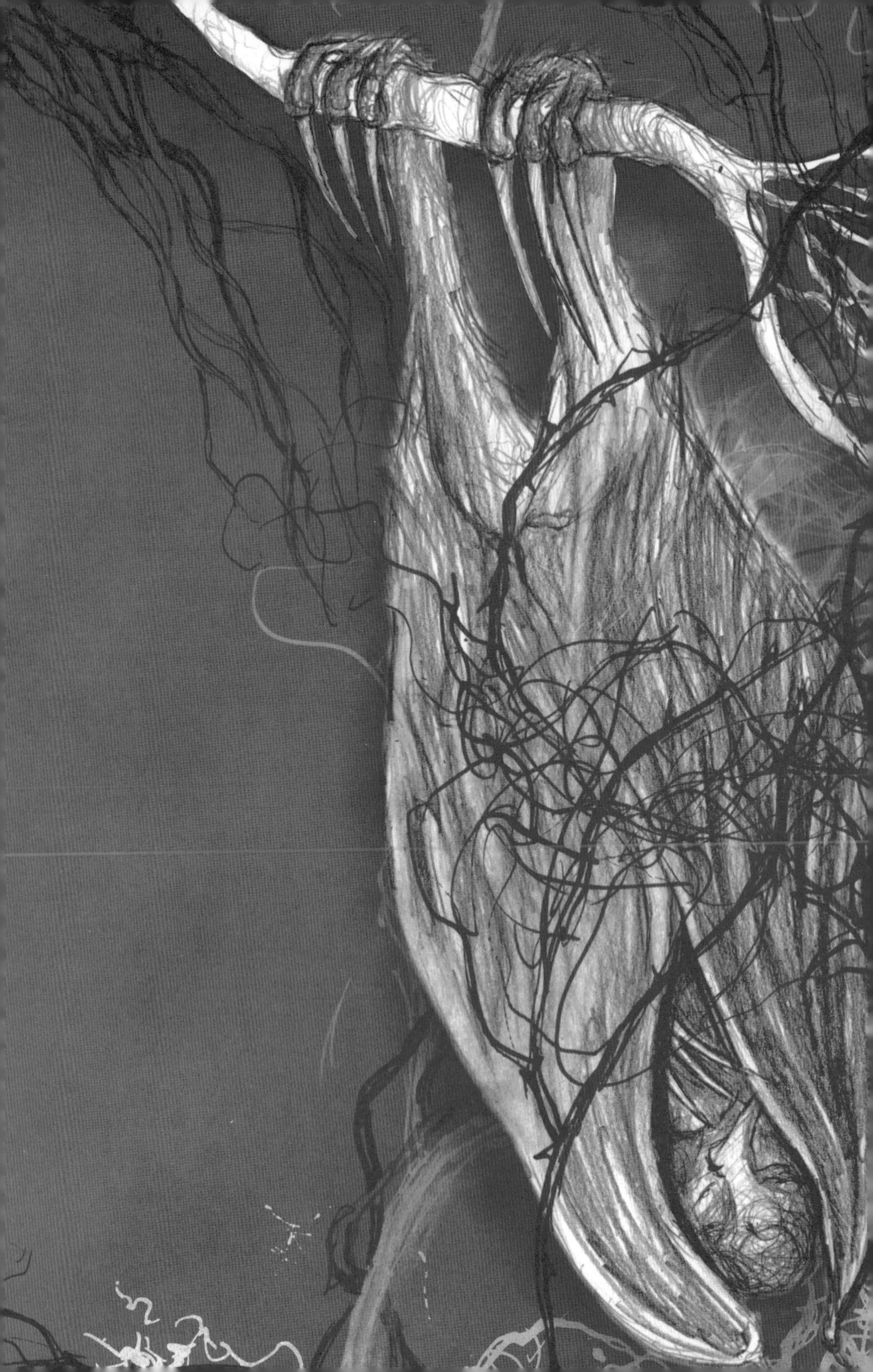

們。

但巫妖為什麼要幫助札爾逃獄?

我之前就說過了，故事常常會帶你走向意料之外的方向。

非常抱歉，故事才進行到第「二」章結尾，我就不得不說說巫妖王的事情。他現在還在很遠很遠的巫妖山脈，掛在我先前提到的空間上方。

巫妖山脈之下，有許多不為人知的洞穴，幾百年來巫妖都沉睡在懸掛洞穴頂部的巨大黑蛹中。近來，這些巫妖蛹有了動靜，有的蛹開始破裂，翅膀、尖爪、羽毛、鳥喙、鼻子探出黑蛹。巫妖們撐開駭人的翅膀，數不勝數的巫妖往上飛出洞穴，飛過大地，大肆破壞起來。

只有巫妖王靜靜蜷縮在他的蛹裡，動也不動。他派大軍去發動戰爭，自己卻沒有行動，因為他在等待。他恐怕是在節省力氣，準備迎接下一場大戰。他能故意讓血盆大口脫臼，一口吞下一整頭鹿，但此時此刻，巫妖王巨大的頭顱

羽毛繼續紛飛，我們必須隨著故事前進。我早就說了，
這片森林很危險……

希剋銳絲女王的戰士鐵堡

垂在胸前。他高高掛在空中，所以儘管他體積龐大，當你走進那個一度為巨人而建的房間，你根本不會知道巫妖王在天花板沉睡。

身為故事的旁白，我必須警告你：巫妖王就躲在天花板的陰影中，宛如隨時會落下的一把劍。

但親愛的讀者，你不必擔心，巫妖王現在距離我們的小英雄很遠很遠，而且札爾雖然逃出了戈閔克拉監獄，另外一個小英雄——希望——還在遙遠的東方。只要希望待在她母親的高牆內，只要她待在戰士領地，她就不可能遇到危險……

第三章　懲罰壁櫥裡

札爾明目張膽地逃出戈閔克拉監獄過後兩週，一個名叫希望的戰士小公主坐在一間上鎖的壁櫥裡，有了很重要——也許很不幸——的發現。這間壁櫥位在希剋銳絲女王的戰士鐵堡裡，更準確地說，是在鐵堡的教育之塔裡。

戰士鐵堡是一座大得超乎想像的山堡，戰士們在山坡上挖了七道壕溝保護鐵堡，而且希剋銳絲不久前重建的高牆也是非常有效的防禦。高牆上隨時有戰士巡邏，他們會注意附近有沒有巫妖，看到魔法生物就會毫不猶豫地放箭。

希望和札爾一樣，被人關了起來。

你沒看錯。

我不是說了嗎？她坐在一間上鎖的壁櫥裡。

希望令人畏懼的母親——希剋銳絲女王——準備接見訪客，每次有客人來，希剋銳絲女王都叫雷鬼頭夫人（希望的導師）把希望和她的保鑣關進教室的懲罰壁櫥，等客人走了才放他們出來。

希望和保鑣已經在這間上鎖的小壁櫥裡待了好幾個小時，希望只能讀書和寫故事打發時間。

希望不太喜歡窄小的空間，所以她邊看書寫故事邊小聲唱歌，盡量保持輕鬆的心情。

「**勇敢無畏！**這是戰士的進行曲！**勇敢無畏！**我們邊唱邊進取！**勇敢無畏！**因為戰士的心堅忍無匹！戰士的心不會哭，戰士的心不會輸，戰士的心不會屈服！**勇敢無畏！**」

希望可能和你想像中的戰士公主不太一樣。

戰士公主應該像希望的六個繼姊一樣，她們每個人都很高、很強壯，還擅長射箭，可以在三十步的距離外用弓箭射中山怪。

但希望個子矮小，天性善良又果斷。她有隻眼睛被眼罩遮住，頭髮看起來像是被成天跟著她走的一陣風吹得亂七八糟。

更不得了的是，她有「魔法」。

希望從以前就有點冒失和健忘，可是她十三歲那年魔法降臨之後，問題變得更嚴重了。她碰到的東西會像水一樣從指縫溜走，或是在碰到她的時候電她一下，有時衣服會突然破掉，鞋子突然鬆脫，鑰匙會消失，針會在她手裡活起來，她腳下的地毯會偷偷挪動，或在她踩上去的時候邊緣捲起來……

希望明明是戰士，誰知道她為什麼有魔法呢？但我們無法否認，她的眼罩下藏著一隻魔眼，而且她的魔法一點也不尋常，那是操控鐵的魔法。

而在此之前，鐵一直是唯一不受魔法影響的物質。

希望的肩膀上，站著一根湯匙。

那是一根再普通不過的鐵湯匙……

但是，他是「活的」。他不僅活著，還會扭來扭去，隨著希望的歌聲跳舞。除了湯匙，還有大約三十根小小的鐵製大頭針，隨著節拍搖晃、跳躍和一塊跳舞。

湯匙圓弧形的臉會散發柔和的光輝，他照亮了整間壁櫥、那些鐵製大頭針，還有希望正在看的書。

這是一本巫師的《法術全書》，它同樣是希望真的、真的不該擁有的魔法物品。這本書曾屬於札爾，但卡利伯把這本書給了希望，以防巫妖來找她。

《法術全書》是魔法世界的百科全書，收錄了許多食譜、魔藥製備方法、小妖精故事，以及在魔法世界生活可能會用到的一切知識。

希望就是在這本書中，有了重大——也許萬分不幸——的發現。

「刺錐！」希望興奮地說。「**你看！**我找到『消滅巫妖的法術』了！」

刺錐和希望年紀相仿，是個瘦瘦的男孩。他發現當公主的助理保鑣其實挺辛苦的，因為他不怎麼喜歡打鬥，遇到危險經常會睡著，而且他沒辦法控制這個不受控的小公主，希望似乎不曉得規則是什麼東西。

刺錐也在看書，他看的書叫作《戰士保鑣規則：**更上一層樓**》。他聽希望說她找到消滅巫妖的法術，有點興奮又緊張地放下書本，從希望背後看向翻開的《法術全書》。

在法術全書的〈自己寫故事〉部分，真的記載著這麼一個法術。

在左邊那一頁，希望寫下了她的新年新希望：「心午心希望：一、我會用工柬習續畫和血字和樹學，便成全班弟一名。二、我會讓老帥對我瓜木相看。三、我會讓母新也對我瓜木相看，這羊她才不會

對我失忘。」

而在右邊那一頁，希望用完全不同的漂亮字跡，寫下了施法的方法。

消滅「巫妖」的法術

收集所有材料，用有生命的湯匙「攪拌」

材料：

一口：死亡堡巨人的最後一口氣

二根：巫妖羽毛

三滴：冰凍的女王的淚水

第三種材料下面還有更多字，可是剩下的文字比較模糊，彷彿寫下這個法術的人突然嚇了一跳。

「還有更厲害的事，你想不想聽？」希望雙眼閃閃發亮地問。

不太想。刺錐心想。他有一種非常非常不好的

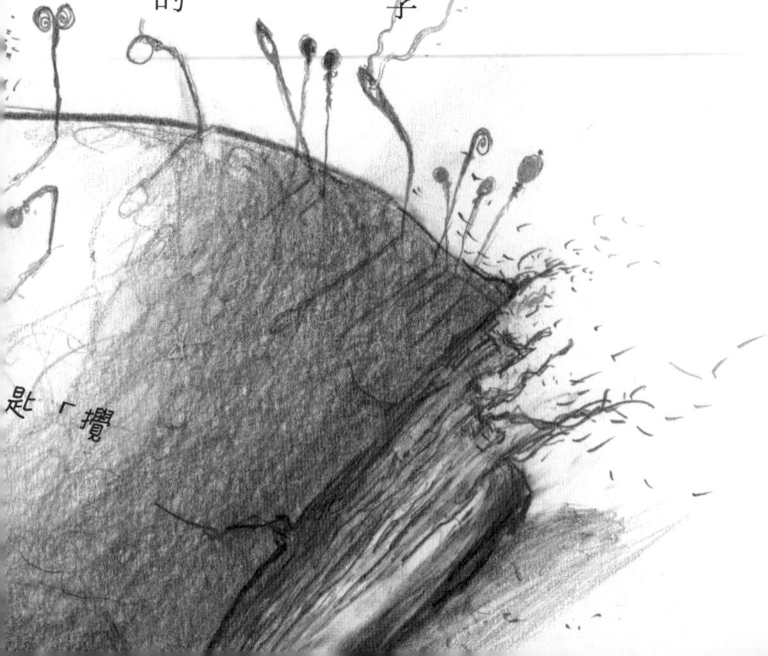

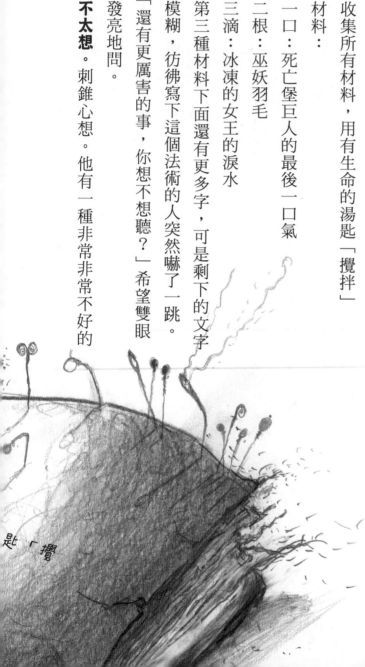

預感。

「**我剛剛根本沒在找消滅巫妖的法術！**我剛剛正想在書上寫故事，因為卡利伯之前把他的羽毛給我，讓我在《法術全書》裡寫字，然後**羽毛就突然自己寫起字了！**」

「老天啊……」刺錐的預感越來越不祥了。「妳確定那不是妳寫的嗎？羽毛自己寫字有點詭異……」

「我很確定！」希望說。「這不是我的字跡，拼字也跟我完全不一樣。」

她說得沒錯。希望是個聰明的女孩，但在「續畫、血字和樹學」這方面有待加強。不知道是不是魔法的關係，每次字母和數字都會在希望腦海裡跑來跑去、跳複雜的舞蹈，不管她多專心都沒辦法讓字母乖乖站

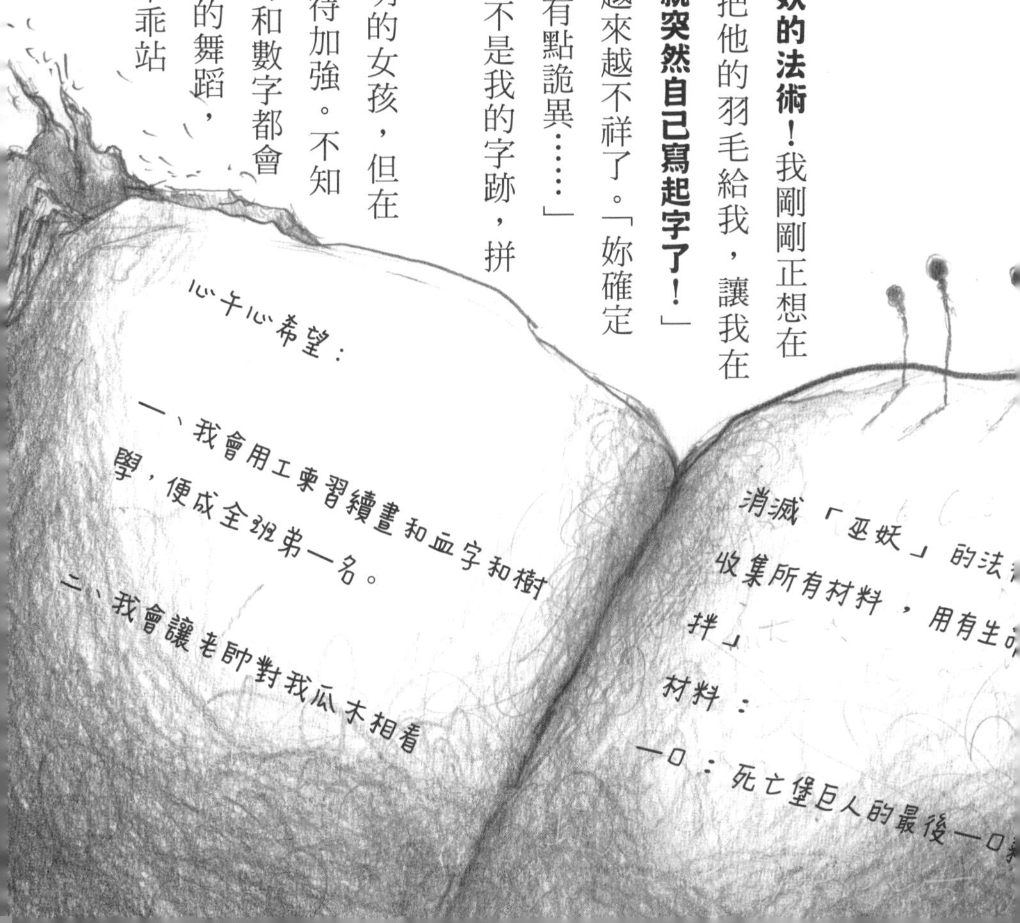
心午心希望：
一、我會用工柬習續畫和血字和樹學，便成全班弟一名。
二、我會讓老帥對我瓜木相看
消滅「巫妖」的法
收集所有材料，用有生
拌」
材料：
一口：死亡堡巨人的最後一口

雷鬼頭夫人並不是位富有同情心的老師……

好，害她累得要命。

那天早上，希望的老師雷鬼頭夫人被希望的錯字煩到火冒三丈，她叫希望在紙上寫下「我是本蛋」四個大字，然後把那張紙掛在希望脖子上。但是希望給刺錐看的那一頁，每一個字都寫對了。

「妳說得沒錯，」刺錐表示同意。「這跟妳平常的拼字方式差很多……」

「你知道這代表什麼嗎？」希望興奮地揮著手臂說。「巫妖是回來了沒錯，可是我們現在有消滅巫妖的法術了！我們一定要把這個法術拿給札爾看，這樣他才能給他父親看，巫師才能反攻巫妖……」

刺錐一臉驚恐地看著她，這項計畫的問題多到他不曉得該從哪裡說起。

「公主殿下，」刺錐小心翼翼地說，彷彿希望是危險的瘋子。「我必須告訴妳，我們現在被關在上了鎖的壁櫥裡，外面是由七層壕溝和重重守衛防護的戰士鐵堡。而且，我們不知道札爾在什麼地方，只知道他在妳母親的高牆另一側。我們要怎麼離開這間壁櫥？要怎麼越過高牆？要怎麼找到札爾？」

希望皺著眉頭思考片刻。「我們去找我母親，」希望說。「把事情全部解釋給她聽，然後請她幫忙。」

「全部？」刺錐尖聲說。「我們怎麼可以解釋全部的事情！那妳的魔法呢？那湯匙和大頭針和《法術全書》呢？妳看！」

壁櫥門內側貼了一張大大的公告。

公告寫著：

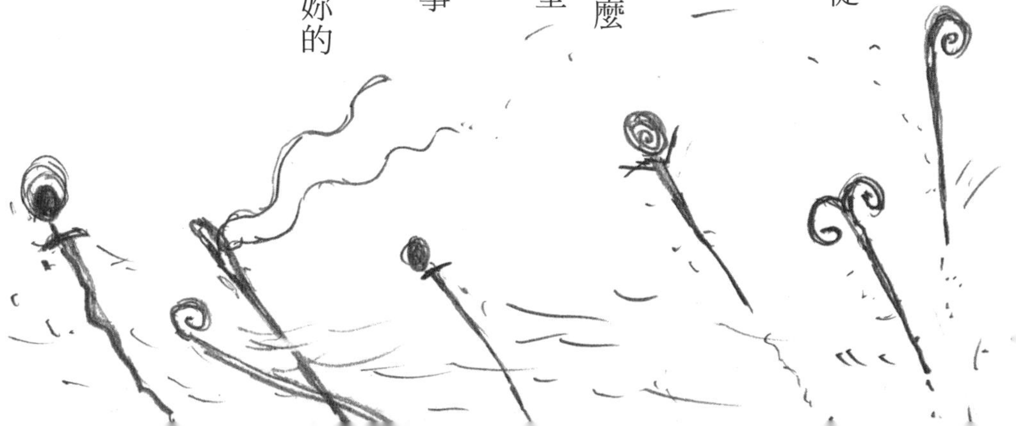

懲罰壁櫥提醒你

城堡內禁止任何魔法

禁止小妖精，禁止法術，

禁止詛咒，禁止符咒

還有嚴格禁止魔法物品

違反上述規定的人，很抱歉，

女王將砍下你們的頭。

欽命，

希剋銳絲女王

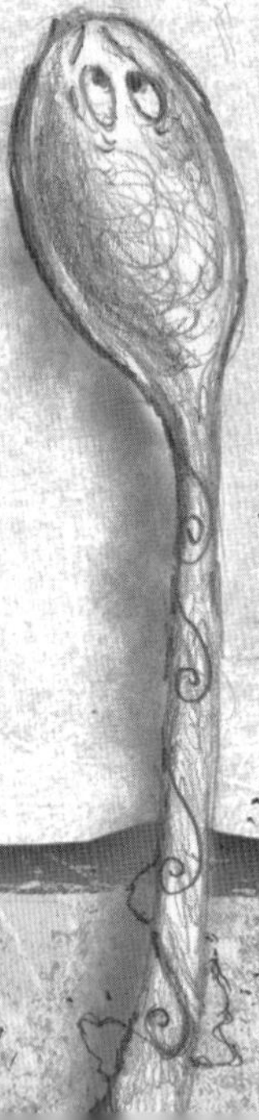

「妳看這裡！公告寫得清清楚楚：**嚴格禁止魔法物品**！妳違反了規定！」

刺錐是個深信規則的男孩。

「湯匙又不算是魔法物品，」希望爭辯道。「他是有一點……**活潑**……有點太容易激動沒錯……可是他年紀這麼小，我們不能對他太嚴格嘛。必要的時候他也可以很安靜的，你說是不是啊，湯匙？」

湯匙點點頭，他聽話地變得僵硬，直挺挺地倒在希望肩膀上裝死。

「你看吧！」希望驕傲地說。「他就跟普通的湯匙沒兩樣！」

「普通的湯匙不會點頭！普通的湯匙不會裝死！他現在是很安靜，可是他平常一直動來動去的！」刺錐邊說邊大力揮動手臂，表達心中的擔憂。

希望思索了一下。

過了片刻，她很小聲、很小聲地說：「你覺得我把我有魔法的事告訴母親，她會不會很失望？」

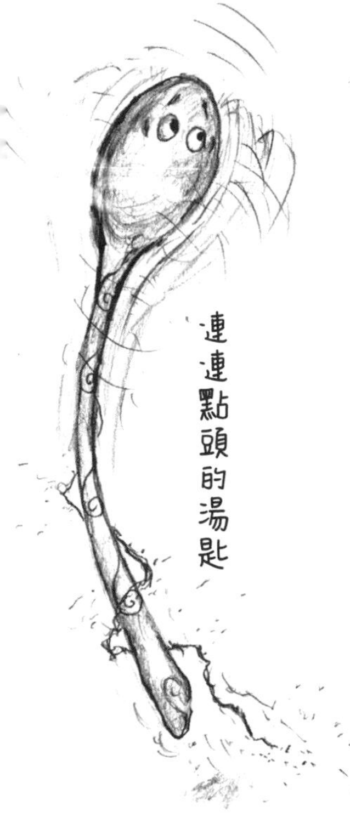

連連點頭的湯匙

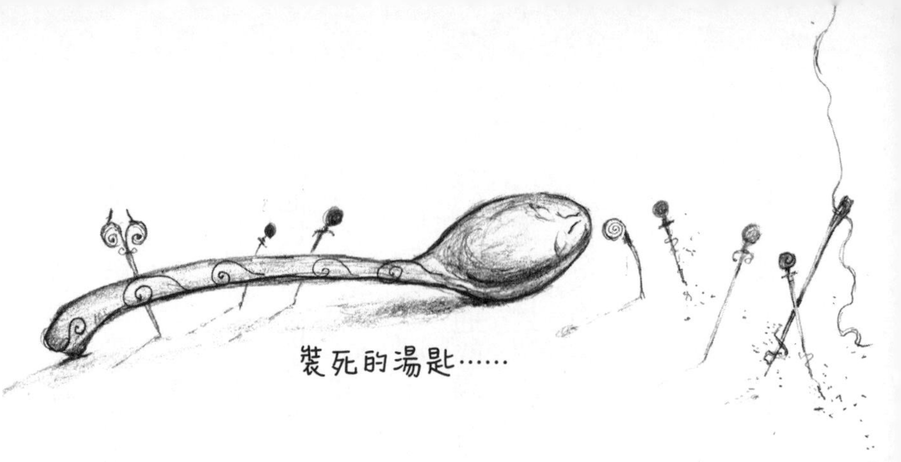

「那還用說，她當然會很失望！」刺錐嚇到想也不想就說出心裡的想法。「她現在已經覺得妳很丟臉，每次有客人來，就把妳關在懲罰壁櫥裡了，她要是知道妳有魔法那還得了！」

話說出口，刺錐才發現自己說錯話了。

希望用力吞一口口水。

三大滴眼淚沿著她的臉頰滾落。

在希望內心深處，她知道母親對她很不滿意——母親看著她時，希望能看見母親眼底的失望。**她希望我變成六個繼姊那樣……**聽別人說出事實，讓希望更難過了。「母親為什麼不想讓我和客人見面？為什麼我再怎麼努力，雷鬼頭夫人還是不喜歡我？是不是因為我很奇怪？」希望悲傷地問。

刺錐同情地拍拍她的背。「公主，妳母親不像我這麼瞭解妳。妳有很多很棒的戰士特質，我相信妳有一天會成為很傑出的戰士，不過這個過程可能會花一點時間……」

希望用袖子擦乾淚水，臉上留下大塊大塊的淚痕。

「我母親是一個很高貴、很偉大的人，」希望堅定地說。「可是她不應該覺得我很丟臉。我要去跟她說，我們必須到牆的另外一邊，幫巫師對抗巫妖！」

「可是巫師是我們的敵人啊！」刺錐瀕臨崩潰地說。

「他們跟我們一樣是人類！」希望說。「而且札爾是我們的**朋友**！我母親建了這座高牆，保護戰士領土不受巫妖攻擊，那牆外那些可憐的巫師怎麼辦？我們怎麼能讓他們獨自和巫妖戰鬥？

「有時候，我晚上躺在床上，」希望睜大眼睛說。「好像能聽到牆外傳來巨人的慘叫聲，說不定有巫妖在攻擊他們……刺錐，你都沒聽見嗎？難道我們應該安安全全地待在牆內，讓巫妖繼續攻擊那些可憐的巨人？」

唉，刺錐有時候真的會聽到類似的聲音。這就是認識敵人的後果——一旦你認識了他們，就很難再打從心底憎恨他們了。可是巫師是敵人，刺錐應該憎恨他們才對啊。

「**札爾**才不會讓父親把他關在壁櫥裡，不讓他見客人。」希望叛逆地說。「**札爾**覺得他父親有錯，他就會大聲告訴父親。我也應該這麼做，而

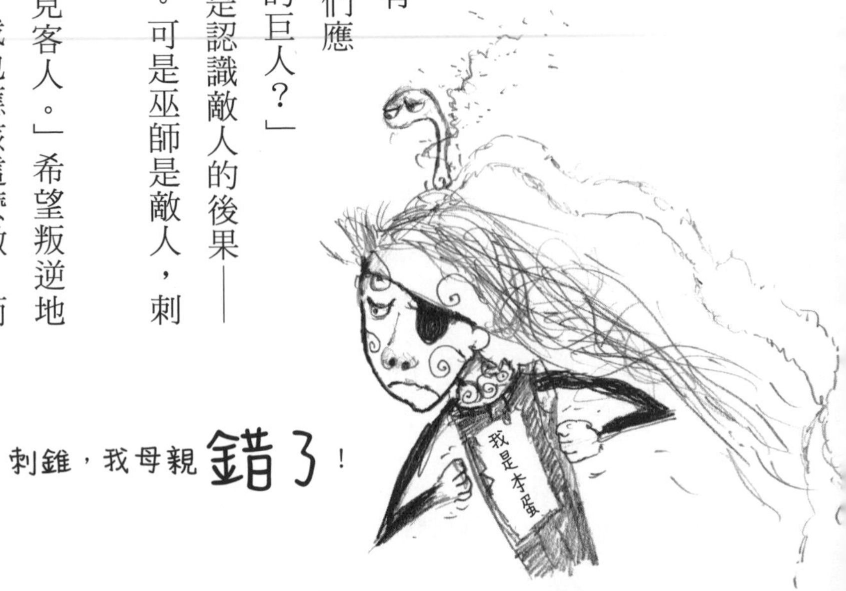

不是整天坐在暗暗的小壁櫥裡，怕到不敢去面對母親……」

「妳害怕妳母親是正確的！」刺錐說。他現在腦袋亂得很徹底，已經開始陷入恐慌。「希剋銳絲女王超級可怕！比尖叫鬼還可怕！比地獄犬還可怕！比心情很差很差的冰雪法師還可怕！喔天啊綠色神靈啊……**妳打算做什麼？**」

「我要闖出這間討厭的懲罰壁櫥，下樓告訴母親我們一定要找到札爾和他父親，把消滅巫妖的法術交給他們。」希望說。「我母親也有善良的一面，她很嚴格但也很公正，她肯定會明白我說的話有道理，然後幫助我們。」

這是希望最惱人的一點——即使一個人很明顯不值得她相信，她還是堅信對方有善良的一面。

「妳母親才沒有『很嚴格但也很公正』！」刺錐抗議。「妳母親是很恐怖的暴君，妳就算沒做錯什麼事，還是被她關進懲罰壁櫥，關了好幾個小時！」

「這就是我想說的重點，」希望辯道。「我必須讓她知道，她**錯了**。」

「哪有人會跟恐怖的暴君說他們錯了！」刺錐嚇得越說越快。「遇到恐怖的暴君，我們應該照他們說的去做！還有，我剛剛說錯了——妳母親把我們關在壁櫥裡，應該是有很好的理由……這裡頭還滿舒服的，妳不覺得嗎？他們有給我們食物，所以我們不至於餓死……」的確，壁櫥裡有兩碗湯和一些麵包。「而且這裡空間還算寬敞……我還可以移動腳趾！妳不覺得很舒適嗎？在這個大冷天，壁櫥裡很溫暖，而且很『安全』！這裡非常安全……蜘蛛網不多……氧氣也夠我們兩個人用……」

「這是一間壁櫥，」希望說。「我們總不能一輩子待在壁櫥裡吧？而且她每次把我們關進來，關得越來越久……不行，我們要出去。」

「**希望，我們必須待在壁櫥裡！**」刺錐嘶啞地小聲說。

但希望不理他，她跪下來檢視鑰匙孔。

《法術全書》的目錄頁寫著二十六個字母，當希望用手指輕點字母拼

希望，我們必須待在壁櫥裡！

出「開所」兩個字時（《法術全書》不太在意你拼錯字，只要你想表達的意思夠清楚就好），魔法書頁自動翻到「開鎖法術」的章節。

希望把眼罩往上推一點點（不能完全推開，她的魔眼力量太強大了），低聲唸出書上寫的咒語。本來插在門外側鑰匙孔的鑰匙扭了扭，鑰匙掉了出來，從門縫竄到壁櫥裡頭。鑰匙在地上站起來，朝希望和刺錐微微鞠躬。

鑰匙把手變成嘴巴形狀，用又尖又細又激動的聲音說：「我能幫上忙嗎？」

「它說話了！」希望愉快地悄聲說，因為她從來沒有讓魔法物品開口說話過。

「妳……可不可以……不要再……**讓物品活起來了？**」刺錐咬牙切齒地低聲說。

「鑰匙，請你幫我們打開這扇門。」希望說。鑰匙喜不自禁地鞠躬，因為魔法物品最喜歡盡它們的天職了。鑰匙跳

到門上從內側開鎖，它興奮到開門時引起小爆炸，把壁櫥的木門炸成兩半。

「啊呀。」壞了一半的木門打開時，希望說。

「現在決定待在壁櫥裡也不算太遲！」希望爬出去的時候，刺錐高喊。

「糟了……她沒有待在壁櫥裡！我只能跟著她出去了……」刺錐呻吟著說。他撿起自己所有的武器。

「她炸了雷鬼頭夫人的壁櫥！她沒有得到老師的許可就離開教室！」刺錐目瞪口呆地繼續呻吟，他跌跌撞撞地走出壁櫥，從教室走到城堡的城牆上。

「我們一定會被罵得**很慘**……」

匡啷！匡啷！匡啷！刺錐腳步蹣跚地跟著希望走去，他已經盡快了，但他身上穿了兩套盔甲，行動速度很慢。

「等……等……我……」刺錐氣喘吁吁地說。

希望稍微放慢了腳步。

「喔！對不起，刺錐，我走太快了嗎？哇，你也穿太多盔甲了吧……」

刺錐稍微停下來喘氣。

「希望，這就是為什麼雷鬼頭夫人不喜歡妳……」他呻吟著說。「妳的新年新希望怎麼辦？」

他說得有道理，希望的第二個新年新希望是「讓老師對我瓜木相看」，就目前的狀況來看，她離目標還很遠。

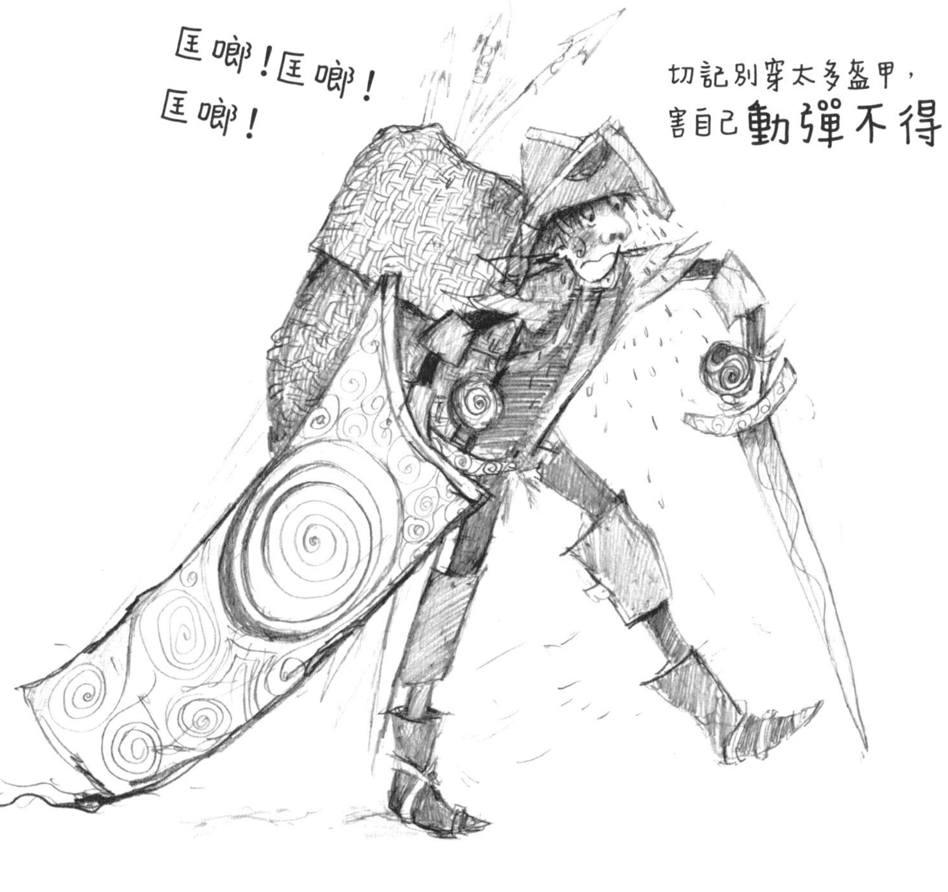
切記別穿太多盔甲，
害自己動彈不得
匡啷！匡啷！
匡啷！

「刺錐，」希望說。「雷鬼頭夫人不喜歡我，我當然很難過，可是有些事情比老師和爆炸的壁櫥還要重要。你看那邊！在牆外的某個地方，札爾和其他巫師遇到麻煩了，但是**我們能幫助他們！**」

刺錐用力吞一口口水。

「天啊，妳說得對，妳說得對，我們應該幫助他們才對……可是巫妖真的**很可怕**……而且他們在發動攻擊以前可以隱身，我們根本不曉得他們在什麼地方！」刺錐驚恐地瞪大眼睛小聲說。他試著往後看，但他身上沉重的頭盔和盔甲讓他行動困難，他全身轉一百八十度才有辦法看到後面。「我一直覺得他們來了……他們說不定在『跟蹤』我們！我就是怕巫妖來找我們，才穿這麼多盔甲的！」

「刺錐，我覺得還是別穿太多盔甲，害自己動彈不得比較好。」希望建議。

「而且妳母親很忙……現在不是和她說這些的時候……她正準備接見客人……我看到她了，她就在臺上！」刺錐指向下方的庭院。

「我母親隨時都很忙，根本沒有『和她說這些的時候』這回事！刺錐你別擔心，我最近有練習會客禮儀……」希望說。

說完，她快步跑下樓梯。

刺錐急得直跳腳，小公主擺出這種態度時，沒有人攔得住她。刺錐丟下盾牌和背包，因為它們太重了，只會害他速度變慢。他「匡啷！匡啷！匡啷！」地跟在希望身後，腳步踉蹌地下樓。

「那妳至少，」刺錐終於在教育之塔的一樓追上希望，因為她折回去撿不小心弄掉的鞋子。刺錐哀求她：「至少把全部的魔法物品交給我，妳總不能把這麼多違禁品塞在口袋裡，上臺見客人吧……妳去辦事，我幫妳保管魔法物品。」

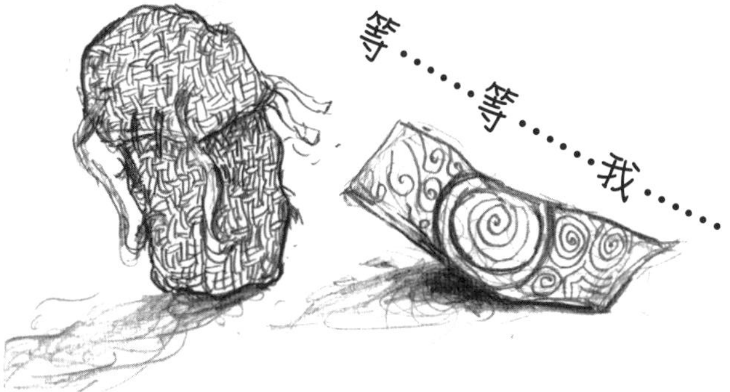

希望知道刺錐說得有道理。

她把湯匙、《法術全書》和全部魔法大頭針拿給刺錐，大頭針都自動把自己別在刺錐的衣服上。希望匆匆朝平臺走去，一路上邊推開人群邊練習堅定地說：「母親，您錯了，您錯了。我們一定要幫助巫師！」以防萬一，她也複習了會客禮儀：「你好你好，幸會幸會。能請問你是做什麼工作的嗎？」

處刑人沒有在執行任務時，其實是個很善良的好人，他扶希望上臺。

希望站到六位繼姊身邊。六個繼姊都是穿著整齊、相貌英武的戰士女孩，她們有強壯的肌肉和很多毛髮，友善的程度跟六隻打扮體面的金髮猩猩差不多。希望手腳並用地跑到她們身邊時，和她年紀最相近的繼姊——戲劇——用手肘用力撞希望肚子一下，差點害希望摔下臺。

「妳這隻奇怪的小老鼠，來這裡做什麼？」戲劇沉聲說。「妳沒資格出來見客人，妳會害母親丟臉。」

年紀第二小的繼姊「無情」重重踩希望的腳趾一下，得意洋洋地說：「母

希剋銳絲女王

親看到妳，鐵定會氣炸……」

也許，她們說對了。

偉大的希剋銳絲女王端坐在庭院中間一張華貴的王座上，她一身白衣，一隻耳朵掛了黑珍珠耳環。

希望被兩個繼姊暴力的「歡迎」弄得喘不過氣又痛得單腳跳，她看到母親的身影時，感覺自己焦慮到胃一直往下沉。

之前在壁櫥裡感覺很棒的主意，現在突然沒那麼棒了。

即使在樂觀的希望看來，她母親也不像是「很嚴格但也很公正」。

她看起來怒不可遏。

「希望，妳在這裡做什麼？」希剋銳斯女王氣聲說，她的語音宛如甜笑著出擊的眼鏡蛇。「妳敢違背我的命令？」

然後，她用「那個眼神」注視希望。

在大部分的人眼中，希望的母親希剋銳絲女王是野林西部最可怕的戰士領袖，她向來脾氣差，習慣嚴刑處罰犯錯的人，而且沒有人知道她用來關犯人的地牢有多深。

在希望眼中，她母親是全世界最美麗、最傑出的人物，希望最大的願望就是讓母親為她感到驕傲，得到母親的嘉許。

希望本想告訴母親她錯了。

她本想把自己找到消滅巫妖的法術這件事告訴母親，跟母親說她們應該趕快把法術拿給札爾和他父親看，而不是建造高牆，放任巫妖攻擊巫師和可憐的魔法生物。

但是，當母親用「那個眼神」看她，清楚傳達了最深切、最憤怒的失望時，希望本來想大膽說出來的那些話，全飛到九霄雲外去了。

她張開嘴巴……又閉上嘴巴。

「我晚點再來教訓妳。」希剋銳絲女王咬牙切齒地說。

現在希望已經來不及下臺了。

因為，希剋銳絲女王的客人已經來了。其中一位客人走向王座，他走路的方式有點像螃蟹走路，看上去卻十分凶猛。

「安靜站好，別引人注目！」希剋銳絲女王命令希望。「別駝背！別亂動！別動！別眨眼！」

「喔！是的，母親，我保證我不會惹麻煩……」希望難過地說。

來拜訪希剋銳絲女王的客人，是個陌生的高個子男人。他的外貌非常嚇人，希望看了覺得有點想吐，她的頭髮開始動來動去，後頸頭髮豎起來，纏成亂糟糟的一團，彷彿每一根頭髮都有生命。

「**他**是誰——是**什麼**？」希望又怕又有點感興趣地驚呼。她努力把頭髮壓平，但願周圍的人不會發現她的異狀。

那個眼神

「妳這隻無知的小螞蟻，怎麼連這都不曉得？」戲劇試圖裝作毫不在乎，但她自己也很怕。「那位是『巫妖嗅獵人』。」

我們不應該離開壁櫥的！刺錐心想。他好不容易擠到臺前，抬頭看見巫妖嗅獵人。**我們應該乖乖待在壁櫥裡的！**

第四章　巫妖嗅獵人的手指

巫妖嗅獵人的臉似乎除了鼻子以外沒有別的了，他的鼻尖敏感地顫動，彷彿隨時會像手指一樣往左或往右指。他的手指瘦骨嶙峋，像螳螂腿似地微微抖動，彷彿就連手指也能嗅聞氣味。

他的斗篷上掛著矮人的鬍子，還有可憐的小妖精的頭骨。他的腰帶繫了矮妖的心臟、小妖的鬍子，還有他殺死的著名巨人的腳趾甲碎屑（他是在巨人投降後殺死他們的；巫妖嗅獵人不認為人們應該對巨人守信用）。

巫妖嗅獵人不怎麼情願來到西方這座一點也不文明的野林，這麼粗野的地方食物肯定不好吃……但畢竟是戰士皇帝派他來的，他也不好拒絕。他很敷衍地對希剋銳絲女王鞠躬。

「害蟲防治專家，你來了啊。」希剋銳絲女王朝巫妖嗅獵人點頭致意。

「我的名字，」他有些僵硬地說。「叫巫妖嗅獵人。」

「太好了。」希剋銳絲女王說。「歡迎來到我的戰士鐵堡。我召喚你來我的女王國，是因為我們不幸發現巫妖並沒有滅絕，我需要你幫我獵殺巫妖。」

喔！希望心情好了一些，她心想：**原來母親「不打算」讓巫師獨立對抗巫妖啊！可是我不太確定這個人是獵殺巫妖的最佳人選……**

「您選對人了。」巫妖嗅獵人面帶微笑地說。他不怎麼喜歡「召喚」兩個字，這個偏遠地區的女王以為自己很了不起嗎？

「我把事情原委說給你聽吧。這塊石頭曾經是我的『移除魔法的石頭』。」希剋銳絲女王說。

她揮手示意平臺後方，希望這才注意到，原本放在地牢的巨石不知什麼時

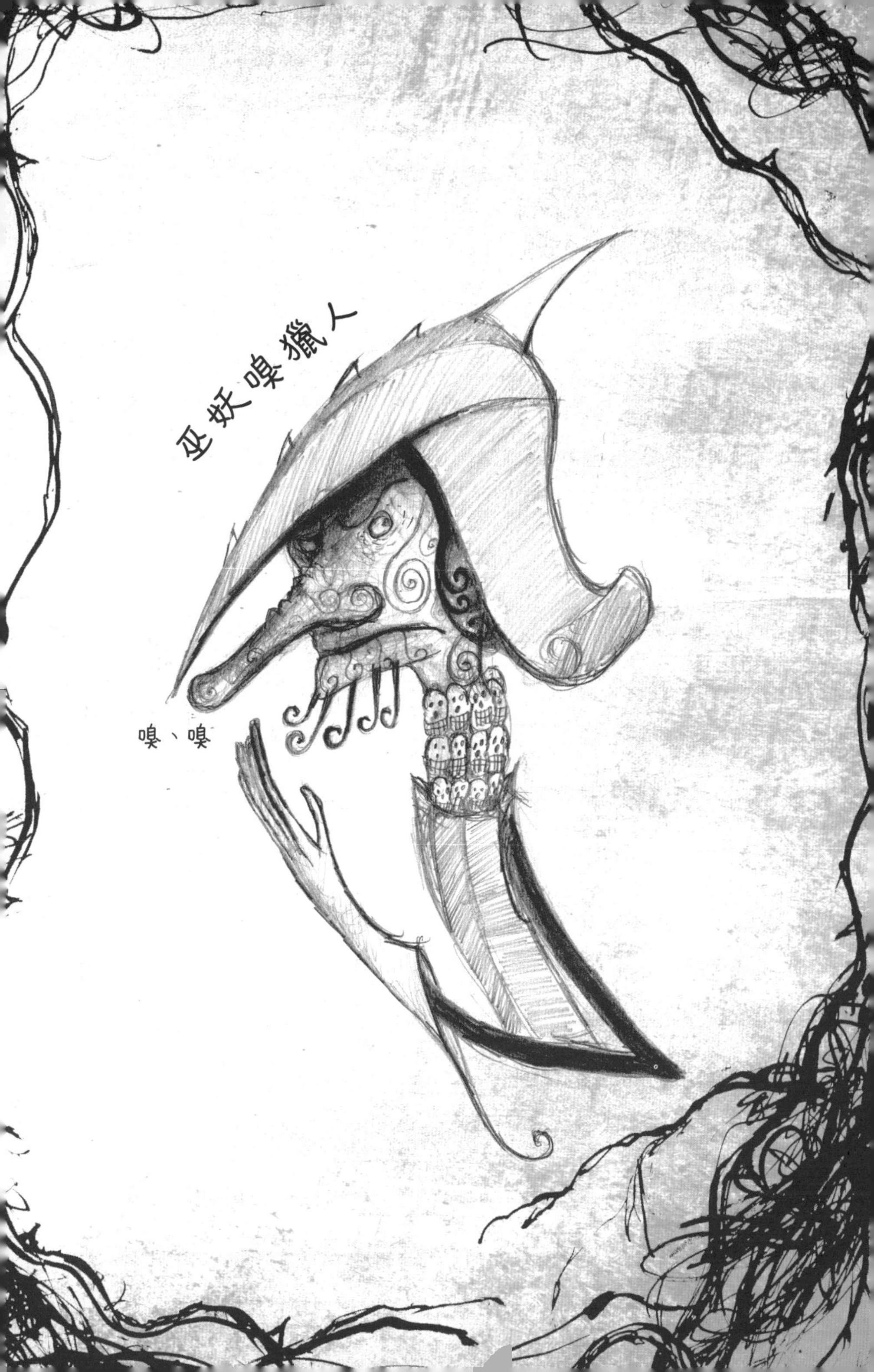
巫妖嗅獵人
嗅、嗅

候被搬上來了。「多年來，我用那顆石頭移除了許多巨人和小妖精的魔法，但大約六個月前，我們發現石頭裡藏了一隻巫妖王。巫妖王從石頭裡逃了出來，現在我們的西部領土常有巫妖出沒。」

巫妖嗅獵人仔細觀察那顆巨石，巨石表面有一道深深的橫向裂縫，縫裡插著一把劍。他試著從裂開的石頭拔出那把劍，劍卻文風不動。巫妖嗅獵人「嘖嘖」幾聲。

「我在我的女王國西部國界建了一座高牆，保護戰士領土，但我還是需要你和你的部隊到牆外獵殺巫妖。」希剋銳絲女王說。

巫妖嗅獵人帶有一絲不屑地搖搖頭。「啊呀，女王陛下，這塊石頭是魔法物品，您竟然會使用這樣的物品，真令人驚訝。您怎麼能移除魔法，您應該『扼殺』它才對啊……皇上聽了一定會不高興，這種軟弱的行為，實在不符合戰士的作風。」

希剋銳絲女王的臣民不安地躁動，所有人一起倒退一步，彷彿想遠離即將爆發的火山。

沒有人敢那樣對希剋銳絲女王說話。

希剋銳絲女王的眼神變得比箭尖還鋒利。

「軟弱？**軟弱？不符合戰士的作風**？你膽敢質疑本女王的做法？」她的語氣極其冰冷，假如巫妖嗅獵人意志沒那麼堅定，說不定連骨髓都會結凍。「我不過是用文明、現代的方式，利用魔法來消除魔法。為了達到目的，我們可以不擇手段。我是偉大的統治者，你不過是一介平凡的害蟲捕手，我命令你去牆外獵殺巫妖，你就給我聽話地完成任務！」

巫妖嗅獵人彷彿被什麼咬了一口，微微一跳。

他從來沒遇過像希剋銳絲女王這麼有氣勢的人，大部分的人看到他都會怕得瑟瑟發抖，因為他是全戰士帝國最可怕的人之一。巫妖嗅獵人回頭望向他的部下，這些人是戰士皇帝的魔法獵殺部隊。

他們的鐵頭盔、形形色色的武器和獵捕魔法生物的器具，在陽光下閃閃發亮。

「女王陛下，我才是獵殺巫妖的專家。」巫妖嗅獵人怒斥。「您該處理的問題，不是外面的巫妖，而是這個庭院裡面的巫妖！」

天啊天啊天啊天啊！希望心想。**母親「絕對」找錯人了……**

「你在胡說什麼？」希剋銳絲女王厲聲說，她硬是用氣勢壓過巫妖嗅獵人。「我不是說了嗎？巫妖不可能進到牆內！」

「**您邀我來找巫妖，我當然要來找巫妖！**」巫妖嗅獵人一根手指顫抖著指向天空，對希剋銳絲女王大喊。

他側身往前行走，像狗一樣嗅起附近的人。

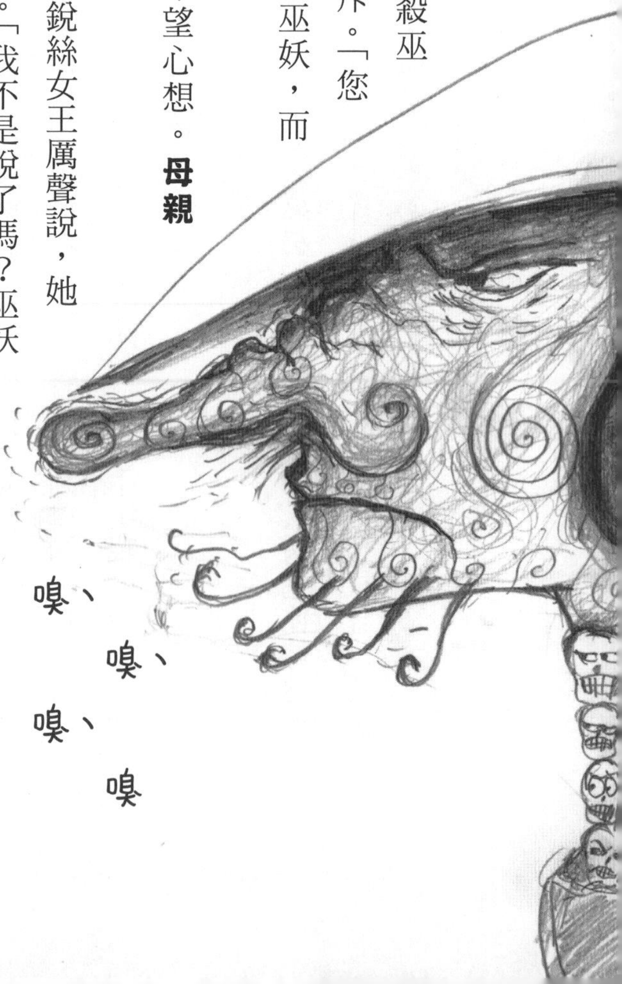

「我聞到『巫妖』了……」巫妖嗅獵人用尖銳、高亢的聲音嘶聲說。

庭院裡的群眾驚恐地低呼。

「唉，我的老天。」希剋銳絲女王嘆息著說。她心想：**我運氣真差，這人根本是瘋子**。她很後悔當初邀請這個瘋子來她的女王國。

在平時她能完美地控制臣民，但這些戰士很迷信，情況很可能脫離她的掌控。

「我聞到『巫妖』了！」巫妖嗅獵人又聳動地高喊一聲，手指直指天空。

比一大群青蛙還瘋，比滿山滿谷的松鼠還瘋……女王心想。

「不管魔法藏在哪裡，我都可以聞到它。」巫妖嗅獵人齜牙咧嘴地說。「我會在人群中走動，指向藏匿魔法的人……」

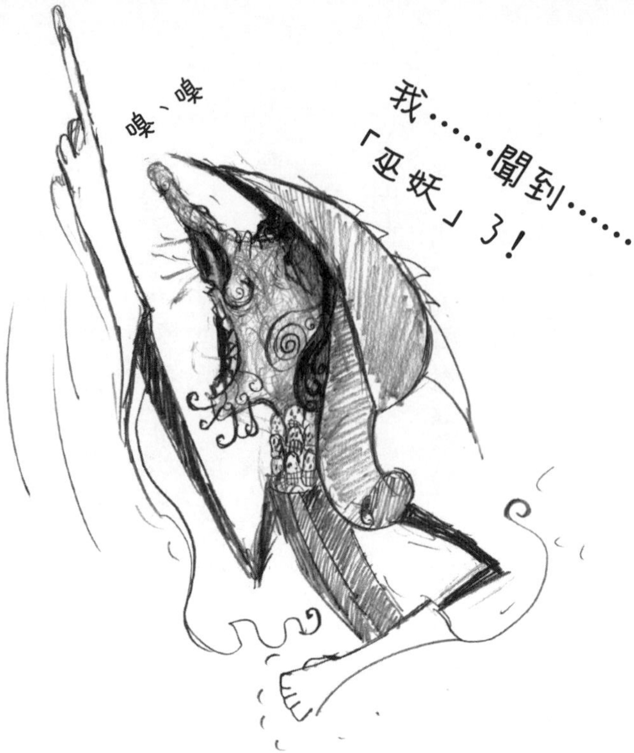

眾人聽他這麼一說，庭院裡瀰漫著可怕的死寂，你就算沒有巫妖嗅獵人靈敏的鼻子，也能嗅到恐懼的氣味。

那是緊張和汗水的氣味。

希望感覺自己變得很熱，衣服突然害她的脖子和背部很癢。

「我的槲寄生啊，害蟲捕手，你該不會從來沒看過『真正的』巫妖吧？」希剋銳絲女王不耐煩地用手指輕敲王座扶手。「你要是看過巫妖，就絕對不會忘記他們的長相……巫妖體型龐大，有尖

爪，身上全是羽毛，而且血液是綠色的……」

「那種巫妖早就滅絕了！」巫妖嗅獵人尖喊。「我說的是『現代』巫妖！潛藏在我們之中的巫妖！」

「害蟲捕手，你不可能在這裡找到魔法的。」希剋銳絲女王打著哈欠說。

「我的城堡非常乾淨。」

希望試圖躲到繼姊戲劇背後，她盡量把身體縮得小小的，不引人注目。她的頭髮不停亂捲亂翹，她只能用力用兩隻手壓住頭髮，希望不會有人發現。

拜託不要指我……

拜託。

如果那根手指指向我，我就「再也別想」離開懲罰壁櫥了……

母親一定會對我「失望透頂」……

但到時候我也不必擔心這個，因為我可能已經「死了」……

微微顫動的鼻子已經來到希望身後。嗅、嗅、嗅。

巫妖嗅獵人的手指停下動作，希望幾乎能感覺到瘦巴巴的指尖戳在她背上，像白森森的雞骨頭。再過一下下指頭就會指向她，再過一秒，兩秒……

希望無法承受這種懸而不決的感覺了，她閉上沒有被眼罩遮住的眼睛。

拜託不要指我。

拜託了。

手指在她背後停頓——她知道，巫妖嗅獵人準備指向她……

第五章　手指指向希望……然後一切變得有點混亂……

巫妖嗅獵人可怕的雞骨頭手指，直直戳在希望的背上。

「啊哈！」巫妖嗅獵人得意地高呼，他拉了希望一把，讓她轉身面對他。

「找到巫妖了！」

群眾震驚地呻吟一聲。

「你好你好，幸會幸會！」希望絕望地開始用之前學到的會客禮儀。「歡迎來到戰士鐵堡，你這一路還順利嗎？最近的天氣真的很舒適對不對，希望你身體安康，還有……呃……能請問你是做什麼工作的嗎？」

巫妖嗅獵人錯愕地眨眼。

「我……專門……**獵殺**……**巫妖**……」他惡狠狠地說。

我不得不說，希剋銳絲女王面對這時的危機，顯得鎮定自如。一頭金髮的她優雅地快速站起來，迅速走到巫妖嗅獵人身邊，一隻手搭在他的手臂上阻止他繼續指向希望。希剋銳絲女王甚至露出百無聊賴的表情。

「害蟲捕手，這不是巫妖。」希剋銳絲女王說。「這是我女兒——希望。她或許很無能，或許害我們戰士部族顏面盡失，但她絕不可能是巫妖。」

「她怎麼可能是戰士女王的女兒！」巫妖嗅獵人嘶聲說。「她看起來很奇怪……」

「我應該不會認錯自己的女兒。」女王譏諷地說。「可恥的頭髮，矮小的身材，整體而言就是個次等戰士——希望，妳怎麼沒隨身攜帶武器？」

「武器被我忘在壁櫥裡了……」希望說。她難過地垂頭盯著自己雙腳，不願面對母親嚴厲的目光。

「拼字能力慘不忍睹，一點也不聽話，儀態舉止可悲至極。」希剋銳絲接著說。她平時數落希望都沒有罵得這麼凶，但是她今天心情很差。「這就是我的女兒沒錯。」

「可是她掛在胸前的牌子說她是『本蛋』……本蛋是什麼東西？」巫妖嗅獵人疑惑地問。「這是某種奇怪的西方魔法生物嗎？」

「害蟲捕手，你才是笨蛋。」希剋銳絲女王冰冷、理性地說。「巫妖不可能變成人形。我早就告訴過你了，巫妖是非常特別的魔法生物，他們有綠色血液，還有長了羽毛的翅膀，而且他們沒有滅絕——這正是我召喚你的原因。」

巫妖嗅獵人又恢復鎮定，他高高舉起一根手指。

「**我的手指從來沒有指錯人！**」他大喊。「**來人！搜這個『本蛋』的身！**」

希剋銳絲女王威嚴地抬頭挺胸。

「我女兒再怎麼不肖也是王族，是山怪牧者『嚴腿』的直系後裔！」希剋銳絲女王說。「你休想搜她的身，否則我會親自向皇帝舉報你！希望，妳會自己把口袋裡的東西拿出來，對不對？」

還好魔法物品都交給刺錐保管了。希望心想。**他是全世界最好的保鑣，我真的、真的該多聽聽他的建議**。

希望在口袋裡摸索，她確定裡面沒有東西……然後她的臉瞬間刷白。她緩緩抽出手，攤開手指，坐在她手掌上的是……

曾精。

然後，從另一邊口袋……

吱吱啾驚恐地飛竄出來，他匆忙對希望尖聲說：「真的很對不起，希望！」

希望震驚地眨眼。**吱吱啾在這裡做什麼？**

一隻遊隼不知從哪裡冒出來，拍著翅膀俯衝下來，在希望手掌上方停頓半秒。小小的曾精很有默契地跳上鳥背（如果希望有心情欣賞他們的默契，鐵定會很佩服他們），吱吱啾也抱緊遊隼的一隻腳爪，三隻生物往天上遠遠飛走。

希望目瞪口呆地盯著他們的背影。

庭院裡，一片凝重的死寂。

然後，眾人亂成一團。

「她口袋裡有小妖精！」巫妖嗅獵人尖叫。「**她是巫妖！**」

「希望，這就是妳所謂的，」希剋銳絲女王咬牙切齒，嘴巴幾乎緊閉著說。「『不會惹麻煩』？」

「我不知道他們在我口袋裡，母親，我真的沒說謊……」希望臉色慘白地哀求。

「**逮捕這個本蛋！**」巫妖嗅獵人邊拔劍邊瘋狂尖叫。

魔法湯匙前來救援！

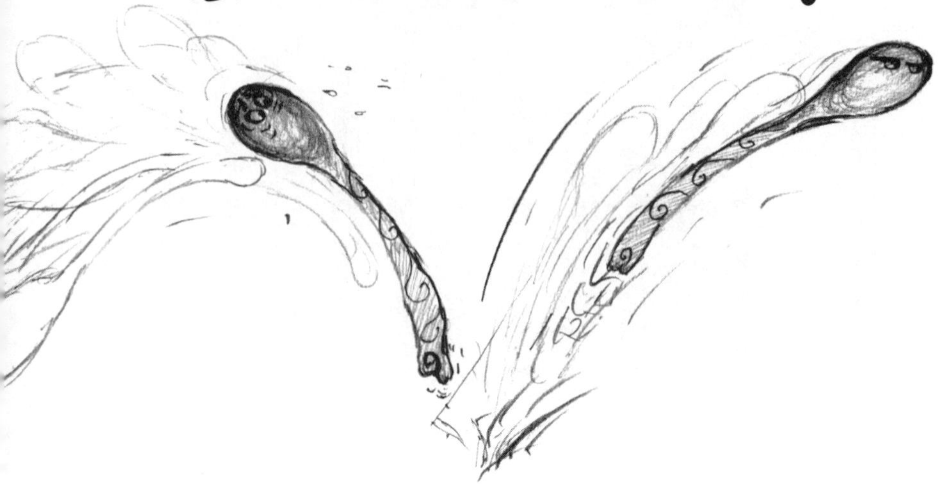

「即使這個不聽話又沒用的小公主口袋裡有小妖精，」希剋銳絲女王氣得七竅生煙，她拔出自己的劍，邊高喊：「也不代表她是『巫妖』。戰士們！**保護公主！**」

她忽然嚇了一跳，因為……

噹！噹！噹！噹！噹！魔法湯匙從平臺另一邊跳過來拯救希望，他彈跳的方式很特別，像是從倒立跳回站姿，一路用勺和握柄翻筋斗跳過來。

「那是什麼東西？」希剋銳絲女王嘶聲說。她幾乎不敢相信自己的眼睛，她看著魔法湯匙飛快跳到一臉困惑的巫妖嗅獵人面前，跳上他身穿黑衣的細瘦身體。

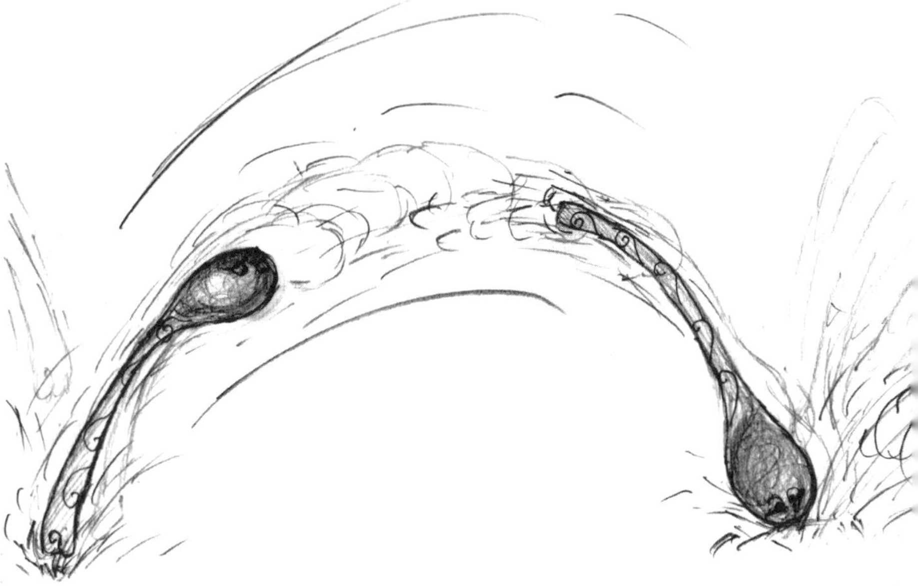

噹！咚！噹！噹！魔法湯匙左右敲打巫妖嗅獵人的頭盔，聲音大到巫妖嗅獵人鬆開握劍的手，耳朵裡全是金屬敲打聲。

接著，已經亂得令人頭暈目眩的情況，變得更混亂了……

「**有巫妖來襲！**」刺錐尖叫。儘管他穿著兩套盔甲，恐懼增強了這個助理保鑣的力氣，他勉強爬上臺。

滿腦子擔心巫妖來襲的他，剛剛看見其他人沒注意到的東西。當你的敵人可以隱身，你會覺得到處都是敵人——但這次，刺錐**就是知道**他沒有看錯。

有一隻巫妖手爪飄在空中，往希望和

巫妖嗅獵人的方向飛去……

於是刺錐衝上平臺，大聲尖叫：「**巫妖！巫妖！**」可以想見，這只有讓事情變得更亂。

「希望，**有巫妖**！妳背後有巫妖！」刺錐大叫。

「**逮捕本蛋！**」魔法獵殺部隊齊聲大喊，他們跟在刺錐身後衝上臺。

「**保護公主！**」忠於希剋銳絲女王的戰士齊聲大叫，他們也跟著衝上臺。

我就說情況很混亂吧。

「**啊哈！**」巫妖嗅獵人得意地大叫一聲，抓住攻擊他的東西，把他從頭上抓下來。

湯匙立刻停止掙扎，直挺挺地裝死。

巫妖嗅獵人不可置信地眨眼。「剛剛攻擊我的是……一根『湯匙』？」

他低頭嗅聞湯匙，令人作嘔的鼻尖像獵犬鼻子似地嗅來嗅去。

魔法湯匙盡量保持僵硬，但是他被巫妖嗅獵人的鼻尖搔得太癢了，忍不住發笑似地微微抖動。他只動了一秒，然後又變得僵硬。

巫妖嗅獵人眨眨眼。他一定是看錯了，湯匙怎麼會動？

他小心地把湯匙放進嘴裡，因為湯匙本來就是這樣用的。碰到巫妖嗅獵人嘴唇的瞬間，湯匙瘋狂掙扎、左右扭動，試圖逃脫巫妖嗅獵人的掌握。

巫妖嗅獵人驚恐地吐出湯匙，像被虎頭蜂螫了一樣放聲尖叫：「**這東西是活的！**」

我實在無法判斷是誰覺得比較噁

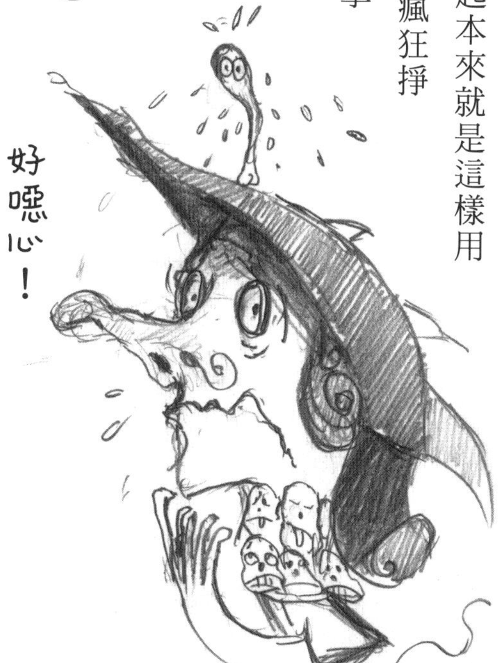

心——巫妖嗅獵人還是湯匙。

湯匙跳起來，用力敲巫妖嗅獵人敏感的鼻尖，然後全速從他身上跳下來，彈跳著從旁邊的人胯下逃走。

「**快抓住那根湯匙！**」巫妖嗅獵人摀著鼻子大喊。

如果我有一把劍就好了……希望心想。

她焦急地左顧右盼。

她就站在魔法劍旁邊，而那把劍緊緊插在不再能移除魔法的石頭裡。

於是希望伸出手，拔出魔法劍。

希剋銳絲女王微張著嘴巴，驚訝地看著希望拔劍。這六個月以來，希剋銳絲女王用盡了她能想到的每一種方法，試圖從巨石裡拔出那把殺巫妖的劍——既然巫妖重返野林，她真的、真的很需要那把劍——但魔法劍連動都沒動一下。

整整六個月啊！

希剋銳絲女王找了巨人、野山怪、女王國各個角落的壯士和肌肉女，她甚至偷偷嘗試用「法術」把劍弄出來（希剋銳絲女王是個很狡猾的人，我們在前面也看到了，她願意利用魔法來消滅魔法）。

她每一種方法都試過了，卻沒有一次奏效。結果，現在她能力低下的古怪女兒竟然**輕輕鬆鬆把劍拔出來了！**

希剋銳絲女王感到一絲不情願的敬佩，同時也非常困惑。今天發生了許多她不能完全理解的事，她最討厭這種狀況了。

在平時，希望很不擅長劍術。

不過魔法劍有一個很棒的功能，任何人握住這把劍，都能變成全世界最強的劍士。希望連續擊退了一個、兩個、三個魔法獵人（希剋銳絲女王邊看邊自言自語：「打得好。」）。

希望接著跑去幫刺錐，因為他正手忙腳亂地和一隻飄浮在空中、很像巫妖手爪的東西打鬥——刺錐之所以打得手忙腳亂，是因為他穿了太多盔甲，一時行動困難。

刺錐無法轉頭面對他的對手，每次他都得全身轉三百六十度，很慢很慢地挪移身體。

更慘的是，刺錐頭盔的面甲雖然看起來很厲害，實際上卻會嚴重影響他的視線，面甲罩下來時他根本什麼也看不見。刺錐的劍非常沉重，他好不容易把劍舉起來，奮力砍向他想像中敵人所在的地方，卻被劍的重量拉得重心不穩，然後……

匡啷！

那是刺錐戴著頭盔的頭撞到地板的聲音。

他馬上昏了過去。刺錐患了一種病，當他遭遇極端的危險時，身體會自動昏睡過去。

「刺錐！快醒來！」希望大喊。

「誰？哪裡？什麼？怎麼會這樣？」刺錐抱著頭坐起來。

「戰士鐵堡！可能有巫妖來襲！你小心！他好像準備飛過來了！」希望大喊道。

她正準備提著魔法劍衝向她想像中隱形敵人所在的位置……

然後，她及時停下腳步。

這難道是……？

第六章　事情變得更混亂了

也許她猜對了。

隱形的敵人緩——緩——在希望眼前現出原形，應該是因為戰士們的鐵盔甲讓他的隱形法術失效了。是那個巫師男孩：札爾，恩卡佐之子。

「**札爾！**」希望高呼一聲，她很開心能和好朋友重聚，開心到差點忘了他們現在身在何處。「可是……可是……你來這裡做什麼？」

「妳剛剛完全毀了我的任務——不過我還是要救妳！」札爾大叫。

「那個狡猾又可惡的巫師男孩！」希剋銳絲女王驚呼。

事情是這樣的：札爾費了不少功夫，好不容易混進戰士鐵堡，就是為了拿回他的《法術全書》。

卡利伯苦苦求他不要把希望捲進危險，但札爾說他會神不知鬼不覺地潛入鐵堡，偷回《法術全書》，希望根本不會注意到他。一開始，他的計畫進行得很順利。他穿著希剋銳絲女王的斗篷走到高牆的大門前，這是他六個月前偷走的斗篷——希剋銳絲女王經常穿這種遮住臉的斗篷，這樣她能在不被臣民認出來的情況下進出城堡。札爾把小妖精藏在斗篷下，順利走進戰士鐵堡，通過大門時守衛沒有起疑。

為了找到希望，札爾和小妖精們花了不少時間在鐵堡的走廊上偷偷摸摸地跑來跑去，他們用隱形法術隱身，還躲在城堡安靜的小角落。

希望和刺錐跑出教育之塔時，隱形的札爾和小妖精緊跟在他們身後，札爾故意在樓梯底部絆希望一跤，讓曾精和吱吱啾溜進她的口袋找《法術全書》。可惜他們一進到庭院，周遭的鐵就讓吱吱啾和曾精現出原形，而且希望跑到臺上之後，兩隻小妖精實在不好逃脫。

聽到巫妖嗅獵人宣布希望是巫妖，風暴提芬和鬼燈籠直嚷著要札爾讓希望自生自滅。

但札爾說過他會改過向善，他怎麼能拋下希望不管……而且希望會惹上麻煩，全是因為札爾的小妖精溜進她的口袋。

於是，隱形的札爾衝向巫妖嗅獵人……卻被保鑣刺錐撲倒。刺錐誤以為札爾的劍是巫妖手爪。

我們現在知道真相，不過希望還不清楚狀況。

救我？毀了他的任務？札爾「到底」在說什麼？

閃！閃！閃！閃！閃！閃！六隻小妖精突然現出原形，接著是三隻毛妖精比較微弱的光芒：閃！閃！閃！

希望這幾個月一直很想念這些小妖精，若在平時，她看到他們一定會很開心，但現在……

「我必須說，我也不想這麼沒禮貌，但你們來得真的、真的很不是時候。」

希望說。

這大概是全鐵器時代說得最保守的一句話了。

一名巫師男孩、一隻會說話的渡鴉、六隻小妖精和三隻毛妖精突然出現在戰士鐵堡裡，周圍全是被巫妖嗅獵人瘋狂催著去找巫妖的暴力魔法獵人……這就像是一隻肥滋滋的母雞和十隻毛茸茸的黃色小雞，突然出現在飢腸轆轆的狼群之中。

「是**巫師**和他的**巫妖同伴**！」巫妖嗅獵人尖叫。

（他如果真以為吱吱啾是巫妖，那他想必沒見過真正的巫妖，但其他魔法獵人沒心情仔細觀察不同種類的魔法生物，他們都興高采烈地跟著大叫。）

「**抓住他們！**」魔法獵殺部隊大喊。

這下子，麻煩大了。

希剋銳絲女王的戰士願意衝上前阻止魔法獵人逮捕他們古怪的小公主，但他們不可能為札爾戰鬥，反而比較可能加入魔法獵人的行列。希剋銳絲女王六個月前見過札爾一面，我們這樣說好了，希剋銳絲女王的仲冬末之夜送禮名單上，應該沒有札爾的名字。

沒錯，這絕絕對對是重大危機。

但希望雖然長得和母親不太像，和希剋銳絲女王還是有一些共同點。

面對危機時，希望很冷靜、很鎮定、很狡猾——至少，她和母親一樣足智多謀。

那一瞬間，希望知道自己如果不立刻想到解決方法，札爾可能會被殺死。她快速把所有的選項整理一遍。

她從來沒有受過正規的魔法教育，所以選項不多。

她可以取下整個眼罩。

這麼一來，城堡會整個崩垮，他們能趁機開溜——可是這個計畫太危險了，而且鐵堡會被她搞得一團亂。

她可以用《法術全書》施隱形法術或變形法術。

可是《法術全書》現在在刺錐那裡，而且它藏在好幾層盔甲下，拿出來得花太多時間。

不然……希望可以模仿別人用過的法術。

希望回想到六個月前，風暴提芬施了一種法術，讓札爾的房門像脫外套的老人似地「脫下」門框，再把門變成飛行門，載他們逃出巫師堡壘。

希望把眼罩往上推一點點，抬頭望向教育之塔。她想像懲罰壁櫥的門（她對那扇門非常熟悉）像札爾的房門那樣脫離門框，接著她拼出風暴提芬施法時唸的咒語：「M、O、U、V、E……動起來……」

幸好魔法不太在意小小的拼字錯誤，反而很喜歡拼字方面的創意。法術變得更有活力，就像做某些化學實驗時加入氧氣一樣。

魔法獵人舉劍朝希望他們跑來，邊跑邊大叫：「**殺死巫妖——**」

砰——！

上方，懲罰壁櫥的門重重撞出教育之塔最頂層的窗戶，它維持成人脖子的高度迅速從庭院一邊飛到另外一邊，本來想攻擊札爾和「巫妖」（小妖精）的人不得不趴倒在地上，免得脖子被飛行門撞斷。

巫妖嗅獵人不可置信地揉揉眼睛，看著那扇門往上飛，又氣勢洶洶地俯衝回來。

「那是什麼東西？」巫妖嗅獵人語氣空洞、不可思議地悄聲說。

「報告長官，那應該是一扇門。」他的中士機靈地回答。

「**笨蛋**，我當然知道那是一扇門！」巫妖嗅獵人大罵。「我想知道它為什麼會像鳥一樣飛在空中！」

飛行門「嘰——」一聲猛然停在札爾和希望面前，仍然浮在半空中。

「我被巫師男孩綁架了！」希望邊喊邊抓住札爾的手臂，拖著他爬上飛行門。小妖精們在鐵器的作用下很難自在飛行，他們也跟著撲到門上。

札爾笑嘻嘻地說：「好主意啊，公主。」

門上有鐵樞紐和鐵鎖，札爾和小妖精沒辦法施法讓門飛起來。

「我要怎麼讓它飛？」希望焦急地問。她從來沒開過飛行門。

「用鑰匙！」卡利伯告訴她。

希望想也不想地握住插在門上的鑰匙，卻像是被咬了一口，突然把手抽回來。鑰匙的把手像嘴巴一樣移動，聲音輕快、尖細又友善地問她：「妳想去哪裡？」

「往上……」希望說。「我們要**往上**！」

這次她比較小心地握住鑰匙，輕輕往上推，整扇門忽然尖叫著飛上天，害大家差點摔下去。

「我們要回去救刺錐！」希望喊道。「我們不能把他丟在這裡——我母親現在很生氣，她會怪刺錐沒好好看住我！」

「**哈**！」札爾說。「一定要救他嗎？他還挺礙事的，要不是他把我撲倒，我早就把那個一直用鼻子聞來聞去的怪人打扁了……」

「呃……老大，《法術全書》好像在刺錐那邊。」吱吱啾喘著氣說。「它不在希望的口袋裡……」

「我們快回去救刺錐！」札爾揮著拳頭說。

希望猛地把魔法鑰匙往右轉，懲罰壁櫥的門瘋狂轉圈，又飛快朝庭院俯衝回去——大家好不容易爬起來，又被這突然的動作震得趴倒在門板上。

刺錐的盔甲太沉重了，札爾和希望必須一起抓住他，才能把他拉上飛行門。

「你們不要放箭，不然公主會被殺死！」希望對下方的人大喊。飛行門飛上天——刺錐的盔甲使門飛得有點不穩——在庭院上空衝來衝去。

平臺上，只剩希剋銳絲女王一個人站著，她寧可去死也不願撲倒在地上。

儘管如此，她現在也慌了，真的慌了。

情勢已完全脫離她的掌控。

希剋銳絲女王對著飛行門揮動她的劍，已經火冒三丈的她怒吼：「**希望，妳『現在』給我下來！**戰士公主怎麼可以在門上飛來飛去！戰士公主怎麼可以讓別人綁架她！」

「天啊，她真的很生氣。」希望從門的邊緣往下偷窺。「刺錐，還好我們沒把你留在下面……」

「母親，您說得對，戰士公主不會讓別人綁架她！」希望往下喊道。「沒有人會故意被綁架的……」

然而，她騙不過希剋銳絲女王，女王很清楚是誰綁架了誰。

「絕對不准離開鐵堡！給我安安全全地待在這裡！」希剋銳絲女王命令。

「我警告妳，妳不想被我狠狠教訓一頓，就給我待在牆內！」

請想像希剋銳絲女王看希望時的失望表情，把那份失望乘以十倍，你就知道，女王抬頭看著希望和那群名聲極差的同伴趴在飛行門上，她臉上的表情長什麼樣子了。

「母親，對不起！」希望內疚地說。「別擔心！我保證，我會馬上回來的！」

母親，對不起！
懲罰
壁櫥
禁止魔法

懲罰壁櫥的門不停往上飛，逐漸遠去……

越過鐵堡的城牆……

朝希剋銳絲女王蓋的高牆飛去。

希剋銳絲女王憤怒又無奈地嘆一口氣。希望再怎麼惹人生氣，希剋銳絲女王也不想看到女兒被弓箭手射下來。

她對教育之塔上的守衛喊道：「公主即將飛過高牆！你們別放箭！」

守衛把命令傳給其他高塔上的守衛，令人震驚的訊息一路傳到高牆上。

「不准把門射下來！這是女王的命令！」

希剋銳絲女王的高牆應該堅不可摧、無法攀爬也無法攻破才對，包括巫妖在內，任何魔法生物都無法突破這道障礙。手持弓箭的守衛看著飛行門搖搖晃晃地從頭頂飛過去，看到這壯觀的一幕，他們恨不得把那扇門射下來——尤其是札爾從側邊探出頭，厚顏無恥地對他們揮手的時候。

但他們太怕希剋銳絲女王了，沒有人敢違抗命令。

希剋銳絲女王目送飛行門飛遠，那扇門狂亂地晃動，甚至有好幾次差點摔下來，害她忍不住閉上眼睛。最後，飛行門繼續前進、前進，朝森林飛去。

負責開飛行門的，是希剋銳絲女王笨拙的小女兒，考慮到這點，他們能在森林裡飛超過五分鐘都沒撞到東西，就算是天大的奇蹟了。

不過，在希剋銳絲女王憤怒的臉上，還有一絲更罕見的情緒。恐懼。

因為她知道，她的小女兒面對了非常恐怖的危險。

答、答、答……希剋銳絲女王憤怒地一隻腳在平臺上踩踏。巫妖嗅獵人和魔法獵殺部隊小心翼翼地爬起來，他們似乎覺得情勢對他們不利，因為只有女王一個人從頭到尾站得好好的。

希剋銳絲女王的戰士都沒有動彈，他們像刺蝟一樣抱著頭縮在原地，因為他們知道女王準備說話了，還是低調地等她罵完再起來比較好。

希剋銳絲女王瞇起眼睛。

她猛然出擊，每一字、每一句宛如毒蛇的一咬，充滿劇毒的諷刺與蔑視。

「你這個沒用的害蟲捕手，這次的亂子全是你捅出來的！」希剋銳絲女王厲聲說。「就因為你沒能力遵從命令、完成你的工作，我的女兒離開了我的城堡和我的庇護，被帶到危險的森林裡了！你知道森林為什麼危險嗎？因為在我的高牆外面，有**貨真價實**的巫妖——你這個飯桶就算被巫妖咬到鼻子，也不會知道那是巫妖——那些**貨真價實**的巫妖會一直追殺我的女兒！這一切**全……是……你……的……錯！**」

巫妖嗅獵人張開嘴巴，又閉上嘴巴。

然後他挺起胸膛，一隻手指直指天空，達到最駭人的效果。他氣得全身發抖，這輩子從來沒見過這麼討厭的女人。「這才不是我的錯，希剋銳絲女王，是您麻煩大了！您試圖隱瞞女兒是危險的『本蛋』這件事，不讓人知道您女兒和邪惡的魔法生物關係那麼好！」

「她是被『綁架』了！」希剋銳絲女王說。「還有，你到底是有多愚蠢、多無知？世界上沒有『本蛋』這種東西！」

巫妖嗅獵人氣得直發抖，他一甩斗篷，轉身面對他的魔法獵人，掛在脖子上的小妖精頭顱和巨人腳趾甲撞得喀啦喀啦響。

「**追上去！**」巫妖嗅獵人大喊。「**魔法獵人，上馬！小妖精捕手，把網子準備好！巨人殺手，把斧頭磨利！我們一定要『抓、到、他、們』！**」

巫妖嗅獵人跳上馬背，在魔法獵殺部隊的喊叫聲中，全都衝出城堡大門。

魔法門已經飛得很遠，希望等人的身影小到幾乎要消失在蓊鬱森林裡了。

魔法獵殺部隊追了上去，狼犬像看到狐狸似地瘋狂吠叫，巫妖嗅獵人也瘋狂尖叫著騎在最前頭，斗篷被風吹得飄了起來。一行人浩浩蕩蕩地追著飛行門前進，衝進森林。

我不曉得你有沒有看過打獵的隊伍，反正這是十分駭人的景象。

「等魔法獵殺部隊追上希望，他們肯定會把她撕成碎片。」戲劇滿意地說。

「他們絕對不會，」希剋銳絲女王神情冰冷地說。「因為我會先追上巫妖嗅獵人。戰士們！」她在平臺上跺腳，一下、兩下。「全部給我站起來！幫我的獵馬上馬鞍！沒時間磨磨蹭蹭了，**我們要全速追上公主！**」

第七章　牆的另一側

飛行門逐漸接近希剋銳絲女王那道誰也無法攻陷、堅不可摧的無敵高牆，札爾興奮地大聲歡呼。

「我做到了！」札爾開心地揮著拳頭說。

「你應該說，『我們』做到了！」希望糾正他。

「現在該往哪裡？」魔法鑰匙聊天似地問。

「我從來沒看過會說話的魔法物品。」札爾說。

「我也不知道這是怎麼回事！」希望有點焦慮地回答。「我不是故意讓這些物品活起來的！」

希望發現控制飛行門很困難，六個月前札爾操控飛行門時顯得輕鬆自在，但是在她的魔法作用下，飛行門似乎飛得太快了，還一直左右亂飛……

有點像希望現在的心情。

希望知道她應該很驚恐、很焦急，她知道戰士公主真的不該和巫師一起乘坐飛行門。過去，她總是很努力當戰士公主，總是很認真寫

數學題、練習劍術和練習寫字。

然而事實上，在她內心深處，希望已經受夠了。她不想再思考「i」應不應該放在「e」前面，不想再算「y」減掉「x」等於多少，不想再煩惱每隔一週的星期四，該把雷鬼頭夫人交代的作業帶去教室還是馬廄。

她當然很怕也很難過，畢竟她知道母親一定氣得要命，而且對她失望透頂。

但希望心裡也有一部分欣喜萬分，她又將踏上新的冒險旅程，高高飛過城牆……然後飛得更高更高，越過她母親興建的高牆。風將她的亂髮往後吹，他們真的要越過高牆了！希望從飛行門的邊緣往下望，看見下方很遠很遠的高牆上，小小的戰士守衛們忙著大吼大叫，卻沒有放箭……

希望心跳加速……他們飛過高牆了！森林像是巨大的綠色

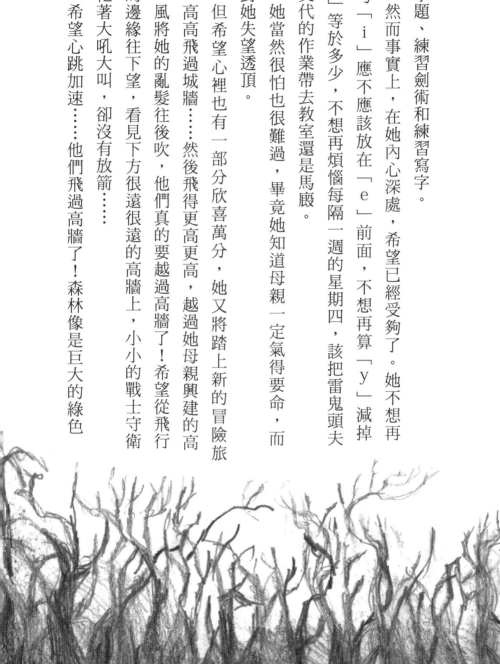

地毯，往每個方向鋪展出去，充滿了刺激與潛藏的危險。

他們才剛飛過高牆，就馬上遇到問題。飛行門迅速下沉，同時，刺錐指向下方湧出鐵堡大門的魔法獵人——如果不想被逮到，希望一行人就得全速遠離戰士鐵堡。

「刺錐！」希望命令。「把盔甲脫掉！它太重了，我們飛不動！」

刺錐把胸甲、長矛、劍、腿甲、臂甲往下丟，盔甲掉進下方的森林裡。飛行門的前端往上抬，飛行速度變得更快，方向更好控制了。希望的心也不由自主地飛了起來。

飛行門如箭矢似地疾速掠過森林上方，希望愉快地心想：**他們不可能追上我們！至少，今天晚上是不可能了……**

他們飛過鋸齒河，繼續遠離希剋銳絲女王的領土，遠離無聊的現實生活、懲罰壁櫥和討厭的繼姊，進入充滿刺激與冒險的巫師野林。

不過，離開希剋銳絲女王的領土、飛在森林上方時，希望心中的喜悅消失了。下方的土地看起來不太對勁，她上次飛過這片森林，看到的不是這樣的景象。在平時，你可能會看到邊沉思邊冒煙的巨人緩緩走在鄉間、巫師營地的篝火，或是成群結隊的小妖精在不同季節南遷或北遷。現在，森林裡沒有冒煙的巨人或篝火，林中一片沉寂。

野林異常寂靜，有的樹上多了可怕的焦黑缺口，像是被壞小孩拿大剪刀亂剪過。

「我的天啊……」希望悄聲說。「這些都是……」

「是巫妖做的。」札爾嚴肅地幫她說完那句話。

「我都不知道發生了這麼可怕的事！」希望說。

這是十分恐怖的一件事——戰士領地的生活和平常差不多，可是希望在戰士鐵堡練習劍術、寫數學題時，牆的另一側卻有一場戰爭悄悄拉開了序幕。

「還不是妳母親害的。」札爾說。「只要戰士都安全，她才不會管我們的死活，她打算讓巫妖把我們殺光光。」

「她哪有那麼壞，」希望說。「她不是找巫妖嗅獵人和魔法獵人來幫忙嗎？」

「如果妳說的『巫妖嗅獵人』是那個到處聞別人、用手指亂指別人的傢伙，妳真的覺得他能幫上忙嗎？」札爾說。

希望不得不承認，巫妖嗅獵人來到野林，應該不算是好事。

「不行，現在一切只能靠『我』了。」札爾悶悶不樂地說。「畢竟『我』是命運之子。」

刺錐聽札爾提到「巫妖」兩個字，就緊閉雙眼，現在一片盔甲也不剩的他，一想到巫妖就想吐。刺錐本來就不喜歡坐飛行門，希望又是駕駛飛行門的新手，常常不小心讓門上下左右亂晃，刺錐覺得自己的胃可能早就遺落在城堡裡了。

「我們要往哪個方向飛？」希望問。

札爾指向右下方。「雪貓和粉碎者在那個方向的某個地方等我們。」他說。

他們降落得不是很順利。

降到樹冠層以下之後，希望沒辦法讓飛行門慢下來，而且她經常左右不分，飛行門發瘋似地在樹幹之間撞來撞去，直到他們來到一小塊林中空地。最後，他們重重撞上地面，札爾、希望和刺錐都飛了出去。

「哇。」札爾站起身，拍拍身上的塵土，一邊不怎麼有禮貌地說。「希望，妳開飛行門開得太狂了！」

說完，他對天空揮拳頭大喊：「我做到了！任務完成！樹木和流水的神靈啊，你們看看我！敬畏我吧！對我鞠躬磕頭吧！」

「喔好棒棒棒，札爾！逆做得很好，很好！」吱吱啾興奮地尖聲說。「逆超棒，逆真的超棒！」

「沒錯，我就是超棒。」札爾帶著大大的笑容說。「**十三歲的札爾神出鬼沒，他完成了兩件不可能的事情！他成功逃出戈閔克拉監獄，『還』飛過希剋銳絲女王『無法突破』的高牆……而且他做了不只『一次』，而是『兩次』！我是命運之子！所有人，感受我偉大的力量吧！**」

他仰頭號叫：「啊啊**嗚嗚嗚**！啊啊**嗚嗚嗚嗚**！」

希望和刺錐從地上站起來，他們意識到剛才發生的一切，兩個人目光不善地盯著所謂的「命運之子」。

「你們不是該感謝我拯救你們嗎？」札爾用言語在他們的傷口上灑鹽。「還是戰士都不會說『謝謝』？」

這個恬不知恥的傢伙！

「哈！**哈**！你說你救了我們？」希望又驚又怒地扠腰說。「明明就是『我們』救了『你』！要是我沒有對門施法，你早就被魔法獵人給殺了！結果呢？你害我跟刺錐惹了這麼多麻煩！」

「你們的親戚都想攻擊我，你們當然應該幫我！」札爾說。「你們戰士對客人太不友善了吧！」

「**客人**？客人是我們邀請來的！客人很有禮貌！客人才不會用隱形法術偷偷溜進來，想偷走我們的東西！」希望說。「你指的應該不是『客人』，是

『小偷』才對……」

「那本《法術全書》本來就是我的！」札爾大叫。「我正準備踏上非常重要的冒險之旅，我需要那本書！而且說到小偷，你們戰士明明是全世界最不要臉的小偷，從以前到現在一直在偷我們的森林！」

「我們哪可能偷走森林！」希望大聲回嘴。「森林是大家的！」

「妳去跟妳母親講啊。」札爾瞪著她說。

「**你父親跟我母親一樣討厭，我上次親眼看見了！**」希望說。

幾百年前，戰士從海的另一邊來到野林，兩方人馬在森林裡兵戎相見，直到現在，希望和札爾還是像祖先一樣，巫師和戰士面對面站在森林裡大聲

咒罵對方。

卡利伯嘆一口氣。

他活過好幾輩子了，人類從古至今都是這個德行。他本以為札爾和希望會比較不一樣，但也許他們會像其他巫師、其他戰士一樣，整天鬥個沒完……

其實札爾也在生父親的氣，所以他不得不同意希望說的最後一句話，而希望也覺得她母親沒有好到哪裡去。

他們暫時停止爭吵。

「札爾，我們不應該吵架。」希望說。她伸出一隻手，讓札爾和她握手。「我最近都不知道你那邊發生了什麼事，很擔心你，你沒事真是太好了。我們不是朋友嗎……」

近來發生了種種事件，札爾現在沒幾個朋友。希望雖然是敵人，但其實札爾還滿喜歡她的，而且他不討厭那個常常睡著的怪保鑣。札爾沉默了片刻，然後說：「謝謝妳對那扇門施法，幫了我一把。」札爾和希望握了握手，他笑嘻嘻地說：「還有，我喜歡妳開飛行門的風格。」

也許人類還有一絲希望。

「而且真的很好笑，對不對？」邊閃爍邊從旁邊冒出來的風暴提芬嘶聲說。「那個巫妖嗅獵人，他像角鴞一樣尖叫……『這東西是活的！這東西是活的！』」

危險已經過去了，現在想起這件事，希望、札爾、小妖精們——甚至是刺錐——都開始哈哈大笑。魔法湯匙還重演當時敲巫妖嗅獵人鼻子的動作。

就連卡利伯也笑到肩膀上下抖動，他笑了一會才回過神來，輕咳一聲說：「我想提醒一下各位，你們應該在這裡和其他同伴會合才對……」

札爾停止大笑。

「喔對！卡利伯，你說得對！」他吹了兩聲口哨。「那幾隻雪貓跑到哪去了？粉碎者呢？我不是叫他們不要亂跑嗎？

「喔，你們在那裡啊！」札爾興奮地喊道。三隻美得驚人的山貓從陰暗的

森林跳出來，他們優雅地走向札爾，接著像三隻小貓般激動地把札爾撲倒在地上，亂舔他的臉。

「夜眸！貓王！森心！粉碎者！」希望開心地大喊。巨人——粉碎者——碰碰撞撞地走進林中空地，他邊走邊把擋路的樹木推開，頭頂和最高的樹枝一樣高。希望擁抱每一隻雪貓，把臉深深埋進他們柔軟的毛髮中，然後她跑去抱住粉碎者巨大的腳踝。「我好想你們……」

「窩們也很想逆！」吱吱啾愉快地高聲說。他竄進希望的頭髮，把頭髮弄成亂糟糟的小窩。「荒唐奇怪的大人類！」

「只有他很想妳……」鬼燈籠說。為了證明並不是**每一隻**小妖精都像吱吱啾一樣多愁善感，他吹出一口小妖精氣，把希望的瀏海凍在她額頭上。「我可不想妳……我討厭戰士……」

「這位是曾精。」一隻小妖精乘著遊隼落到札爾肩膀上，札爾指著他介紹道。「他是我的小妖精團隊的新成員。妳邪惡的母親移除了他的魔法，但他漸漸習慣沒有魔法的生活了，你說是不是啊，曾精？他的翅膀不能飛了，可是他現在可以坐在遊隼背上飛翔。」

曾精和其他小妖精體型相仿，形狀也差不多，但他胸口沒有明亮的光芒，還褪色到幾乎看不出原本的顏色。他肩膀上的翅膀萎縮了，耳朵尖端也垂了下來。

「幸會。」希望有點害羞地對曾精揮手。曾精似乎還沒有原諒希望或希望的母親，他全身僵硬地凝視遠方，假裝沒看到希望。

希望現在心情非常好，不介意被曾精無視。

老實說，當你從小到大只有助理保鑣和一根湯匙願意當你的朋友，能和其他志趣相投的人見面，是非常快樂的事情——雖然有些人有點惱人，而且理應是你的死對頭，你也不會介意。

刺錐突然抽出他的劍，他尖叫：「有狼人！希望，快躲到我背後！有狼人！」他這是第一次看到孤狼，孤狼在其他幾匹狼身後的陰影裡來回走動，尾巴不祥地左右搖晃。

「不不，沒事的，他是我朋友。」札爾若無其事地揮手說。「我們是在戈閔克拉認識的。」

「你朋友？這隻狼人是你朋友？」刺錐說。即使是札爾，這也太超過了。「可是狼人過去是巫妖的同伴……而且你在戈閔克拉做什麼？那不是監獄嗎？」

「孤狼是無辜的，他本來就不該被抓去關。」札爾說。「而且以孤獨胡言尖齒狼人而言，他其實很友善，只是不太懂禮儀而已。」

「不是每個被抓去關的人都說自己很無辜嗎？」刺錐一臉懷疑地盯著狼

人，狼人正有點瘋狂地亂抓地面，彷彿幾乎控制不住把所有人撕成碎片的衝動。

狼人凶惡地對刺錐露出滿口利齒。

「真是的，刺錐，別歧視人家。」希望斥責道。「誰知道呢，說不定這個狼人是很好的狼人啊……」

孤狼停下動作，驚訝地全身一僵。他從小被關在戈閔克拉監獄，從來沒見過戰士，這是他第一次聽到有人用「很好」兩個字形容他——通常別人看到他，只會尖叫著逃走。

「札爾，你怎麼會進監獄？」希望問。「還有，你要《法術全書》做什麼？其實你告訴我就好了，為什麼一定要用偷的？我又不會霸著你的書不還。」

「卡利伯叫我不要把妳捲進來。」札爾說。「而且我需要《法術全書》才能正確使用我父親的法杖。我準備踏上艱難的旅程，魔法越多越好……我打算消除……這個。」

札爾脫下手套。

希望和刺錐嚇得倒抽一口氣。

「你可以不要一直這樣嗎？」卡利伯哀嘆著說。他用一隻翅膀遮住眼睛，小妖精們全都嚇得嘶聲咒罵、散發綠光，雪貓和狼也低吼著做出準備飛撲的動作。吱吱啾顫抖著飛進希望的頭髮，窩在小巢裡不肯出來。

「我……的……天……啊！」希望驚恐地悄聲說。「你的手怎麼會變成這樣？這不是『巫妖印記』嗎？可是上次移除魔法的石頭不是把巫妖印記消除掉了嗎？我們那時都在我母親的地牢裡，每個人都親眼看到了啊！」

「是沒錯，可是巫妖印記沒有完全不見。」札爾說。「好消息是，我現在可以施魔法了，一開始感覺很棒。壞消息是……」

「這是『壞』魔法。」卡利伯接著說。「很壞很壞的『壞』魔法。你們也看見了，巫妖印記會逐漸擴散。」

刺錐和希望看著札爾的手，不禁打了個寒顫。

「看起來很慘。札爾，你覺得它會不會……你會不會怕它……怕它讓你加入巫妖那一邊？」希望不安地問。她輕輕把手搭在札爾的手臂上。她感覺札爾的皮膚有一股寒意，像是吹在後頸的陰風。札爾看起來狀況不是很好，他頭髮被汗水沾溼，像是發燒了，綠色的巫妖印記已經擴散到手腕以上。札爾眼裡有一種狂熱的異光，而且他不時會微微顫抖，彷彿隨時會得嚴重的流感，有時候他的手會突然變得僵硬，手指用力蜷曲成爪子……

就連天不怕地不怕的札爾，也開始怕了。

「德魯伊部族發現我有巫妖印記，就把我關進戈閔克拉監獄。他們說他們正在找解決方法，明明就是在『說謊』，我父親卻信了。」札爾不開心地說。「他們只想把我一輩子關在監獄裡，我父親也不在乎……哼，我會給他們好看！」

「可是，札爾，你打算怎麼辦？」刺錐說。「移除魔法的石頭壞掉了，我們不能再用石頭消除巫妖魔法了！」

「要移除巫妖印記只能用一種方法，那就是消滅巫妖。」札爾說。「所以我要去找到巫妖，消滅他們。」

刺錐目瞪口呆地盯著札爾，他也見過巫妖，他非常清楚巫妖的可怕之處。「你打算**自己一個人**去和一整群有酸血的怪物戰鬥？而且是故意去找他們？你不過是個小男孩啊！」

卡利伯也咳嗽一聲說：「札爾，你有打敗巫妖的自信當然很好，但你打算怎麼打敗他們？我從一開始就說了……」

「這就是《法術全書》派上用場的地方啦。」札爾說。「我相信書上一定有一些有用的資訊……」

「這真是太巧了！」希望激動地高喊。

「什麼太巧了？」卡利伯呻吟著說。他有種很不好的預感。「我最討厭巧合了……」

「**我『今天』剛在書裡發現一種消滅巫妖的法術！**」希望得意地說。「這就

是我逃出懲罰壁櫥的原因——我想把這個法術拿給你跟你父親看……刺錐，你把書拿給札爾看！」

希望的話才剛說完，《法術全書》就從刺錐口袋飛到空中，邊飛邊變大，最後落到希望手裡。

希望輕點目錄頁的字母，讓《法術全書》翻到正確的那一頁。

「這件事說來奇怪，其實法術不是我找到的，是我自己『寫』的。」希望告訴札爾。「我那時候用卡利伯給我的羽毛寫字，然後羽毛就開始『自己』寫字了……」

他們都擠到《法術全書》前，閱讀書上的文字。

《法術全書》
飛到空中，
落到希望手裡……

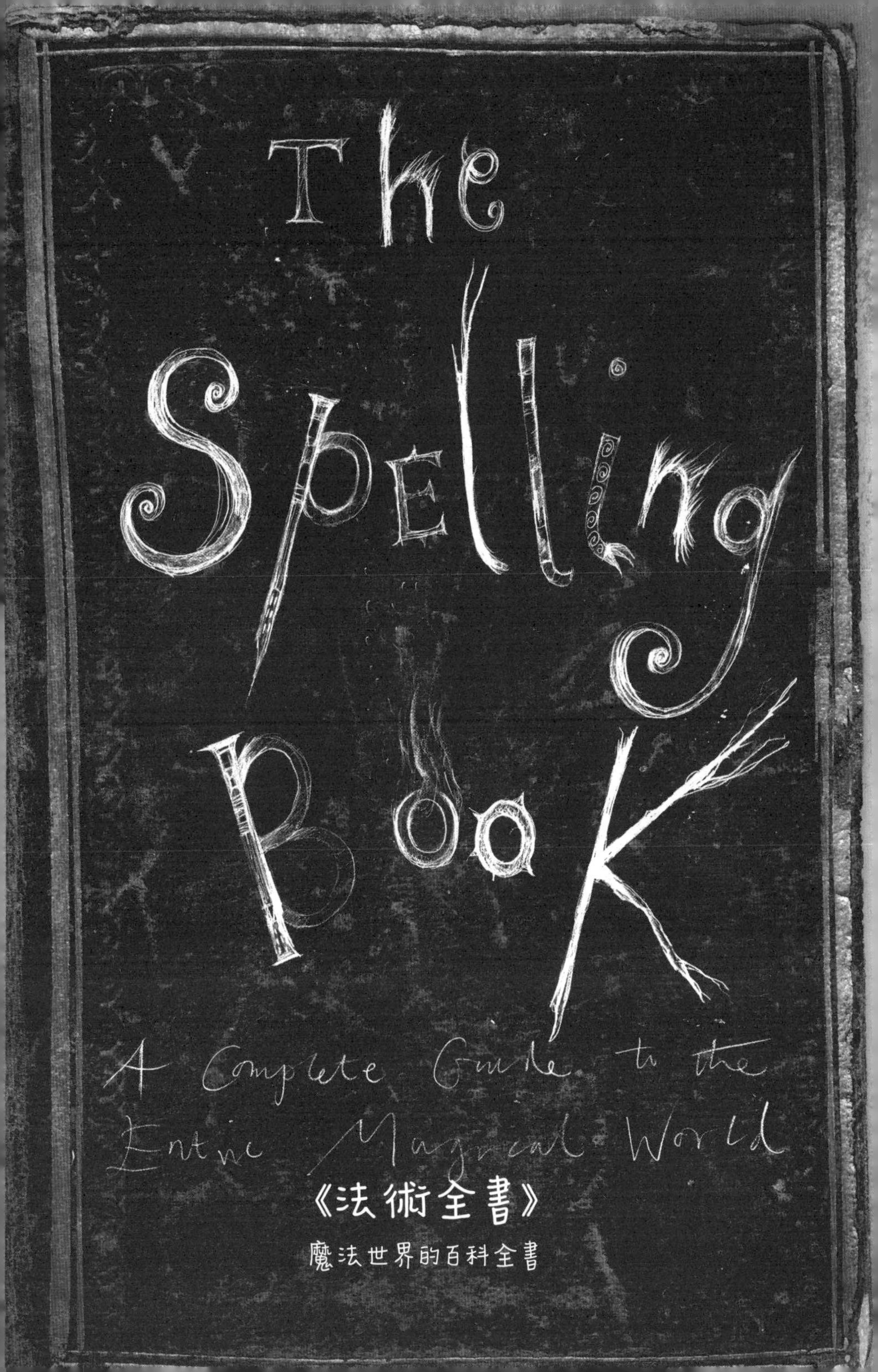

《法術全書》

魔法世界的百科全書

《法術全書》

血鬍子

血鬍子是居住在淹溺森林裡的危險人魚部族，他們怨恨所有巫師——雖然這份仇恨的起因已經在數百年前被遺忘，游在骷髏海裡的巫師還是會被血鬍子拖到海底溺死。

三頭熊地精

熊地精是十分煩人的巨大生物，擁有超群的追蹤能力，他們一旦追蹤你，就不會輕易放棄。

這隻熊地精的第三顆頭是隱形的。

念力

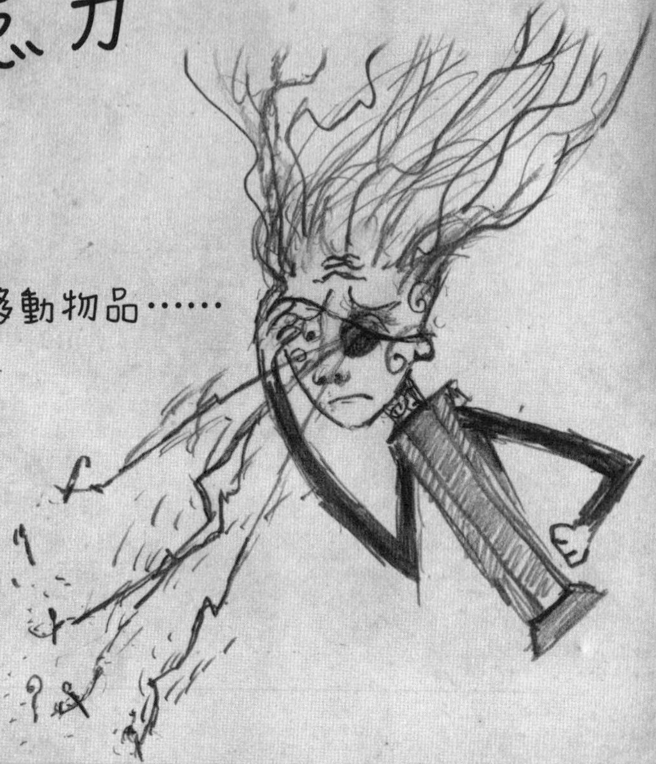

用意念移動物品的能力。大部分的巫師習慣透過法杖使用念力，但有些巫師能用雙手施法，或是像希望一樣透過魔眼使用念力。

通常巫師經過多年的訓練，才能完美地使用念力。

魔眼

有魔眼的巫師非常罕見，這種巫師有超過一條性命。魔眼允許巫師在沒有法杖的情況下使用魔法(一般巫師需要數十年的練習才能學會這種技能)，但是魔眼的魔法太過強大，非常難訓練和控制。

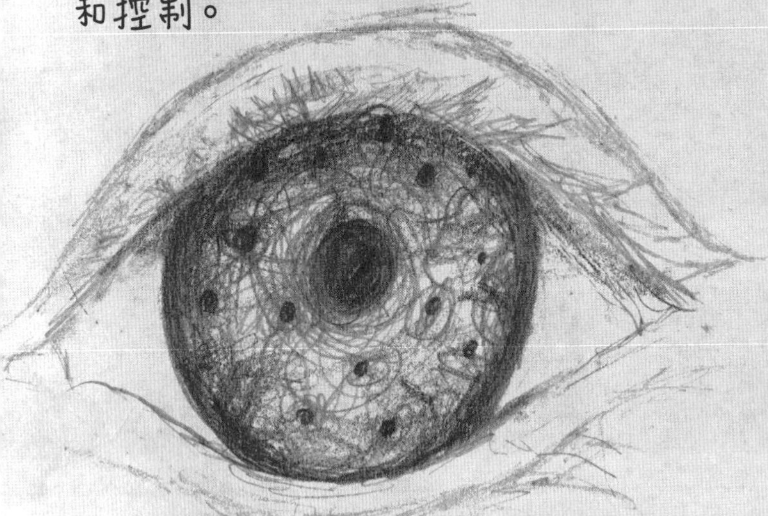

每隔兩、三個世代，才會有一個有魔眼的人誕生。

《法術全書》

變形法術

變形法術是最困難、最危險的法術之一，因為變化成別種形態是一回事，變回原本的樣子又是另一回事了。如果你維持一種形態太久，可能會永遠變不回原本的模樣。

法力高強的巫師能長時間維持變化後的形態，但還是能變回原樣。

《法術全書》

家妖精

無論是巫師或戰士堡壘，通常都住有家妖精。這些頑皮的小生物會像老鼠一樣躲起來，一般躲在牆內或地板下，晚上溜出來偷東西吃，或捉弄堡壘的居民。

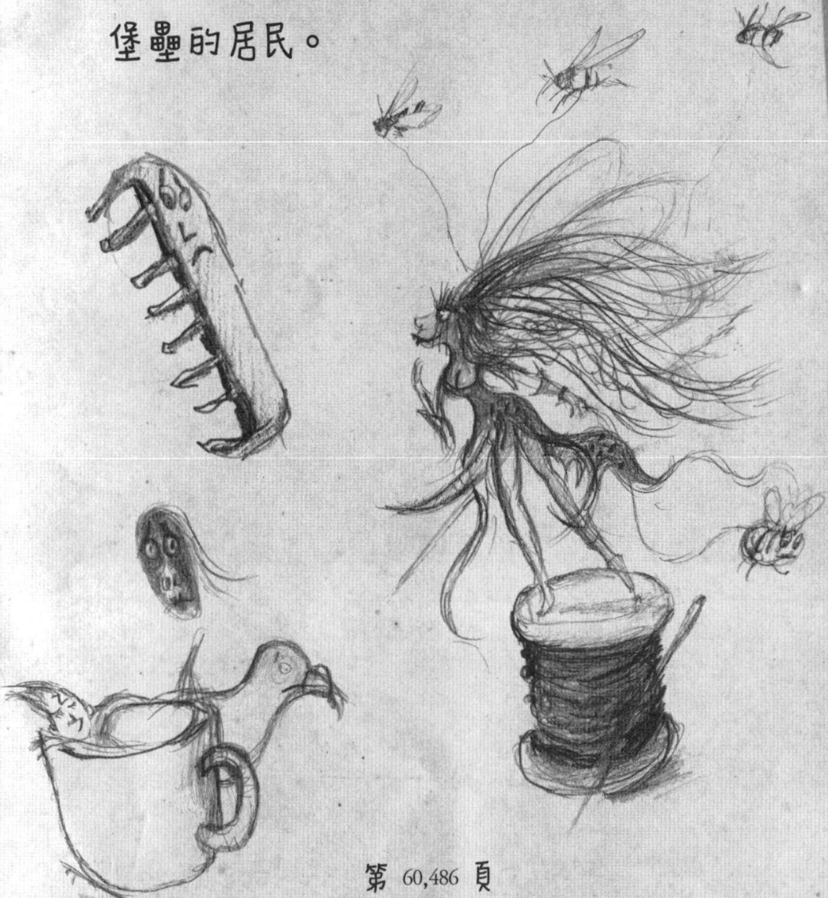

《法術全書》

自己寫故事

心午心希望：

一、我會用工柬習續畫和血字和樹學，便成全班弟一名。

二、我會讓老帥對我瓜木相看。

三、我會讓母新也對我瓜木相看，這羊她才不會對我失忘。

希望

第 2,304,587 頁

《法術全書》

消滅巫妖的法術

收集所有材料，用有生命的湯匙攪拌

材料：

一口：死亡堡巨人的最後一口氣

二根：巫妖羽毛

三滴：冰凍的女王的淚水

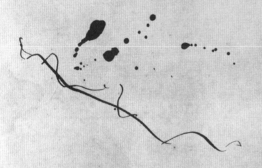

第 2,304,588 頁

《法術全書》感謝你閱讀本書。我們想親切地提醒你，通常所有事情到最後都會平安解決的。

（希望是如此）

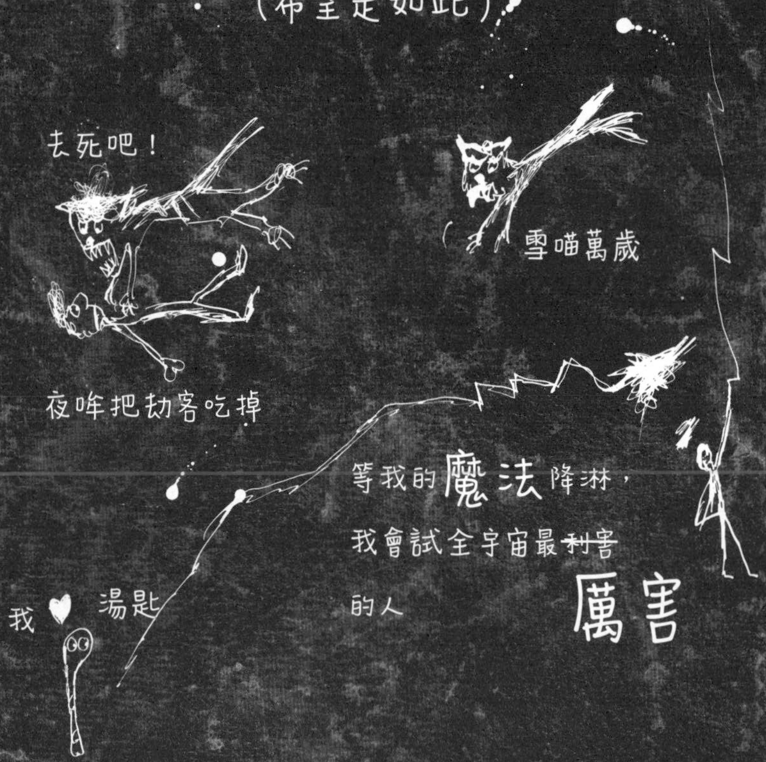

去死吧！
雪喵萬歲
夜哖把劫客吃掉
等我的魔法降淋，
我會試全宇宙最~~利害~~
的人
厲害
我♥湯匙

這本書背借給了我，希望

「逆們看！是食譜耶！說不定《法術全書》要窩們把巫妖『吃掉』？」吱吱啾興奮地說，因為吱吱啾時時刻刻都想吃東西。

「這不是食譜！」札爾說。「我的天啊，**妳說得對**！這是消滅巫妖的法術！我就知道！」

他們都滿懷希望地看著書上寫的法術。

「希望，這是妳用我的羽毛寫的嗎？」卡利伯問。他憂心到像秋天掉葉子的樹一樣，不停掉羽毛。「天啊，天啊，天啊……有時候我會忘記前幾輩子發生的事，可是我的羽毛不會忘記。」

「抱歉，卡利伯，我聽不懂。」刺錐搖頭說。「你說的『前幾輩子』是什麼意思？」

「我過去做為人類活過好幾輩子，但這是我第一次轉世成為一隻鳥。」卡利伯雲淡風輕地解釋。「也許這根羽毛寫下了『前幾輩子』的我，寫給現在的我的訊息？」

刺錐越聽越迷糊，這些巫師和魔法的事情怎麼會這麼複雜？他當戰士的助理保鑣，簡簡單單地活一輩子就好了，轉世啊、變成會說話的鳥啊，這些奇奇怪怪的事就算了。

「可是我從來沒聽過有什麼法術強到能完全消滅巫妖。」卡利伯說。「我前幾輩子真的知道這種法術嗎？**這究竟是什麼意思呢？**」

「意思就是，」札爾激動地說。「**夥伴們，我們要去劫掠法術囉！**太棒了！太刺激了！」

「劫掠法術」是魔法世界比較不光采的一面。有些法術會用到形形色色的材料，這些材料可能很難弄到手，所以一些被稱為「法術劫掠者」、太年輕又沒有翅膀的野生妖精，會專門盜取並收集法術材料。他們通常會晚上出動，為了迅速逃離犯罪現場，他們會騎在特別訓練過的遊隼背上飛走。

聽札爾這麼一說，本來難過地坐在遊隼背上的曾精突然直起身子，高興了起來。一想到自己能再度在世界上扮演重要的角色，他就興奮到不小心從鳥背上摔下來。曾精手忙腳亂地爬回遊隼背上，對札爾行禮說：「札爾，我不會讓你失望的！你可以相信我！」

「還有窩！還有窩！」吱吱啾尖聲說。「『窩』也想當法術劫掠者！」

「你年紀太小了，不能當法術劫掠者……」曾精說。「這份工作很危險……你可以負責保管我們裝材料用的瓶瓶罐罐……」

曾精從他的法術袋找出幾個收集瓶，吱吱啾接過收集瓶後說：「窩會用性命守護它們！」

「好，我們來看看，第一個材料是什麼？」札爾興奮地說。「**死亡堡巨人的最後一口氣**……」

孤狼發出低吼並急促地打手勢，他說：「**啊啊嗚啊**，嗯，**咕嗚嗚咕咕**，嗯，咿嗚嗚啊啊啊！」接著是很吵的吐口水聲，毛茸茸的腳在地上用力一蹬，最後是：「喀啊咕，呃啊。」

「你們看！孤狼也這麼覺得！他說我們應該**立刻**出發去死亡堡。」札爾說。

「你懂狼人語嗎?」希望非常敬佩地問。
「沒錯,而且我說得很流利。」札爾漫不經心地說。
「真的是『很流利』嗎?」卡利伯喃喃自語。
「非常流利。」札爾堅定地說。「我們巫師都學過狼人語。」
「札爾『超厲害』的,對不對?」吱吱啾驕傲地說。「他的狼人語說得跟真正的狼人一樣標準。」
「你們的教育聽起來比我們的教育有趣多了。」希望羨慕地說。
「他現在在說什麼?」
「嗯,咿嗚嗚啊啊!」吐口水!跺腳!狼人更焦急地重複。
「孤狼,你別擔心,我明白了。」札爾說。「我們必須『立刻』去死亡堡。」
但是,那並不是孤狼想說的話。札爾以前上狼人語課程的時候,真的該認真一點。「喀啊咕,呃啊」確實是死亡堡的意思,這個部分札爾沒有聽錯,但狼人語的「去」是「嗯,咿咿咿啊喔」,而「嗯,咿嗚嗚啊啊!」意思是

「遠離」。

吐口水和跺腳只是加強語氣。所以狼人想表達的其實是：「我的天啊拜託離死亡堡『遠一點』！」他越說越激動。

「咿啊啊咕咕，喀嗚嗚咕，嘶夫喀喀啊嗯，啵呃嘎嗯！」跺腳！吐口水！「吥呃嘎嗯，**嗯**，**咿嗚嗚啊啊**，呢呃嘎嗯，**嗯**，**咿咿咿啊喔！嗯**，**咿嗚嗚啊啊**，喀啊咕，呃啊！呸，呃咕咧，地嘶喀吐，啊咕咧，咿嗚嗚嗚嗚，呸嗚嗚嗚嗚。」

他這句話的意思是：「你這個笨人類，我才不是那樣說的！我是說『遠離』，不是『過去』！不想丟了你的小命，就**遠離**死亡堡！」孤狼仰頭號叫。

「孤狼有點不耐煩了，他覺得我們應該快點出發。」札爾說。他友善地拍拍狼人的手爪。「孤狼，你別擔心，我們這就去，我們會盡快出發……」

「我覺得我們也應該去死亡堡。」希望下定決心。

「什麼——？」刺錐說。

《法術全書》

雙頭劍齒狼人

傳說中的狼人只在夜間出沒，但其實他們白天也可以出來活動，而且有些狼人比較友善。雙頭劍齒狼人速度極快，還非常殘暴，所以你最好離他們遠一點(除非你跑得很快)。

最好離他們遠一點，除非你跑得很快。

第八章　沿著甜美小徑前進

「可是妳答應妳母親了！」刺錐一臉痛苦地說。「妳說妳會馬上回家！這件事明明就跟我們沒有關係！」

「這件事跟我們很有關係。」希望說。「把巫妖王從石頭裡放出來的，是我們三個人，而且札爾是我們的朋友，我們一定要幫他。我們怎麼可以待在高牆內，讓札爾自己執行這麼危險的任務！」

「我必須說，我同意助理保鑣刺錐的話。」卡利伯說。「這是**非常**、**非常**糟糕的主意！希望，妳的魔法非常危險……而且巫妖想得到妳的魔法。妳如果待在牆內，巫妖就沒辦法接近妳，可是在外面……」

「你們需要我們的幫助！」希望辯道。「那個法術說要用活著的湯匙攪拌材料，活著的湯匙在我這裡！」

魔法湯匙聽到自己這麼重要，開心又驕傲地對所有人鞠了個躬。

「你們兩個都該回家去！」卡利伯呻吟著對札爾和希望說。「我知道你們父母有點不講理，可是只要把事情一五一十地告訴他們，他們也許能幫上忙。這個問題太大了，不是你們兩個可以解決的……這個問題非常大……而且非常危險。如果把問題比喻成生物，這根本就是長步高行巨人等級的問題！」

「那粉碎者，你有什麼想法？」希望抬頭對札爾的巨人喊道。

粉碎者正忙著摘下樹頂的葉子，邊摘邊吃。

他稍微低頭看著希望，臉像是畫滿蜿蜒小徑的古老地圖，布滿了皺紋和笑紋。他有一雙善良、睿智的大眼睛。

「我剛剛在想，」粉碎者夢幻般地說（他說話非——常——慢，因為巨人和其他人做事的時間幅度不太一樣）。「『語言』真的很奇妙，英文的兩個負面詞彙放在一起會負負得正，但小妖精語的兩個負面詞彙放在一起還是負面意思。可是『沒有』一種語言的兩個正面詞彙放在一起，會變成負面意思……」

「是啊，好棒棒，說得好像這是很重要的問題一樣。」札爾諷刺地說。

「我都沒想到這種說法！」粉碎者有點驚訝地說。他看到札爾也跟著思考，感到非常開心。「札爾，你說得對，『是啊，好棒棒』的確是兩個正面詞彙，放在一起真的就變成負面意思了……」

粉碎者是個很棒的巨人同伴，但有時候他和別人思考的問題完全不一樣。

「我不是那個意思！」札爾不耐煩地說。「**粉碎者，別思考這些大事了！**真正的問題是，希望應不應該跟我們一起去冒險！」

「喔！」粉碎者若有所思地說。

他停頓了很長一段時間，然後說：「我覺得希望應該跟我們走，因為我喜歡她。」

說來奇怪，這句簡單明瞭的話改變了卡利伯的想法。

「好吧！」他嘆一口氣說。「既然都要踏上這場災難性的旅程，那我們做什麼已經不重要了，重要的是我們要和朋友**一起**完成任務。

「不過，我有一個條件。你們必須答應我，每天都要花一點時間上課。」他接著說。「我不希望你們學習的進度落後！你們三個都必須接受教育。」

他們在《法術全書》的〈地圖〉部分查詢通往死亡堡的路徑，《法術全書》還用不同顏色的小妖精粉畫出野林裡不同的路線，紫色小妖精粉是警告旅人要小心，紅色小妖精粉代表那條路非常危險，黃色小妖精粉則表示那條路比較安全。

死亡堡位在巫妖山脈的中心，他們必須穿過西方一片名叫怪鼻領土的地域——那是一片廣大的荒野沼澤，往每一個方向都延伸好幾英里。

怪鼻領土十分危險，因為沼澤裡住著綠水怪和綠牙水妖，這些半透明的奇怪生物有著哀傷的大眼睛，他們會伸出細瘦的手臂把人拖進滿是泥沙的水裡，最後沼澤水面只會剩下一串泡泡。

唯一一條穿越怪鼻領土的安全路徑，是被《法術全書》用黃色小妖精粉畫出來的甜美小徑。甜美小徑長得像很長很長的蜿蜒小橋，這是很久很久以前由巫師建造、由巫師施法保護的古道。這條道路由非常古老的魔法守護著，這些法術古老到無法拆解，所以走在甜美小徑上的旅人不可能遭受攻擊。

札爾一行人不想用魔法前往甜美小徑，因為使用魔法很累人，希望光是用意志力讓飛行門飛上天就累得要命，全身上下每一條肌肉都痠痛不已。而且，使用魔法的話，巫妖和其他不好的生物會比較容易追蹤他們。

飛行門在著陸時摔成了碎片，但他們以後可能還會需要它，於是小妖精們用魔杖施法把門拼回去。

小妖精施法的過程，不是隨便把魔杖指向某個東西、唸唸咒語這麼簡單的事，看起來反而有點像別的時空的人在打高爾夫球或棒球。小妖精會把法術丟到空中，再用力用魔杖把法術擊出去，擊向他們施法的對象，如果揮棒後身體可以跟著魔杖的勢道轉個半圈一圈，那就再好不過了。

咻！法術球飛了出去，唱出「重建」這兩個字，直接命中破碎的壁櫥門。門的碎片立即開始分類，它們像大拼圖的碎片一樣在地上排列組合，一開始排成一點也不像門的奇怪形狀，後來所有碎片才飛回原來的位置，彷彿受磁力吸引。

粉碎者把組裝完成的飛行門放進背包，札爾、希望和刺錐紛紛爬上雪貓的背。粉碎者緩緩沿著空道走向怪鼻領土，狼和雪貓跟在他腳邊奔跑，小妖精和卡利伯則飛在空中。

走了六個小時後，一行人來到知名的甜美小徑。這座小橋的起始點位在森林裡，它宛如纏繞著身體的巨蛇，一路延伸到遙遠、遙遠的沼澤中。

他們決定今晚在甜美小徑上露營。

「我們應該把營火堆建在橋上。」卡利伯說。「天黑以後，我們只有待在橋上才真正安全。你們知道用哪一種木材堆成的營火能驅趕綠牙水妖嗎？刺錐？希望？」

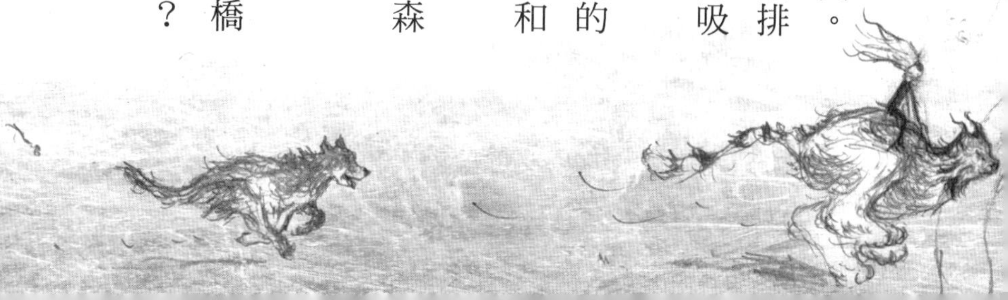

刺錐和希望完全沒概念，畢竟戰士通常只受過數學、讀寫、劍術和農耕的教育，他們對「如何在森林裡存活」這門學問一無所知。

「我的老天！」卡利伯非常吃驚。「你們在戰士鐵堡裡，難道什麼也沒學過嗎？這是很基本的生存知識，如果你們連這也不懂，怎麼可能在森林裡活下去？」

「窩知道！窩知道！」吱吱啾說。「赤楊木和山梨木有保護效果……山楂木能讓火變得很熱很旺……」

於是札爾、希望和刺錐在森林裡撿了一些赤楊木，他們把石塊排成一圈，再把木柴放到中間。

「讓**我**來練習用法杖點火！」札爾說。

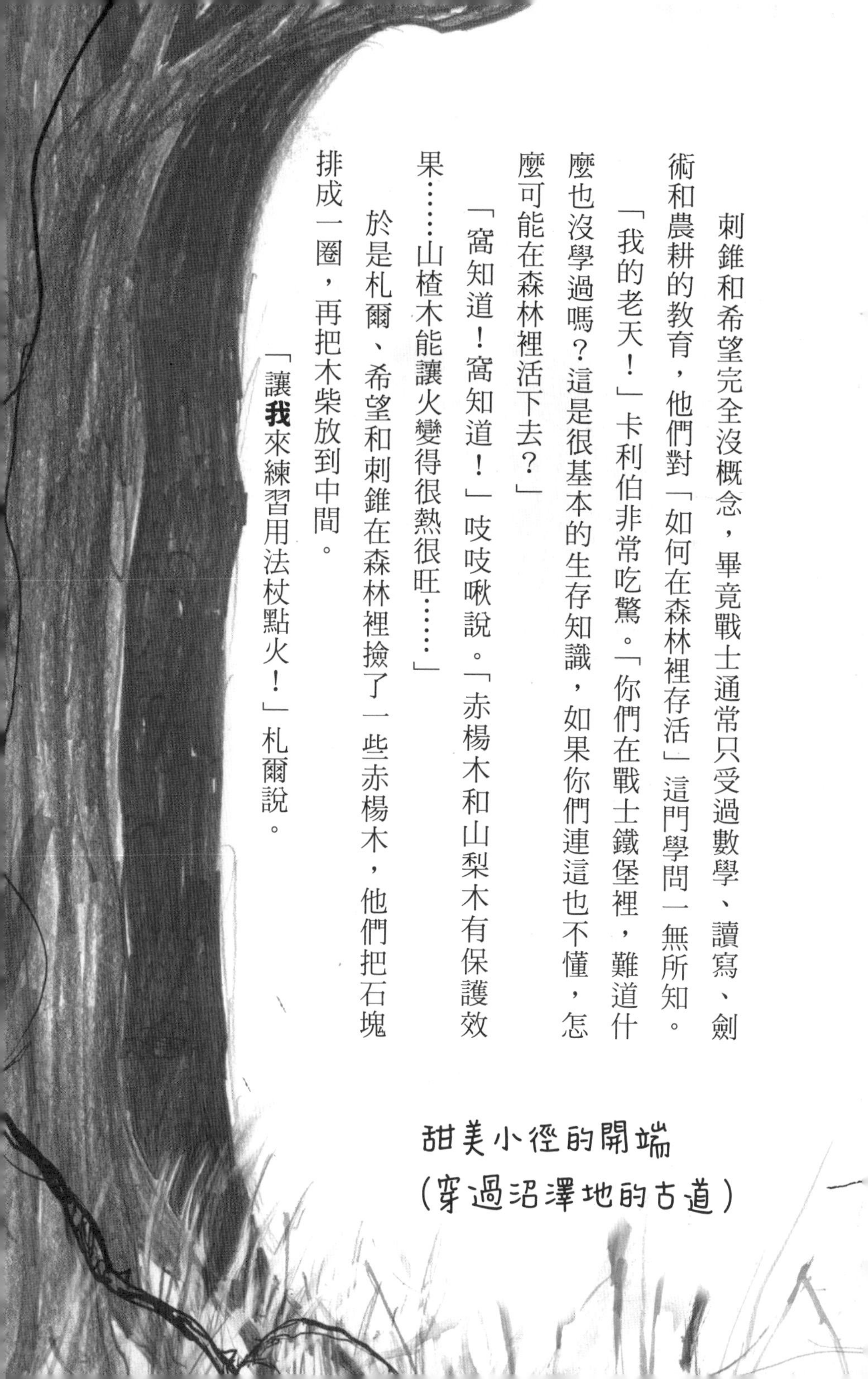

甜美小徑的開端
（穿過沼澤地的古道）

「這個主意不是非常好。」卡利伯緊張地說。

「可是我必須練習控制魔法！而且是你自己說要給我們上課的！」札爾說。他用《法術全書》查到點火的法術，然後他舉起有巫妖印記的手臂，手中緊緊握著父親的紫杉木法杖。

「讓魔法慢慢出來，」卡利伯建議他。「把它控制好，瞄準好……保持心情平靜、鎮定，想一些愉快的事情……記得要有耐心……」

然而，什麼事都沒

有發生。札爾不是個有耐心的人。

他懊惱到滿臉通紅，不開心地亂晃法杖。「為什麼沒有用？」

「喔，我之前看了一些關於法杖的小知識，你好像把它握反了——你應該這樣握才對。」希望邊說邊握住法杖，想示範她在《法術全書》裡看到的握法。

希望的手碰到法杖那一刻……

砰——！魔法伴隨尖銳的響聲從法杖射出來，赤楊木和山楂木堆成的火堆整個爆炸，

希望、札爾、刺錐、狼、雪貓和孤狼都被炸飛，所有人掉進沼澤。「大家別灰心！」大家鼻子裡都是羽毛與狼人毛髮燒焦味，滿身泥濘地爬起來時，卡利伯說。「控制魔法是需要花時間練習的。」

爆炸的火堆在甜美小徑中間炸了一個大洞，數百

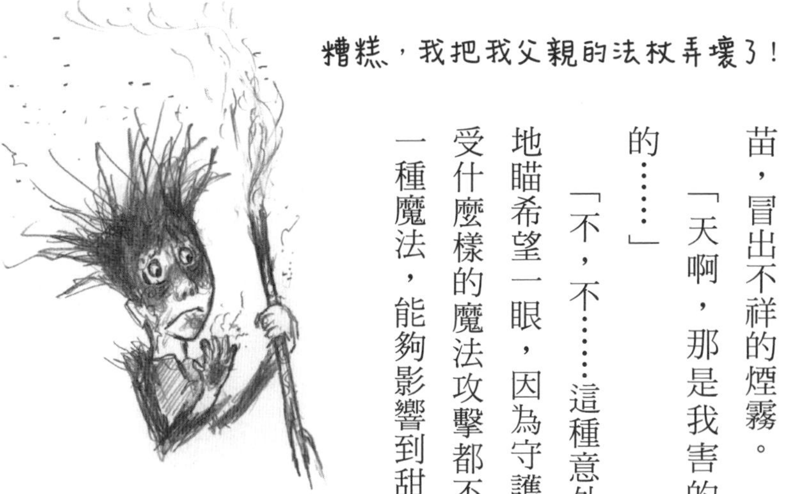

年來靜靜躺在橋上的老舊木板被炸成兩半，現在木板焦黑的邊緣閃爍著綠色火苗，冒出不祥的煙霧。

「天啊，那是我害的嗎？」希望抱歉地說。「對不起，是我笨手笨腳的……」

「不，不……這種意外發生在誰身上都不奇怪！」卡利伯邊說邊緊張地瞄希望一眼，因為守護甜美小徑的魔法非常古老，理論上這座橋不管遭受什麼樣的魔法攻擊都不該損毀。他從來沒聽過過去、現在或未來的任何一種魔法，能夠影響到甜美小徑。

這似乎不是冒險的好兆頭。

大家重新撿木柴，在離大洞有一小段距離的橋上建起火堆，刺錐用戰士的鐵製打火石生火，讓小妖精們欽佩不已。戰士點火的方法沒有札爾的那麼壯觀，卻比較有效。

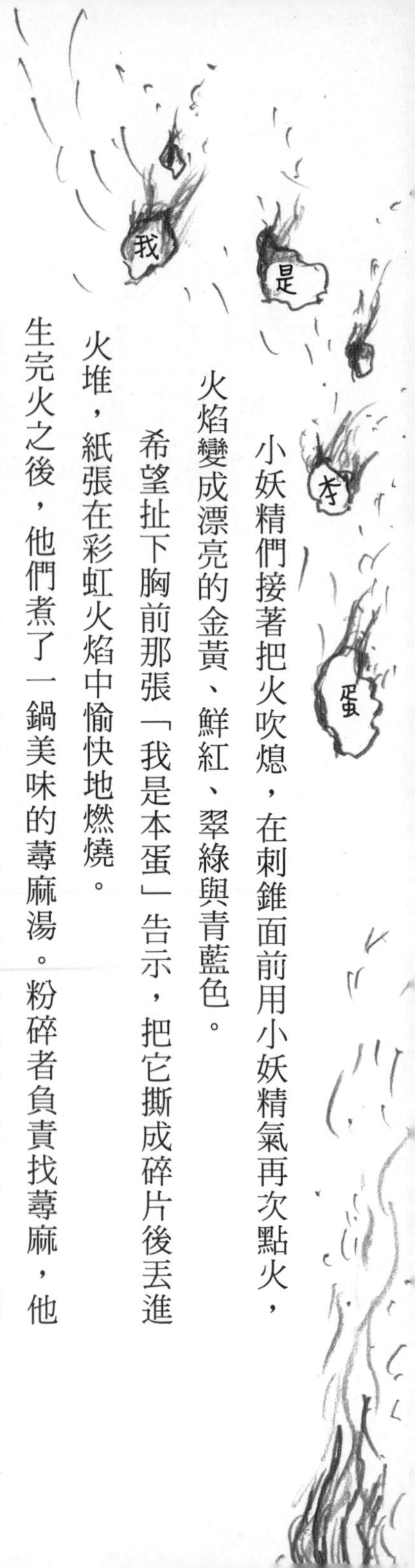

小妖精們接著把火吹熄，在刺錐面前用小妖精氣再次點火，火焰變成漂亮的金黃、鮮紅、翠綠與青藍色。

希望扯下胸前那張「我是本蛋」告示，把它撕成碎片後丟進火堆，紙張在彩虹火焰中愉快地燃燒。

生完火之後，他們煮了一鍋美味的蕁麻湯。粉碎者負責找蕁麻，他將大把大把的蕁麻塞進口袋，因為他們接下來幾天必須穿越怪鼻領土，而沼澤地裡能吃的東西不多。希望和小妖精們負責找水，刺錐負責燉湯。孤狼難得能在野林裡自由奔走，他興奮地帶著滿嘴的蚯蚓回來，然後得意地把蚯蚓全放在希望大腿上，要她加進湯裡（這隻狼人似乎對希望頗有好感）。

「你想得太周到了，孤狼！」希望很有技巧地說，因為她不想害孤狼難過。「不過我們把蚯蚓當作前菜或是小菜會不會比較好？印象中刺錐對蚯蚓過敏——對不對啊，刺錐？」

「沒錯，我對蚯蚓非常過敏。」刺錐堅定地說。

札爾很想試吃蚯蚓，但卡利伯說什麼也不讓他吃。

魔法湯匙負責攪拌蕁麻湯，他拌得太開心了，整鍋湯幾乎變成漩渦，他差點掉進去，每次都是札爾、刺錐或希望及時搶救他。

刺錐宣布蕁麻湯煮好時，孤狼跳了起來，把整顆頭伸進平底深鍋大聲喝湯。札爾把他拉出來，小妖精們忙著邊尖笑邊在空中翻筋斗的同時，卡利伯對有點難過的狼人說明用餐禮儀。

札爾逃獄後設法偷了一口平底深鍋，但他們沒有碗盤。這也不是什麼大問題，他們找了幾片大葉子當湯碗。

不知道為什麼——也許是夜晚寒冷的空氣、那一天的冒險，或是魔法湯匙攪拌的方法——大家都覺得這是他們喝過最美味的一碗湯。

這是個愉快的夜晚，就連刺錐也很開心。他明明把大部分的盔甲都丟掉了，應該覺得心神不寧，沒想到他現在輕鬆許多、勇敢許多……至少，他能正常彎腰了。

他和其他人一起高唱營火歌。

月亮升到沼澤上，今晚是完美、圓潤的滿月。孤狼對月亮號叫，札爾也跟著大叫：「**嗷嗚嗚——嗷嗚嗚——嗷嗚嗚嗚嗚嗚！**」

「妳會不會覺得那隻狼人是札爾的壞榜樣？」刺錐小聲問希望。「是我想太多了嗎？」

「給狼人一次機會嘛。」希望說。「他只是以前很少和人相處而已……」

最終，大家在甜美小徑的木板上睡著了。冬季的夜晚非常寒冷，但札爾、希望和刺錐擠在狼、雪貓和熊身邊，用動物們毛茸茸的身體取暖。營火的煙霧輕盈地向上捲動，色彩時時變化——藍色、紅色、橘色、白色。

粉碎者保持清醒，他盤腿坐在沼澤裡，輕聲唱著歌，邊確認附近沒有

巫妖或其他壞東西。

過了許久，希望醒了。

「小不點，睡不著嗎？」巨人暫時停止唱歌，彎腰看著希望。

「我們這次要去死亡堡……還有消滅巫妖……我有點擔心……」希望顫抖著說。「粉碎者，你怎麼都不擔心？」

巨人笑了。「就『我』的觀察，通常世界上出現『巨大』問題的時候，也會出現『巨大』的解決方法。」

同樣醒著的卡利伯不贊同地低哼一聲，但他也承認：「歷史的確是如此。」

「我們再怎麼擔心，解決問題的方法也不會提早出現。而且，妳看！」巨人接著說。「如果我們把時間都用來『擔心』，那我們要怎麼欣賞這個美麗的世界？」

他巨大的手指輕輕握住希望的身體，把她往上、往上、往上舉到空中。希望興奮到心跳漏了一拍，她發現自己不再「仰望」世界，現在她能「俯瞰」世界了。粉碎者將她放進口袋，希望從口袋邊緣往外看，感覺到晚風把她的頭髮往後吹。在月光下，她能遙望遼闊的沼澤荒地及更遙遠那模糊不清的巫妖山脈。死亡堡就在遙遠的天邊……但安安穩穩站在巨人口袋裡的希望，看見高高在上的月亮、吹著涼涼的晚風，只覺得世界非常平靜、安寧。

巨人開始唱歌。

「一顆『巨大』的心
需要『巨大』的生命！
『巨大』的手臂
能撐起整個世界！」

每次唱到「**巨大！**」兩個字，粉碎者就會張開雙臂，希望沒辦法在口袋裡站穩，她笑著晃來晃去。

「讓我活出『巨大』的生命！
沒有渺小的腳步，沒有停步不前！
我以『巨大』的方式，走在『巨大』的路上！

「即使犯錯
也是『巨大』的錯！

「因為我不能活在渺小的世界！

「我需要能拔足狂奔的曠野

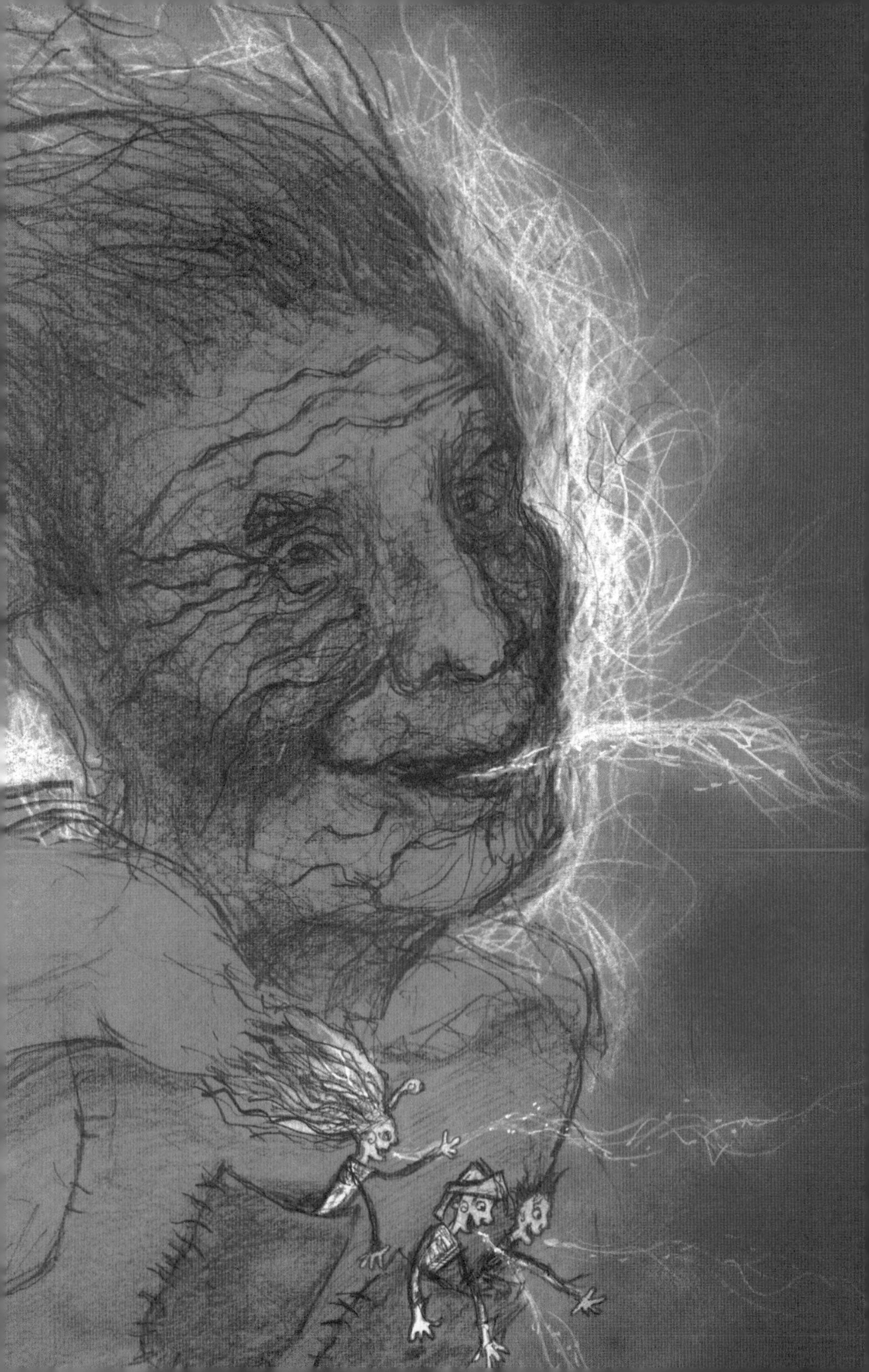

我需要在山坡之間跳躍的喜悅

如果你奪走我的森林我的愛

我會邁向汪洋大海尋找新的世界

「過我『巨大』的生活！」

巨人的歌聲喚醒了札爾、刺錐與小妖精，愉快的歌曲給了冒險團說不出的喜悅。孤狼也唱出他自己的歌，我幫你把歌詞翻譯出來了，不然你應該聽不懂他在號叫什麼。

〈月亮與我〉（狼人之歌）

我與月亮
月亮與我
當全世界都放棄了我
當所有人都把我當壞人
我還有月亮
我與月亮
永遠是月亮與我

所以我得一直奔跑……一直奔跑……
不能停下來，免得我咬傷別人
一直奔跑……一直奔跑……
我以為自己是好人，結果低頭一看
我毛毛的外皮，手上的狼爪
我和蛇一樣壞，和土一樣髒
別想阻止我，你會被我咬傷
讓我一直奔跑下去……

我要奔向月亮
在月亮上，我能當個好人
當全世界都放棄了我
當所有人都把我當壞人

我還有月亮
我與月亮
依然是月亮與我

每唱一段，狼人會停下來號叫：「嗷嗚嗚嗚——嗷嗚嗚——**嗷嗚嗚嗚嗚嗚嗚！**」

希望和刺錐也加入唱歌的行列，他們唱的是戰士的戰歌：「**勇敢無畏！**這是戰士的進行曲！**勇敢無畏！**」札爾和小妖精們也跟著高唱魔法的詠嘆歌：「我們是從前從前的巫師，我們十分自在，我們十分自由，我們在空中與海底優遊……」

「讓我活出『巨大』的生命！」粉碎者唱道。

「依然是月亮與我！」孤狼唱道。「嗷嗚嗚——嗷嗚嗚——**嗷嗚嗚嗚嗚！**嗷嗚嗚嗚——嗷嗚嗚——**嗷嗚嗚嗚嗚嗚嗚嗚嗚！**」

不同的歌聲在午夜空氣中混融，彷彿在挑戰和嘲笑那些追趕希望和札爾的人類與魔法生物。

札爾的父親在尋找兒子，他以巨大金鷹的姿態飛遍鄉野。除了他以外，還有希剋銳絲女王和巫妖嗅獵人在找札爾一行人。

而且，還有「更可怕」的東西緊緊跟隨著他們……我之前就說過，札爾逃離戈閔克拉監獄時，有「某種東西」幫了他一把，這些東西有黑色翅膀、長滿羽毛的手臂，還有利劍似的尖爪長在手爪上。這些東西，或許是巫妖……

他們「現在」就沒在幫助他了。

他們在「追蹤」他。

因為札爾在不知情的情況下，完成了巫妖王的心願：他把希望從戰士的高牆內帶了出來，現在希望暴露在外，沒了高牆的保護。如果巫妖能抓到她，比預定時間還早將她帶到巫妖王面前，那自然是再好不過了……

現在，札爾和希望一起踏上了冒險旅程……但黑暗的力量緊追在後。他們有辦法逃脫嗎？

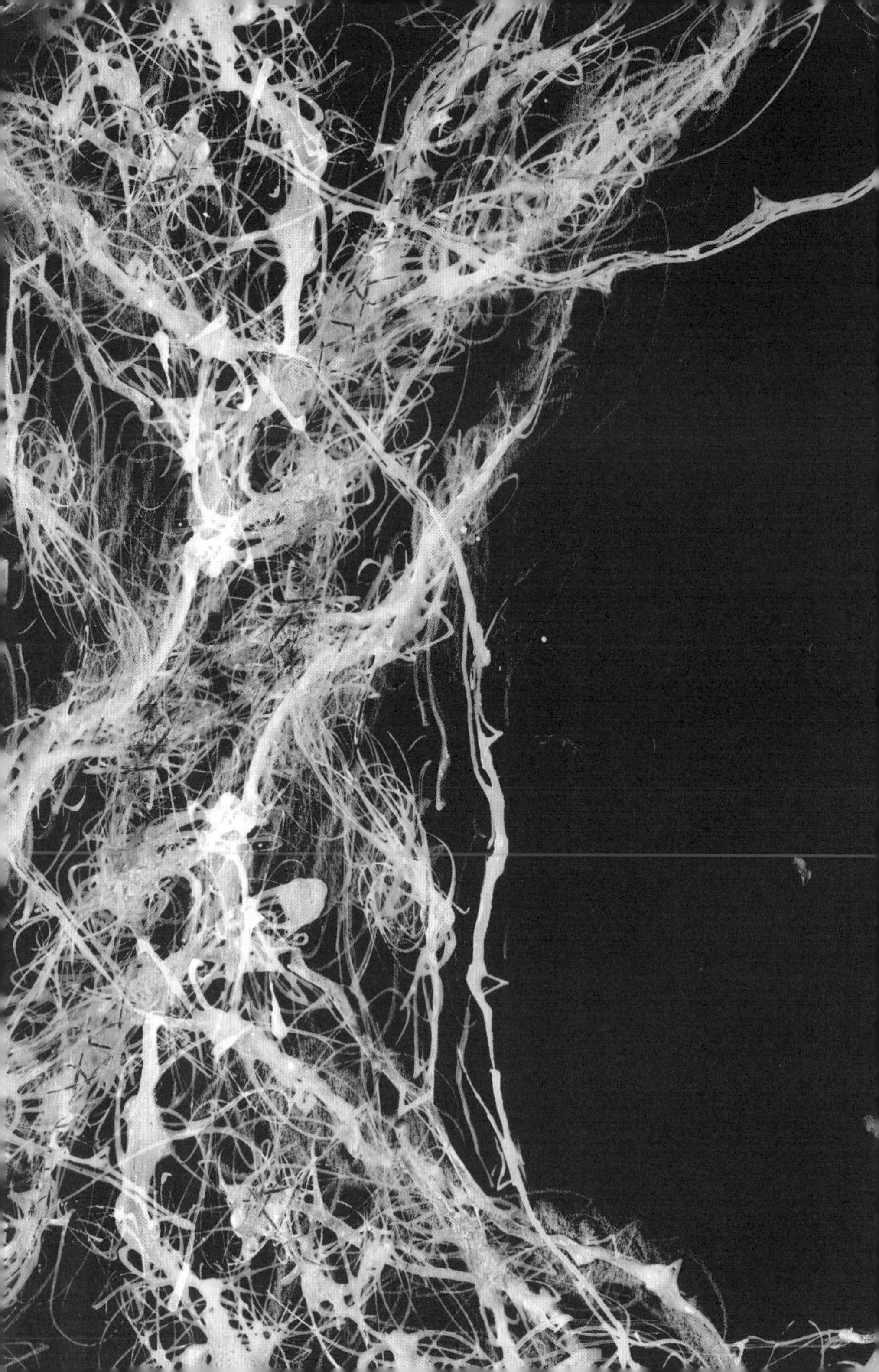

第二部　巫妖的陷阱

Part Two
the Witch Trap

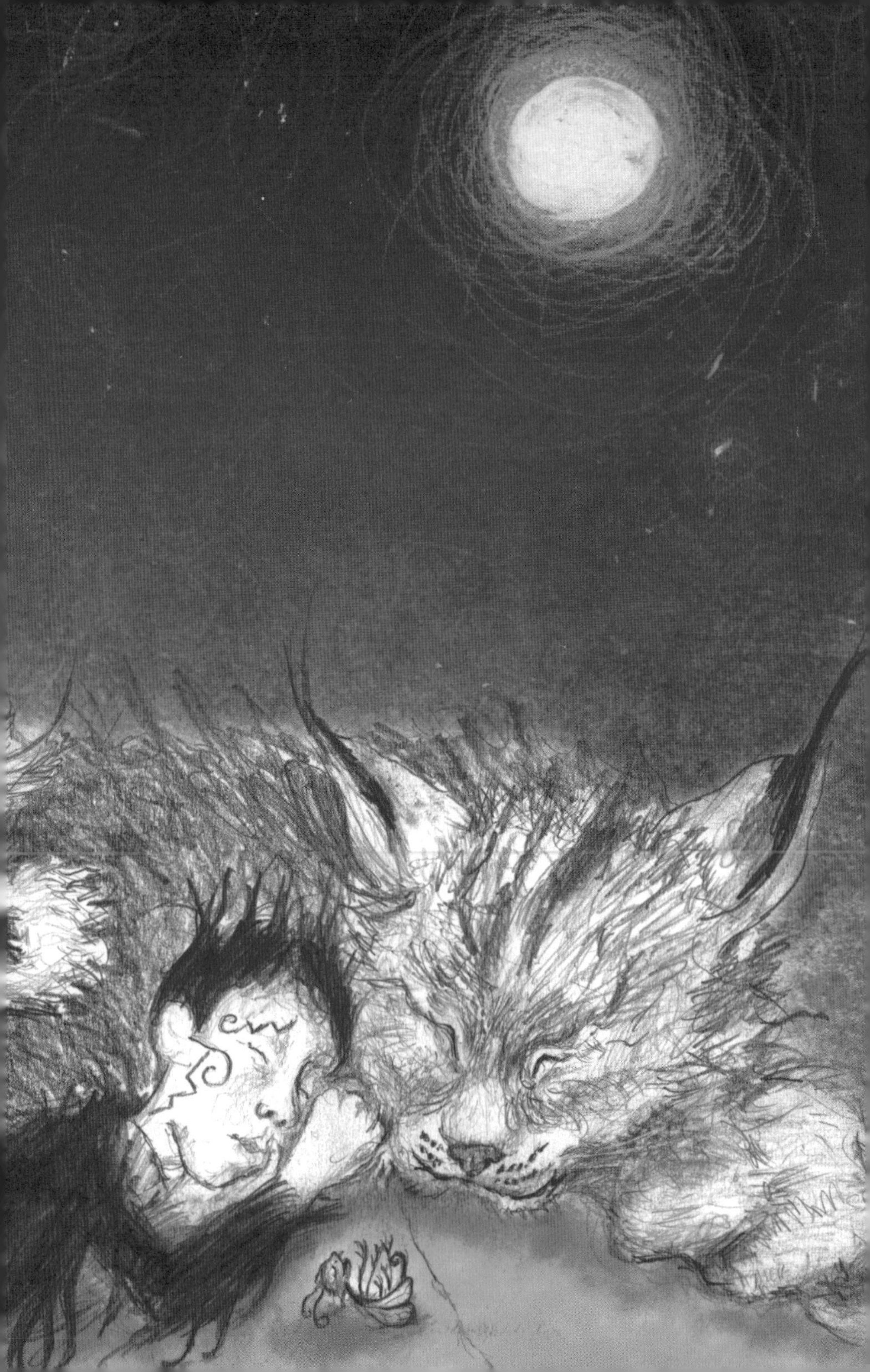

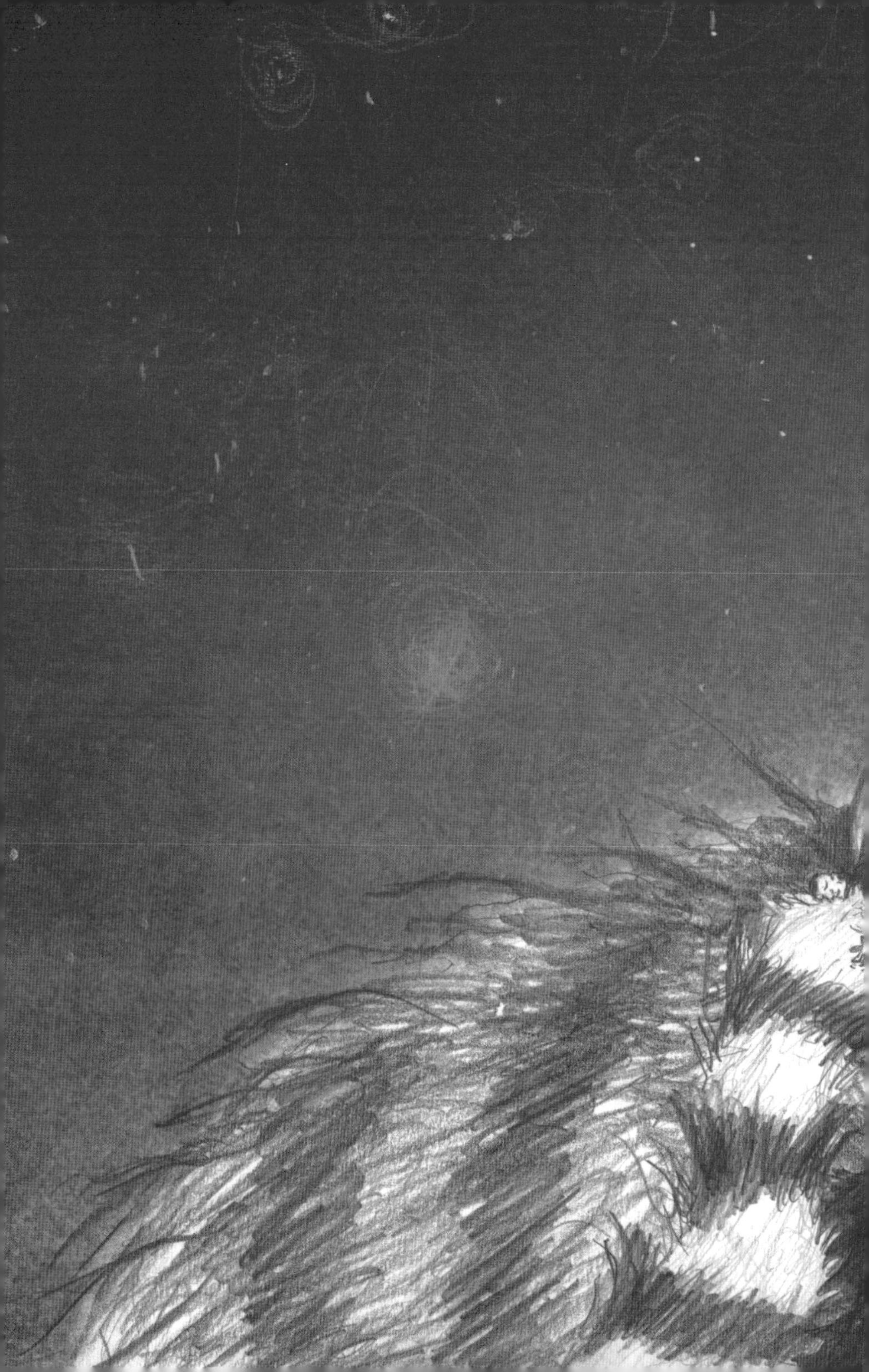

第九章　前往死亡堡的路上，一些糟糕的意外事件

隔天一大早，札爾醒來發現右手臂又熱又痛。他把希望搖醒，希望一張開眼睛，心臟就緊張又焦急地狂跳，像是知道自己即將被攻擊的小動物。空氣裡有一種他們很熟悉的寒意，這種寒冷會滲入你的骨髓，讓你的血液凍結，抹去你腦中的思緒。希望的頭髮靜電似地豎起來，每一根髮絲都充滿緊張的能量。

他們也聞到一股熟悉的氣味：貓腐爛的臭味、屍體呼出的一口氣、毛髮燃燒的惡臭，以及雞蛋酸臭的硫磺味……札爾聞到這股味道，嚇得出了一身汗。這，是「巫妖」的臭味。

他們身邊的動物都驚恐地醒過來，脖子的毛髮直直豎起來。小妖精們發抖

著飛上天，怕得全身發光，手裡握著棘刺般尖銳的魔杖，空出來的手伸向法術袋……

希望也伸手拔劍，卻驚恐地發現魔法劍不知為什麼卡在劍鞘裡，怎麼也拔不出來。

她能聽見自己的呼吸聲。

橋底下有東西……

希望從木板間的縫隙，瞥見下方有某種長了很多羽毛的黑色生物，正像黑油般緩緩地、噁心地移動。

「快跑啊啊啊啊啊啊啊啊啊！」希

望放聲大叫。這時，一聲令人毛骨悚然的尖叫傳來……

嘰嘰嘰咿咿咿咿！

三根巨大的尖爪從下往上刺，離希望他們幾碼距離的木板被硬生生刺穿。希望、刺錐和札爾連忙跳上雪貓的背，和狼與狼人一起沿著甜美小徑沒命地衝刺，小妖精們和卡利伯驚恐地飛在空中。粉碎者也跌跌撞撞地站起來跟上去，他跑在沼澤裡的聲音很吵雜，巨大的雙腳濺起水花。

三隻雪貓繼續往前跑，順著甜美小徑深入沼澤地——希望回眸一望，看見遠方黑暗的森林、斷掉的橋梁、他們昨晚露營的地方，還有之前巫妖爪子刺穿的位置。可是，巨大的爪子不見了……巫妖跑去哪了？

他們隨著甜美小徑一直、一直、一直往前跑，直到森林化為天邊一片遙遠的影子，直到雪貓累得越跑越慢、越跑……越慢……最後，他們腳步蹣跚、氣喘吁吁地慢慢走路前進。

「我們現在，」卡利伯大口喘氣說。「……應該安全了。巫妖之所以能攻擊我們，應該是因為昨晚的爆炸，破壞了甜美小徑那一小段路的守護魔法。」

「我為什麼沒辦法把魔法劍拔出來？」希望困惑又心有餘悸地問。「那時候我再怎麼用力拔都拔不出來，可是現在又可以很輕鬆地拔出來了……」

她說得沒錯，遠離危險後，希望不用太多力氣就能拔劍出鞘。

「我從以前就覺得那把劍有點難捉摸。」卡利伯緊張地說。「它太有自主意識了。」

所有人停下腳步，檢視希望手裡的魔法劍。

「怪了……」刺錐說。他突然注意到之前沒看到的一件事。「劍上面刻的字有點不一樣。」

「可能是磨到了吧。」希望說。

這可磨得太剛好了——從他們上次冒險到現在，劍身多了一道深深的刮痕，刻在劍上的字從「世上曾存在巫妖（Witches）……但是我殺了他們」，變成「世上曾存在希望（Wishes）……但是我殺了他們」。

一想到「希望」會被斬殺，大家都覺得這真是則不祥的訊息……而且團隊之中有位名叫「希望」的人，這句話又顯得更不吉利了。

「這只是刮痕而已。」希望說。她毅然決然把劍

收回劍鞘。「這是意外，它沒有特別的意思。」

大家盡量不把這件事當成不好的兆頭，繼續往前走，也盡量遠離被巫妖攻擊的地點。

然而一行人又走了很久很久，希望的心跳才逐漸慢了下來。

可想而知，發生了那樣的事件後，這個法術劫掠隊每個人都感到惴惴不安。

但沒有人能一直處在害怕之中。

接下來幾天，他們沒看到巫妖的影子，甚至連綠水怪和綠牙水妖也沒遇到，只有看到杓鷸、翠鳥、鴴鳥和鷸鳥在沼澤上空飛行、啼叫與歌唱。

一行人恢復輕鬆愉快的心情，他們走在甜美小徑上，穿行廣闊的沼澤地，每次停下來休息，札爾、希望和刺錐就會坐在橋的邊緣聽卡利伯講課，六隻腳在水面上晃來晃去。

卡利伯教札爾保持耐心與冷靜，不要在練習法術時發脾氣。這非常重

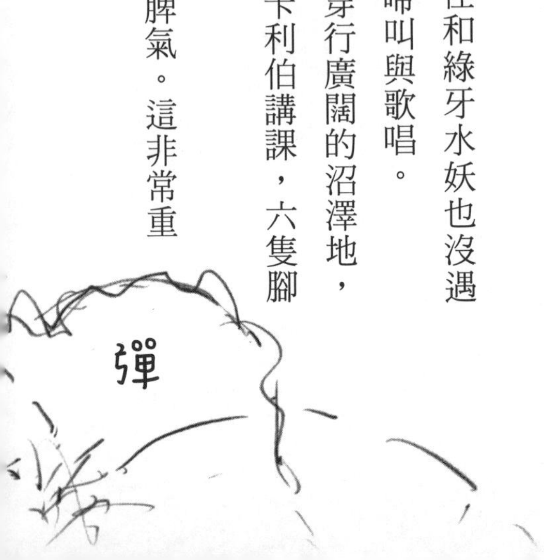

要，因為札爾現在用的不是自己的法杖——他被德魯伊統帥抓去戈閔克拉監獄時，沒有把自己的法杖帶離巫師堡壘——而是他父親的法杖。恩卡佐的法杖不適合初學者使用（特別是有巫妖印記的初學者），所以札爾的法術常常出錯。

舉例來說，札爾看到卡利伯因為要輔佐他，壓力大得不停掉羽毛，因此想用魔法讓卡利伯的羽毛長回來。他盡可能心情平靜地用父親的法杖指著卡利伯……結果羽毛一直長一直長一直長，直到卡利伯的尾巴變得和孔雀尾巴一樣長，從橋的邊緣垂到沼澤裡。吱吱啾和其他毛妖精笑得前仰後合，亞

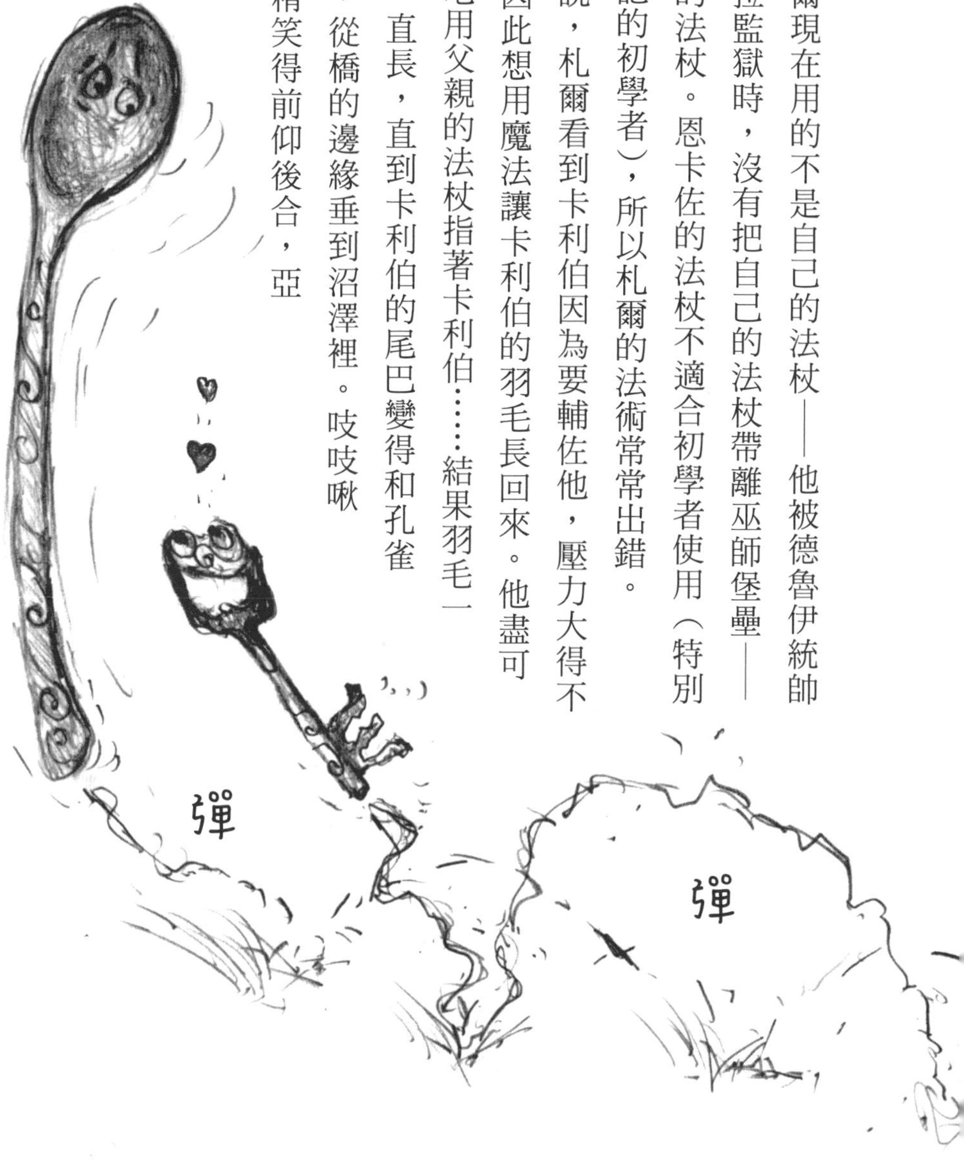

列爾和其他小妖精花了好幾個小時集中精神施法，才讓卡利伯的羽毛變回原本的長度，即使如此，兩天後卡利伯的屁股還是毛毛的、蓬蓬的，令人忍不住想笑。

卡利伯是一隻非常莊重的渡鴉，他看到毛妖精指著他的屁股偷笑就會發脾氣。

教導希望時，卡利伯先用對她來說比較簡單的小任務，幫助她建立信心。希望覺得鐵做的東西最容易用魔法移動，於是卡利伯讓她把眼罩稍微往上推，練習讓大頭針跳舞、讓它們像小小的軍隊般列隊行進，甚至是讓大頭針互相打鬥。

「卡利伯，我覺得你教我的時候，我學得快多了！」希望有點得意地說。「雷鬼頭夫人太……太愛大吼大叫了……她對我大叫的時候，我都沒辦法專心。」

懲罰壁櫥的鑰匙似乎愛上了魔法湯匙。

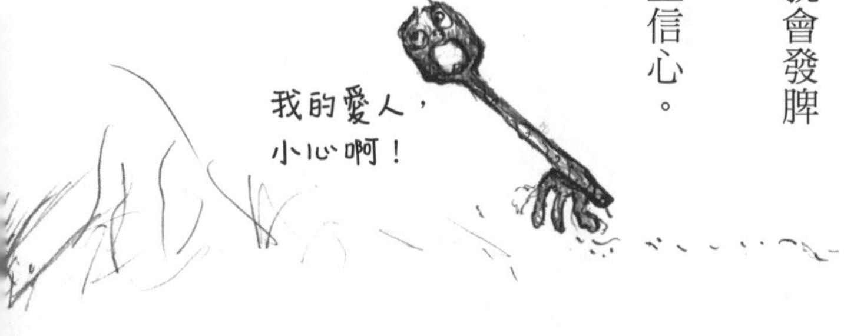

鑰匙的握柄化成了嘴巴，它常常興奮地尖聲叫喚：「湯——匙！你在哪——裡？」魔法湯匙有點怕會說話的鑰匙，鑰匙常常試著親他，嚇得他一直躲起來。

希望看到自己的魔法給了湯匙、鑰匙和大頭針生命，開心到不小心讓刺錐的叉子也活了起來，不幸地形成魔法物品的三角戀。叉子貌似愛上了鑰匙，把可憐的湯匙當成情敵，有時候刺錐正要吃晚餐，叉子會突然從他手裡跳出來，把魔法湯匙壓在地上。

有時，叉子會跟蹤湯匙、要湯匙和它決鬥……湯匙會像驕傲的劍客一樣挺起胸膛，兩支餐具開啟複雜的湯匙對叉子大戰，在甜美小徑上突擊、擋架、對決和埋伏。

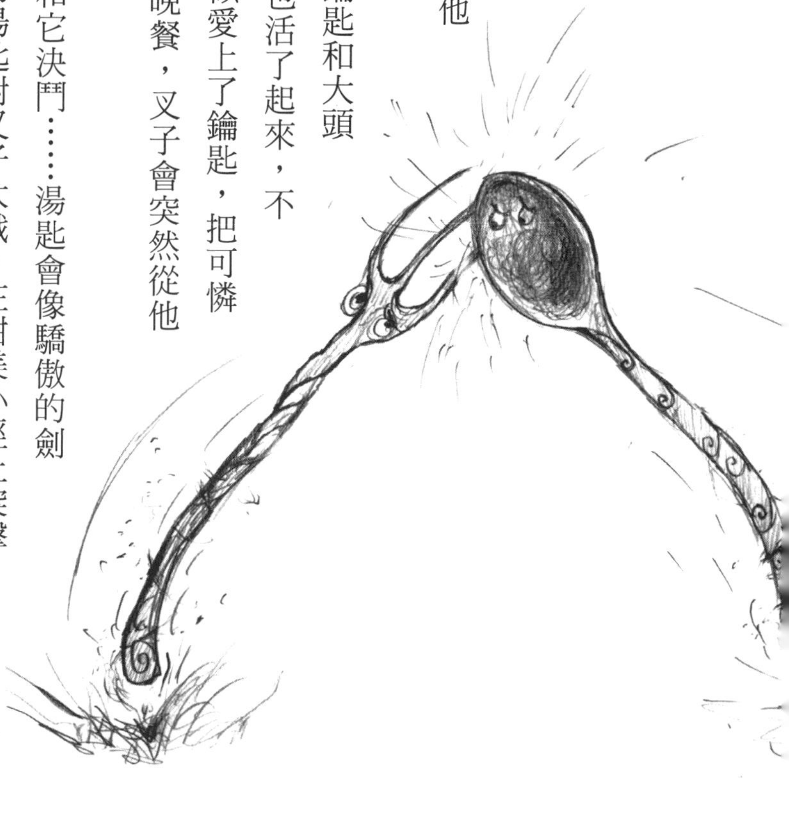

卡利伯從「移動物品」的課程，慢慢開始教希望用魔法產生磁力。魔法湯匙很有耐心，他讓希望用磁力把大頭針吸在他頭上，弄成各式各樣的髮型。

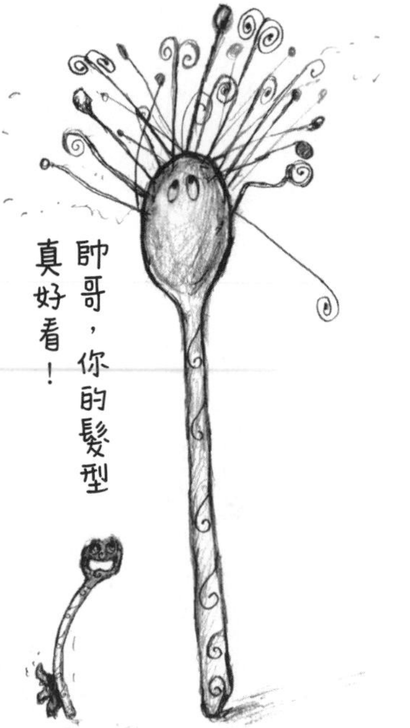

有一天，希望調整眼罩時手不小心滑了一下，魔眼施展的法術有點太強了。魔法湯匙像旋轉的法杖一樣飛出去，大頭針飛得到處都是，最後魔法湯匙頭下柄上地黏在刺錐額頭上。

湯匙倒著黏在刺錐頭上，握柄上下踢來踢去，會說話的鑰匙跑過去湊到他身旁，甜甜地說：「好——可憐的湯——匙……湯——匙你好——可憐……」

他們就這樣愉快地過了一個星期，來到巫妖山脈的山腳下。陰森的山巒從沼澤邊緣向上延伸。

死亡堡就在山脈的中心位置，但地圖上的路徑到這裡就結束了，他們完全看不出該如何前進。

「很久以前住在死亡堡的人，不希望別人找到他們。」卡利伯解釋道。

「那我們要怎麼找到死亡堡？」刺錐提出非常合理的問題。「巫妖山脈這麼大！我們接下來十二個月在山脈裡走來走去，也不見得找得到這座城堡啊！」

為了進入巫妖山脈，一行人不得不離開甜美小徑。

結果，前往死亡堡路上的「第二件」壞事發生了——這件事雖然解決了如何找到城堡的問題，卻比之前的第一起事件糟糕得多。

有一天，大家在沼澤邊緣紮營，希望大清早就被某種冰冷的存在嚇醒。

她試著拔出魔法劍……但不知道為什麼，她拔得再怎麼用力，劍還是像上回那樣拔不出鞘。

粉碎者伸出巨大的手要保護希望，三隻雪貓也撲了上去……但是**太遲了**。

「**我的湯匙！**」希望驚恐地高呼。「**他『不見了』！**有什麼東西把我的湯匙偷走了！」

「是什麼東西把湯匙帶走了？」刺錐問。「是巫妖嗎？還是幽靈？還是綠水怪？」

但希望和粉碎者都沒看到那個東西的樣貌，而且巫妖山脈裡住著形形色色的生物，可能帶走魔法湯匙的壞生物太多了。

「他不可能是被魔法生物偷走的。」札爾指出。「湯匙是鐵做的，魔法生物都怕鐵……說不定那是野生的熊幹的好事？」

大家找了很久、很久，卻怎麼也找不到魔法湯匙。

可憐的希望，她傷心到不能自已。「我不該帶湯匙來冒險的，這裡太危險了！」她哭著說。「他現在一定很害怕……」

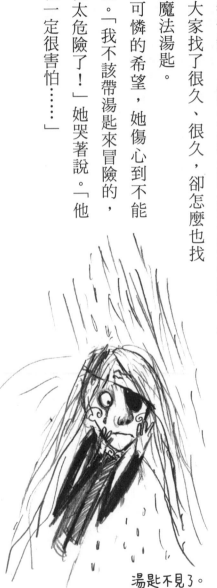

過了一小段時間，大家走到離露營地大概一百英尺的地方，魔法鑰匙突然激動地尖叫一聲。鑰匙、叉子和大頭針一起蹦蹦跳跳地跑到希望面前，鑰匙用它尖細的小聲音高呼：「我們找到他的蹤跡了！」

希望的心撲通一跳，一行人跟在魔法物品身後前進。魔法物品們堅定地往前跳，每隔一陣子會停下來嗅一嗅只有魔法物品聞得到的味道，繼續追蹤魔法湯匙的氣味。

一開始，希望滿懷希望，想說很快就能找到湯匙了，然而大家找了好幾分鐘、好幾小時，天都黑了還沒找到魔法湯匙。最後他們決定先紮營，隔天再繼續找湯匙。

希望少了湯匙的陪伴，只能傷心地入睡。

隔天，他們也沒找到湯匙。

再隔一天也沒有進展。

「希望，別怕！」到了第四天，札爾說。「我們**一定**會找到

他的，我保證！別放棄希望……我知道失去好夥伴感覺很難受……像吱吱啾，我們不是常常失去他嗎？可是每次到最後我們都會找到他，對不對！」

話雖這麼說，他們每一天晚上紮營，失去湯匙的感覺就越來越難受。刺錐晚上躺在營火邊，都過很久才睡得著，他看著天上的星星，意識到黑暗的現實：冒險的確很新奇、很刺激，但他們面對真實世界的危險，很有可能失去一切。

就連札爾也明白，在他們尋找死亡堡之前，必須先找到魔法湯匙。即使雪貓們走得很疲倦，即使希望每晚思念她心愛的湯匙而哭著入睡，一行人還是跟隨魔法鑰匙和叉子一步步深入巫妖山脈。

很久很久以前，鐵戰士踏上討伐魔法的征途時，巫妖一直往西方敗退。原本住在西方巨人國的巨人被驅離和平的家鄉，很多巨人被迫沿著巨人的足印列島邁入大海，那之後就再也沒有人看過他們了。給予巫妖最後一擊的是德魯伊部族，德魯伊埋伏在森林與大海之間的巫妖要塞，徹底打敗了巫妖。那時候，巫妖王被打敗並封入巨石……

之後，一位名叫潘塔利昂的偉大巫師成了巨人國的統治者，可是潘塔利昂後來不知遭遇了什麼可怕的事情。根據傳聞，如果你敢踏進潘塔利昂的城堡殘骸——死亡堡——就會有一名巨無霸巨人用他的最後一口氣報復你。

巫妖山脈的規模大到無法想像，在山上你可以看到雲朵成形又改變形狀，霧氣會突如其來地瀰漫山區，讓你分不清哪裡是陸地、哪裡是天空。希望有種不祥的預感，她總覺得有什麼東西在跟蹤他們，但她每次回過身，身後都沒有東西。一行人越爬越高，山中小徑緊貼著地表深不見底的裂縫，有時小徑會通往半毀的吊橋，在滂

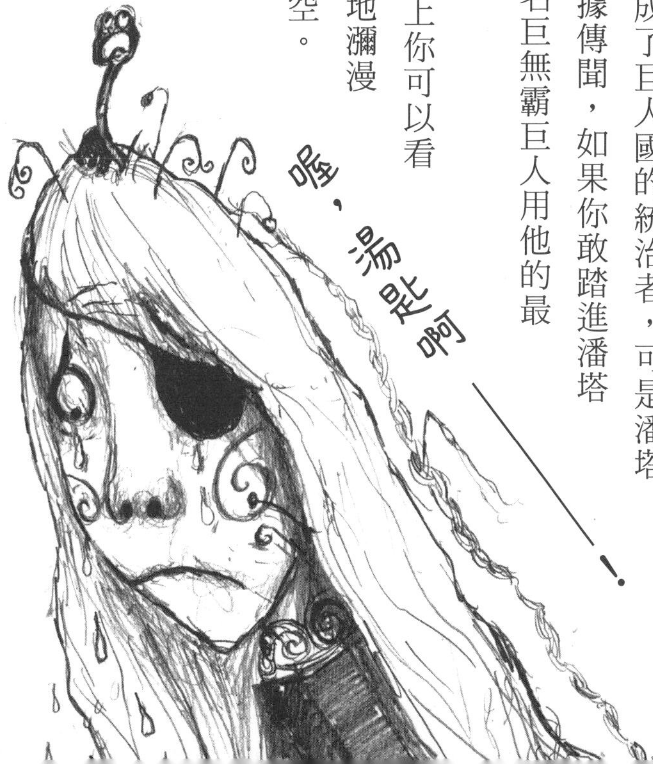

沱大雨中，希望他們必須騎著雪貓小心爬到橋的另一頭。

他們爬上一座和其他山峰沒兩樣的高峰，一行人疲憊不堪，幾乎放棄了找到湯匙的希望。

然後，他們找到了。

不是湯匙。

而是「死亡堡」。

魔法鑰匙和叉子興奮地跳上跳下，叉子的每一根叉都指向城堡，鑰匙則尖聲說：「**湯匙在裡面！湯匙在裡面！**」

「我們根本沒在找城堡，結果它還是被我們找到了！」希望開心地說。「札爾你看，這太棒了！我們可以找回我的湯匙，**同時**收集到巨人的最後一口氣！」

「天啊，天啊，天啊。」卡利伯呻吟著說。「這太巧了。我**最討厭**巧合了……這真的是巧合嗎？還是某個人——**某個東西**——的陰謀？」

但希望一想到她快要找到湯匙，就高興得不得了；札爾一想到他們將找到法術的第一種材料，就愉快到沒心思去想這個巧合是不是有點可疑。

大家繼續往前走……走向這座看起來不怎麼吸引人的城堡。

死亡堡有一半被叢生的植物覆蓋，是一棟宏偉建築可悲的殘骸，城堡周圍滿是荊棘與危險的迷霧，瀰漫著東西腐敗的不祥氣氛。札爾一行人雖然意志堅定，滿懷完成任務和找到湯匙的希望，還是很想全速逃離這座陰森的城堡。

粉碎者眼裡盈滿淚水。「我祖先的城堡……」他輕聲說。「啊……我都沒想過會有來到這裡的一天……」

發生在死亡堡的戰役，多到難以想像。

城堡大門前是各種布滿植物的奇怪巨岩，但這並不是普通的岩石。夜眸在一塊又黏又滑的巨岩上滑了一下，札爾低頭一看才發現這根本不

是石頭，而是一把巨劍的劍柄——這把劍大到只可能是巨人的武器，它表面長滿了一世紀的青苔，以及層層疊疊的荊棘。

他們腳下的巨岩根本就不是石頭，而是各式各樣的巨大兵器——斷掉的長矛、巨大盾牌的碎片、半埋在土裡的箭矢——多年來，樹木在這些兵器表面和周圍生長，形成奇特的地形。

潘塔利昂的標誌是渡鴉，因此巨人的盾牌刻了渡鴉，龜裂的石頭上刻了渡鴉，城堡周圍的斷垣殘壁也有渡鴉裝飾。

「我們不該進去。」卡利伯呻吟著說。「這個主意糟透了，我敢肯定，這個主意非常、非常糟糕……這可是一座**受詛咒**的城堡！拜託，有人覺得我們應該進去嗎？我可不這麼認為……」

孤狼非常同意卡利伯的看法，他用喉嚨發出吵鬧的咕嚕聲，一隻手指向山下，表示他覺得大家應該「下山」。

「狼人覺得我們應該進去！」札爾說。「你看，他在說：『來都來了……總

死亡堡

不能現在回頭吧！』」

就算這是座受詛咒的城堡，札爾還是打算進去。他如果把握好這次機會，那不僅能消除手上又熱又痛又令人擔憂的巫妖印記，還能一舉消滅所有巫妖。

「我們不能不進去！」希望激動地說。「我們要完成札爾的法術，還有找到湯匙，不是嗎？我知道，他就在城堡裡的某個地方！湯——匙——！你在哪裡？」

魔法鑰匙也跟著喊：「湯——匙？湯——匙——！你在哪裡？」希望和鑰匙的聲音在巨大的遺跡裡混融、迴響，傳回眾人耳裡時變得有點恐怖。

「噓——！」刺錐小聲說。他已經把他的劍拔出來了。「我們不知道城堡裡有什麼，如果真的有**什麼東西**的話，我們更不應該把那個東西叫醒！」

他們躡手躡腳地走進死亡堡。城堡整體規模大得不可思議，感覺像是有人揮了揮法杖，把法術劫掠隊都變成小老鼠，但從遺跡看來，過去也曾有正常大小的人類和巨人一起住在這裡。

小妖精緊張或害怕時心臟會發出綠光，他們還會散發難聞的硫磺味，警告其他小妖精不要靠近。飛在隊伍四周的小妖精都全身發熱，發出綠寶石般耀眼的綠光，他們害怕到身體微微冒煙，不安地繞著圈，同時輕聲唸出由許多氣音組成的防護法術，每個字聽起來像熱鍋裡滋滋作響的油：「布喀夫惕惕惕嘞喀惕！喀喀嘞耳喀喀夫嘞夫夫！耳喀布批惕惕！」

小妖精會這麼緊張，是因為大家走進死氣沉沉的城堡時，城堡似乎活了過來。小妖精聽見城堡唱出的恐怖歌曲：「沒有音樂的歌曲，刺入感官的利劍，心中的風暴，腦中的烈火⋯⋯」

亞列爾尖尖的小耳朵左右旋轉，仔細聆聽歌唱的聲音。他張開長滿鋸齒尖牙的小嘴，小心翼翼地吞下一口空氣，結果被苦澀到難以忍受的空氣噁心得整張臉皺起來。

「仔細傾聽……」亞列爾悄聲說。「仔細品嘗……」

「我什麼都聽不到。」刺錐說。他用力吞一口口水，緊緊握住他的劍。

「愚蠢的人類……」風暴提芬不耐煩地輕聲說。她也緊緊握著尖刺般的魔杖。「你們的耳朵太遲鈍了，每次都聽不到最重要的聲音……真不曉得你們是怎麼存活這麼久的……」

「札爾，我們快離開這裡！」亞列爾說。「我們不能再前進了！相信我們，相信我們，相信我們！」

「這座城堡想復仇。」風暴提芬輕聲說。她在刺錐身旁一閃一閃地現形。「每一塊石頭……每一條藤蔓……

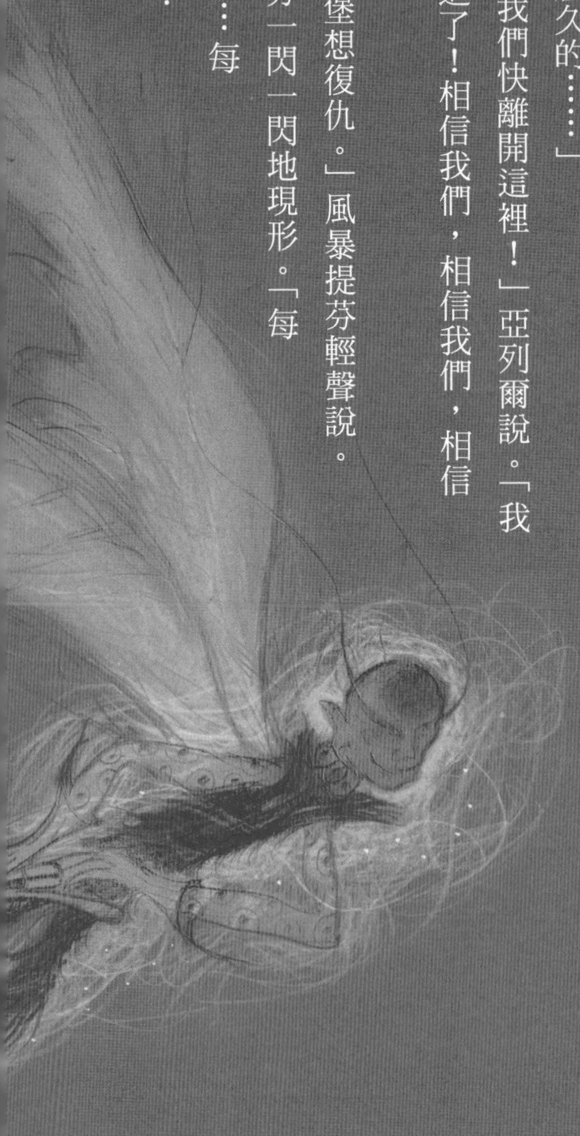

每一片碎玻璃都唱著復仇之歌……復仇的願望就飄在我們所在的空氣中。你們都嘗不到空氣的苦味嗎？你們都聽不到城堡的憤怒嗎？」

希望左顧右盼，她什麼也聽不見，但就連她遲鈍的人類感官，也感覺得到空氣中暴虐的哀愁。是她的錯覺嗎？怎麼感覺附近的藤蔓、常春藤和蕨叢，都極度緩慢地從破碎的石板之間探出綠色觸手，開始……**移動**？

以人類肉眼可見的速度移動？

沒錯……她沒看錯，常春藤正像蛇一

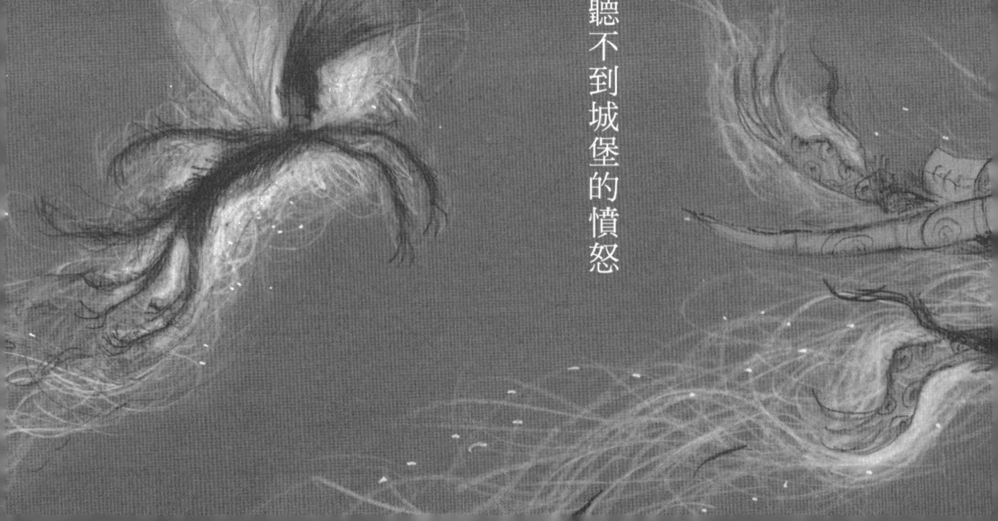

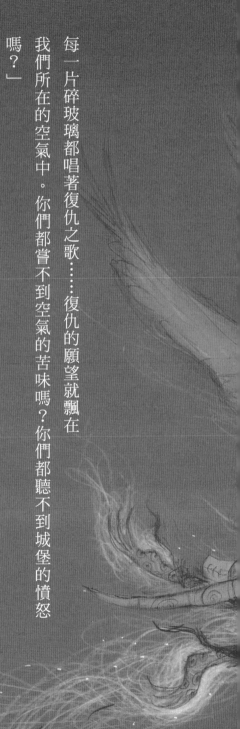

樣窸窸窣窣地移動，朝他們伸手，不知是在哀求還是威脅他們……

「那是**我們的人**做的嗎？」希望驚恐地高呼，但她已經知道答案了。狼人、札爾和所有的小妖精都拿出法杖和魔杖，在周圍施展防護法術，阻止植物繼續接近。

「有人知道我們來了！」希望小聲說。

「我們應該出去！」刺錐喊道。

話才剛說出口，壞掉的大門就在他們身後重重關上，後方的植物生出巨大的根與交錯往上刺的荊棘，斷了大家的去路。

札爾也不安地吞了口口水。「這場冒險當然很可怕，」他頑強地說。「我們來這裡要找的可是消滅巫妖的法術材料，你們覺得巫妖有可能被玫瑰花香消滅掉嗎？把復仇加進我們的法術，效果一定很棒。」

「可是我們不曉得這座城堡想『對誰』復仇啊。」卡利伯緊張地指出。

他有一種很糟糕、很糟糕的感覺，彷彿回到了被他遺忘的過往——對一隻活過好幾輩子的渡鴉來說，這是令他十分困擾的問題。他隱約覺得這地方很眼熟，但他怎麼也想不起重要的細節。

「這個嗎？我覺得這座城堡想對『巫妖』復仇。」札爾說。「很有道理吧？最初把巨人從這片土地趕走的就是巫妖，巨人的城堡當然會討厭那些巫妖了……」

「可是，札爾，我們沒辦法確定啊……」卡利伯不自在地呻吟。「故事和歷史通常沒有表面看來那麼單純。」

然後，他們看到一只鞋子。

它側躺在前方的階梯上，彷彿被匆匆忙忙跑走的人弄掉了。一開始，札爾他們以為這是某種皮革帳篷或房屋，仔細一看才發現那是一只巨大的「靴子」。這只靴子大到連粉碎者站在它旁邊都顯得很小，靴子上緣有長步高行巨人的腰那麼高。粉碎者有點擔憂地望向靴子山洞般的深淵，光是他的神情就足以令人擔憂，因為粉碎者很少感到憂慮。

「怎麼可能。」札爾驚嘆地說。「這不會是真的吧！哪有那麼大的巨人……那麼大的東西不可能存在！」

「根據傳說，古時候的巨人比現在的巨人和山怪大得多。」卡利伯說。「他們是歌革和瑪各的子孫……我們擅自闖入不瞭解的領域了……這裡的祕密與力量比我們想像中更加遠大……」

但札爾不管這些，他興奮得要命。「這座城堡裡**果然**有巨人！」他邊說邊抽出法杖和劍。「這代表我們能收集到巨人的最後一口氣！而且這會是**復仇**的最後一口氣！」

「可是這個巨人**超級大**！」刺錐高呼。「如果他還活著，我們就要殺了他才能得到他的最後一口氣。我們怎麼可以殺死巨人？我喜歡巨人，希望喜歡巨人，你也喜歡巨人啊！如果那個巨人早就死了，我們也沒辦法收集到他的最後一口氣，不是嗎？」

札爾根本沒在聽。

「我們偷偷跑過去，看看這裡是什麼狀況。」札爾說。

「可是城堡裡的東西已經知道我們來了！」刺錐哀號。

現在，希望知道小妖精在人類身旁是什麼感覺了——和這只巨大的靴子比起來，他們就和小妖精一樣小。

他們踩著微微顫抖的腳步緩慢前進，跟著魔法大頭針、鑰匙和叉子走到隱藏在蜘蛛網與黑暗中的巨門，門後是通往地下的樓梯，樓梯實在太大了，沒有粉碎者的幫助，札爾他們根本沒辦法下樓。一行人終於到達樓梯底部，來到一條遠遠大於樓上那條走廊的廊道。世界上怎麼可能存在如此巨大的房間？房間裡有一張桌子，每一支桌腳都和森林裡的巨樹一樣高，還有一張大得超乎想像的椅子。桌子下有一只巨大的靴子，和樓上的靴子是一對，還有一隻巨大的腳，腳趾的顏色綠得很不自然。那隻腳連在一條一直往上延伸的腿，在他們看不到的地方，那條腿連到巨人的身體。

沒有人看過這麼大的巨人——他們連作夢都沒想過，世界上竟有這麼巨大的生物。

第十章　巨人的最後一口氣

他們鼓起全身全心的勇氣，才有辦法繼續往前走。刺錐感覺他的心跳飛快，快到心臟隨時可能跳出胸腔，逃離這個地方——至少，他自己是恨不得立刻轉身逃走……

可是他想到札爾手上不停蔓延的巫妖印記，還有可憐的札爾在夜裡瑟瑟發抖，如果他們不收集到法術的材料，札爾這一輩子就得在戈閔克拉監獄裡度過了。如果能閉上眼睛，用許願就能讓巫妖從世上消失，那該有多好……但這種事不可能發生，所以刺錐只能前進。

那個巨人的每一根腳趾都有希望的腰那麼高，腳趾頭動也不動。希望一行人走得更近，才發現腳趾變成綠色不是因為壞疽，而是因為太久沒有移動，表面都長苔了。

「這個巨人還活著嗎？」希望小聲說。「還是他已經死了？」

「小妖精們，上去看看！」札爾果斷地命令。

風暴提芬、亞列爾和曾精壯著膽子飛到巨人的頭旁邊。

風暴提芬最先飛回來。「死了。」她說。

「可是他應該才剛死沒多久吧？」希望說。「屍體不是過一段時間會、那個……**腐爛**嗎？」

「噁心！」吱吱啾說。他愉快地檢查巨人身上有沒有腐爛的跡象。「屍體會腐爛沒錯！窩看看……窩看看！」毛妖精興奮地飛來飛去，結果他萬分失望地飛回來。「他跟活著的時候一樣……沒有噁心……沒有軟軟爛爛……綠色的部分都只是青苔……」

「這是某種法術。」卡利伯顫抖著說。「非常強大的法術，強到我連想都不敢想像……」

「意思是說，」札爾一副勝券在握的樣子。「我們**還有機會**得到他的最後一口氣！消滅巫妖的法術一定是真的！這個巨人一定是在這裡等我們來，這樣他才能在死前把最後一口氣給我們……」

「你也想得太樂觀了吧。」刺錐害怕地說。「說不定他等我們來，是為了把我們吃掉。」

「我們不是早說了嗎！巨人吃素！」札爾說。

「是沒錯，可是札爾，我們不知道很大很大的巨人吃什麼啊……」刺錐說。「大部分的超大巨人好幾百年前就走進海裡消失了。」

但是札爾沒在聽。「跟我來！」他下令。

雪貓載著希望、札爾與刺錐，和狼人用爪子抱住桌腳，奮力往上爬。

札爾從來沒有站在巨人的餐桌上過，桌上的盤子大得超乎想像，宛如寬廣的銀色湖泊。三個小英雄繞過巨大的杯子和刀具。

魔法叉子立在一支巨大湯匙的邊緣，敬畏地看著自己的巨型親戚——巨無霸湯匙。

叉子搖了搖頭，彷彿說：「我會不會有一天也長這麼大？我有可能變這麼大嗎？」

吱吱啾、嗡嗡咻和寶寶很貪玩，他們把大湯匙當作巨大的溜滑梯。札爾打了個響指，要他們別分心。

「我們是來執行任務的，」札爾說。「沒時間玩了！曾精，你是我們的法術劫掠隊長，如果這個巨人還有最後一口氣的話，你覺得我們要怎麼把最後一口氣弄出來？」

巨人歪到一邊的頭就在上方，看起來確實是死了：他閉著眼睛，布滿皺紋的巨臉長了一層蕨類和常春藤，亂七八糟的荊棘和植物如面具般覆蓋整張臉。要不是知道他是巨人，要不是剛剛看到桌子下巨大的腳，札爾他們也許還會以為這是巨

石或某種破碎的自然地形。

那是張哀傷的臉。

一張破碎的臉。

一張迷惘的臉。

曾精騎著遊隼往上飛，從鳥背縱身一躍，抓住巨人的鼻毛掛在鼻子下，抬頭望向滿是鼻屎的「山洞」。

他用小小的矛戳刺巨人鼻孔的邊緣。

巨人沒有動彈。

「他死了。」曾精邊說邊跳回遊隼背上。

「我**知道**他應該死了！」

札爾不耐煩地說。「重點是，我們要怎麼收集他的最後一口氣？」

接著，札爾的問題有了解答。類似遙遠鼓聲的隆隆聲響傳了開來，害大家嚇一大跳，游絲般的風從上方巨大的鼻孔吹出，宛如珊瑚洞穴裡的微風。

喔天啊，綠色東西和白色東西和槲寄生和常春藤啊……

巨人竟然還沒死！

「這傢伙還活著……」亞列爾輕聲說。他驚恐地發出鮮綠光芒，比火炬還要亮。

巨人微微一動。

「喔喔喔喔喔天啊！喔喔喔喔天啊！他開始動了！」

一隻巨大的眼睛很慢、很慢地撐開長在上頭的荊棘，看向站在桌上的三個人類小孩——這是一隻令人迷失自我的眼睛，眼底的荒蕪宛若浩瀚汪洋。山一樣大的巨人突然往上一動，撞倒巨大餐盤，三個小英雄被巨人突如其來的動作震得失去平衡。他們都忘了巨人不是山怪，巨人理論上吃素，就算是非常非常大的巨人也應該是素食者……大家像熱鍋上的螞蟻，在桌上亂逃亂竄，想辦法躲到盤子邊緣或叉子下的陰影。

他們的心臟撲通撲通狂跳，刺錐躲在盤子邊緣的陰影，札爾趴在鹽罐後面，希望則是躲在巨大湯匙下。

「別動……」札爾小聲說。

這個巨人究竟是敵是友？他知道札爾他們躲在桌上各個角落嗎？他有沒有看到他們？

現在，他們聽見巨人的呼吸聲，那是空氣進出巨型肺臟的風聲。這下，他們的任務忽然顯得有點……**愚蠢**。

刺錐屏住一口氣。

也許巨人不知道他們在桌上……

幾分鐘過去了。

房裡一片寂靜。

刺錐終於開始正常呼吸。

然後，某個不可能屬於巨人的甜美嗓音突然說：「有一個人藏在盤子下……」

接著……

砰！刺錐上方的盤子旋轉著飛出去，在房間的另一邊摔得粉碎，發出震耳欲聾的暴力聲響。

巨人的動作這麼，呃，**粗暴**，顯然他對入侵者的態度不是很友善。刺錐抬頭望向綠色神靈般俯視他的大臉，很清楚看見巨人臉上七竅生煙的怒意。

你可能聽過別人說過，有動物朝你衝過來的時候，或是有巨無霸巨人低頭看著你的時候，你不應該亂動，可是在這種情況下你哪管得了這麼多？刺錐的直覺驅使他飛也似地往桌子另一邊衝去。

砰！瘋狂逃命的刺錐被上方的巨力推倒——他「嗚！」一聲整個人趴在桌上—他嚇得手忙腳亂地站起來，卻被巨大的手罩住，彷彿在綠色山洞裡。

躲在湯匙下的希望看到這一切，她大叫：「刺錐被抓住了！」她完全忘了自己對巨人的好感，衝上前用劍戳刺巨人的手指，這對巨人來說應該只有被針扎到的細微感覺，但巨大的手指驚訝地往上移。三個人類慌慌張張地逃跑，在桌上東逃西竄，那隻巨手「不怎麼友善」地重重拍來拍去，試圖抓住他們。

最終，巨人成功了……

札爾和刺錐躲在鹽罐裡頭，他們被巨人抖出來之後，被巨人用巨大叉子固定在桌上，身體卡在巨叉之間動彈不得。

巨人用杯子罩住希望，在那恐怖的瞬間，希望以為她再也無法重見天日了；但巨人把杯子翻過來，拎起希望之後把她丟進去。希望抓住杯緣，一隻驚恐的眼睛瞥向巨人毫無笑意——好吧，根本就是煩躁不堪——的巨大雙眼。

巨人嘴裡發出他們聽不懂的聲音，他開口閉口的樣子像是在說話，但氣若游絲的他說了好幾個字，希望他們還是沒聽懂。巨人頓了頓。

三個孩子害怕地互看一眼，他們都不曉得巨人想表達什麼。

巨人又說話了，這次他的氣音多了股慍怒，依然沒人聽懂。

卡利伯勇敢地飛到巨人嘴邊，試圖聽得更清楚。

巨人似乎呼吸困難，一副快要窒息的樣子。這時，一道飄逸、閃耀的光線飛來，那個小東西在巨人嘴裡倒了一些魔藥，淒涼的巨人貪婪地喝下藥水。

「那個是什麼？」一希望瞠目結舌地問。她試著用眼睛跟上迅速飛過的小光點，那個東西

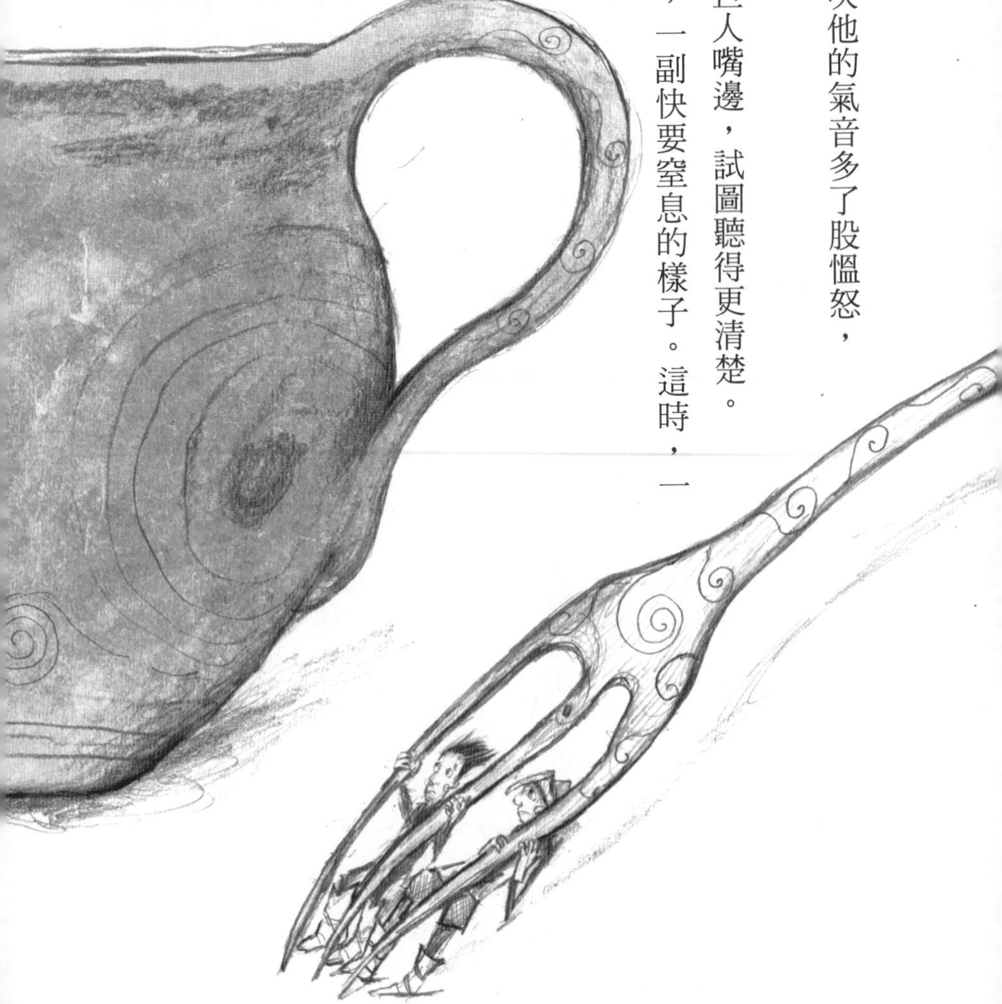

看起來不像是她見過的小妖精或其他小生物。

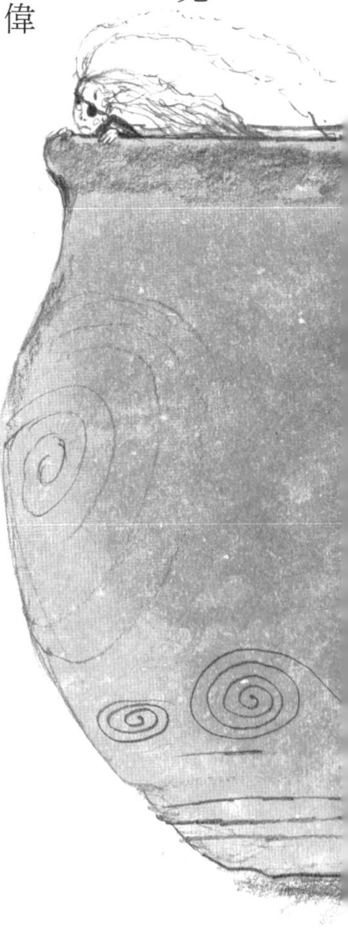

「我是曾屬於偉大的巫師——潘塔利昂——的霜妖精。」那個小東西移動的速度非常快，沒有人能看清她的樣貌。「你們可以叫我玫瑰艾莉諾……這不是我的名字，但這個名字很美，你們說是不是？」

名字不是玫瑰艾莉諾的霜妖精，擁有美妙動聽的嗓音，讓人聯想到鈴鐺和流水。剛才把刺錐的藏身處告訴巨人的，應該就是她了。「這邊這位快要爛掉的大塊頭，名字叫波龐德斯。」玫瑰艾莉諾繼續介紹，彷彿札爾他們沒有擅闖這座名為死亡的城堡，而是來喝茶聊天的。「既然你們都來了，不如自我介紹一下吧。我和波龐德斯已經很多年沒看到客人了，就算有人來，他們也不會待很久……尤其是那些小偷……」

玫瑰艾莉諾

雖然她的語氣很和善，甚至有些感傷，最後一句話卻隱含惡意。就算卡利伯沒有輕聲說「不要相信她……」，札爾他們也不會輕信這隻霜妖精。

玫瑰艾莉諾似乎沒有被這句話冒犯到，她同意卡利伯說的話，如果她慢下動作，札爾他們說不定能看到她點頭。「沒錯，人類還是別信任我來得好……因為，我們霜妖精沒有心臟……」

巨人波龐德斯的聲音有氣無力，但他是非常巨大的巨人，人類聽了還是覺得很大聲。

「『你們』，」巨人說。**「你們這些小螞蟻，這些小東西，是什麼人？你們竟敢打擾出自上古家系的巨人——瀕臨死亡的巨人？難道這年頭，就連死亡也不再神聖了嗎？」**

「喔！你瀕臨死亡了嗎？」札爾不經大腦、真心雀躍地說。「太棒了！」

巨人低頭看著他們，慢慢眨眼。

刺錐焦急地戳札爾。

札爾愣了一下，這才意識到他身為客人，不該為主人瀕臨死亡這件事感到高興。

「我是說，這太不幸了，我們聽了很難過。」札爾匆匆說。

玫瑰艾莉諾笑了。「別擔心！」她親切地說。「你們也瀕臨死亡了！」

「是、是嗎？」刺錐緊張到結結巴巴地說。

「那當然！」玫瑰艾莉諾愉快地說。「不然你們以為會發生什麼事？你們未經許可就走進了名為『死亡』的城堡，還想從城堡居民——也就是完全不想接待你們的這位巨人——身上偷走極為重要的東西……別以為我們不知道！」

她這麼說，是因為札爾下意識地張開嘴巴，想否認這件事。

「除非……」玫瑰艾莉諾說。

「除非？」希望總是滿懷希望。

「除非……除非你們是我們等待的人。這個可能性非常低，畢竟野林裡的人那麼多，我們要等的人無意中來到這裡的可能性實在太低了。」玫瑰艾莉諾說。「這就是為什麼我們等了很久、很久，都還沒等到我們要等的人。那，開始自我介紹吧。」

天啊天啊天啊。

他們只能祈禱《法術全書》沒有騙人，只能祈禱他們是巨人和霜妖精等待的人。

「說實話。」玫瑰艾莉諾警告他們。

「我是札爾，恩卡佐之子，也是命運之子。」札爾說。「這是希望，希剋銳絲之女……還有這是助理保鑣刺錐。」

札爾說完，玫瑰艾莉諾沉默了很久、很久，在短暫的一瞬間她停止移動，吱吱啾終於看清她的樣貌，他驚嘆：「逆好漂亮喔！」

「美麗並非一切，」玫瑰艾莉諾邊說邊再次快速移動。「但宇宙也發現，有時候美麗非常有幫助。可能性也並非一切，但考慮到可能與不可能的特性，有時候宇宙還是會給我們驚喜，給我們**一個……**

「可能性將近零的……偶然……」

刺錐、札爾和希望剛剛都屏著一口氣，現在他們終於能放鬆地呼吸。

「野林裡有數也數不盡的人名，沒想到你們**正是**我們等待已久的人。」玫瑰艾莉諾說。

「謝天謝地。」刺錐呼出一口氣。

「終於等到這一天了！」巨人說。**「他們夠格嗎？」**

玫瑰艾莉諾飛到他們面前，一一觸碰札爾、刺錐還有希望，最後是卡利伯，以測試他們夠不夠格。被霜妖精碰到的剎那，每個人都驚叫一聲，彷彿被電了一下。

玫瑰艾莉諾繞著房間飛了兩圈，才說出測驗結果。

「他們還有一些進步的空間，」她說。「尤其是自稱『命運之子』的那位……但他們畢竟是人類，我們也不能要求太多。至於那隻鳥，那隻鳥的價值……」

卡利伯動了動身上的羽毛，準備謙遜幾句。這是他大放異彩的時機。

「那隻會說話的鳥是他們四個之中價值『最低』的一位。」玫瑰艾莉諾說。

「什麼！」卡利伯覺得自己被深深冒犯了。「妳想必是認錯了！我是卡利伯，我是活過好幾輩子的鳥，巫師之王請我輔佐札爾，就是為了我的智慧與價值！」

「是啊。」玫瑰艾莉諾輕蔑地哼了一聲，即使是這一聲也聽起來十分親切。「那你也許可以想想，你活了好幾輩子，為什麼這輩子會變成一隻鳥？渡鴉，你的身分我清楚得很，年齡和價值、智慧並沒有直接的關係。波龐德斯，我們只能學人類將就一下，希望這一切導向好結果了。我最近越來越沒辦法減緩你的死亡，我們不能再等下去了——而且這些確實是我們等待已久的名字。」

巨人稍微放鬆，用鼻子嗤一口氣。

「那麼，」玫瑰艾莉諾說。「你們是來偷東西的，是吧？別想說謊，誠實說出來吧。」

「我們來這裡，是為了收集巨人的最後一口氣。」札爾堅決地說。「這是消滅巫妖的法術的其中一個材料。」

「啊啊……」近乎絕望的巨人滿意了，這份情緒化為他長長呼出的一陣風。**「『真的』是他們沒錯。」**

「那是非常、非常珍貴的東西。」玫瑰艾莉諾嚴肅地說。「你們這種人不可能從出自上古家系的巨人身上『偷走』最後一口氣，但你們走運了，波龐德斯會自己把這口氣送給你們。你們來之前應該做好準備了吧？」

「沒錯。」札爾回答。「這位曾精是很有本事的法術劫掠專家，他會抓住那口氣，風暴提芬會用法術把那口氣縮小，然後他們會把它裝進收集瓶……」

玫瑰艾莉諾又笑了。「唉，你們人類真是好笑！你們的計畫總是漏洞百出，卻還一直制定計畫！你們根本不可能自己完成那樣的任務，不過我會助你們一臂之力。

「我們會實現你們的願望，」她接著說。「然後，照世間的常理來說……你們可能會得到一些『額外』的東西。請各位找個舒適的地方坐下來吧。」

玫瑰艾莉諾沒有使用魔杖或法杖，或做出任何施法的動作，巨大叉子卻從札爾和刺錐身上移開，杯子也慢慢傾倒，把希望放在桌上。

「波龐德斯會在我的幫助下，說一則故事給你們聽……」

在上方，還沒死透的巨人大聲說話，害札爾他們不得不摀住耳朵。

「我來說故事給你們聽！」巨人說。

「說故事？」札爾咬緊牙關說，因為巨人的聲音真的非常、非常響亮。

「你不喜歡聽故事嗎？」玫瑰艾莉諾驚訝地問。

「我很愛聽故事！」札爾說。「可是這個巨人為什麼要說故事給我們聽？這不是他的最後一口氣嗎！他怎麼可能用一口氣說完一整個故事？而且我們現在有點趕時間……這件事說來話長，簡單來說就是德魯伊還有巫師還有戰士還有巫妖嗅獵人還有巫妖都在追我們，他們隨時都可能追到這裡……而且，我同伴——希望——的魔法湯匙不見了，我們還要去找他……」

「你們有沒有看到他？」希望焦慮地問。「我的叉子和鑰匙相信他就在這座城堡裡。他長得大概這麼高，身體是鐵做的，然後——」

「我就說吧，」玫瑰艾莉諾打斷她。「還有不少進步空間。男孩、女孩，你們必須培養耐性。巨人會把他的最後一口氣交給你們，而做為回報，你們得耐心、安靜又恭敬地聽他說故事，這些都是你們該學習的事情。就把這當作你們給我們的報酬吧。」

於是，在死亡堡的深處，希望、卡利伯、札爾、刺錐、雪貓、小妖精和粉碎者盤腿坐下來，或是把毛茸茸的頭枕在腳爪上，或是把翅膀收起來，或是八隻腳朝上地躺在桌上。大家安靜地乖乖聽故事，就連札爾也努力耐著性子，恭敬地聽巨人說話。

任何將死之人的遺言，都飽含魔力。

但這位巨無霸巨人的遺言，魔力肯定很多很多……

實際上，說故事的是一個和小山一樣大的巨人，這位離死不遠的巨人身體已經快撐不住了，周圍也有一些蒼蠅繞來繞去。他的聲音有時比最響亮的雷聲還要大，有時卻斷斷續續、喘不過氣，你幾乎什麼也聽不到。當巨人的聲音像他巨大的手指一樣從邊角開始崩解，幾乎要消失時，小小的霜妖精會代替他說故事。霜妖精和巨人截然相反，她小小的身軀沒有一刻停止移動，她的聲音宛如宇宙未曾聽過的天籟、如轉動的星辰、如時光微小的鈴響……

但如果我那樣說故事，會讓人很難專心聽故事內容，而這則故事的內容再重要不過。所以，我會用我自己的聲音（匿名旁白）來說故事。

這是巨人波龐德斯敘說的故事。

這，是巨人最後一口氣的故事。

巨人最後一口氣的故事

從前從前，有一位年輕勇猛的戰士公主，她天不怕地不怕，和狼人一樣狂野。這位公主的狩獵技能之強，全戰士帝國無人能比，她獨力和北境的冰霜巨人戰鬥，獨力捉到西境恐怖的灰安妮絲，也獨力驅逐了在南方戰士村莊擄掠的野山怪群。

這位戰士公主不認為愛情有任何價值。

「愛是一種弱點。」公主常說。

「這該不會是『愛情』故事吧！」札爾一臉噁心地說，說完才想起自己該保持安靜與尊敬，他連忙閉緊嘴巴。

仲冬的某一天，公主一個人騎著馬在野林裡自由自在地遊蕩，忽然發現有兩隻雪貓跟在她身後。她朝雪貓射箭，有兩根箭矢分別擊中兩隻雪貓，但他們並沒有放棄尾隨她。過一段時間，公主意識到雪貓要她跟他們走，她很敬佩這

兩隻動物的勇氣，於是她跟了上去。

雪貓帶公主走到一片林中空地，一群體型龐大的狼耐心地圍在一棵樹下。有個年輕男人躲在樹上，狼群正在等男人體力用盡，最後像成熟的大蘋果一樣掉下來。男人已經在樹上待了兩天，他又餓又渴又怕，已經快撐不住了。

男人的幾根法杖都放在樹下，他是為了拯救他的小妖精爬上樹的。

這個年輕人的名字叫「阿果邱普可因」，但這聽起來像有人被胡桃噎到發出的聲音，所以大家都叫他「托爾」。托爾正在唱歌，在戰士公主聽來這首歌很蠢，歌詞是這樣的：

我很年輕，我很貧窮，我什麼都給不了妳

我只有這對亮麗的翅膀……

我以空氣為食，以風為床，

我在星光的道路上跳舞，聽月亮歌唱……

這時，公主知道她應該假裝沒看見這個人，騎馬離開這片空地。那個年輕人很顯然是巫師，而巫師是戰士的死對頭。

而且，他顯然是很愚蠢荒誕的年輕人。

但是，這首歌愚蠢的「人情味」，讓公主不由自主地停了下來。

她拿起弓箭，朝巫師射出一箭——她其實不是想射中巫師，只是想看看巫師會不會嚇得縮起來。

巫師並沒有退卻……箭矢從他身邊擦過去，擦傷了他的左手臂。公主很佩服他，即使他是巫師，也顯然是個勇敢的人。

圍在樹下的狼紛紛站起來，對公主低吼，警告她別靠近，還在樹下焦躁地來回走動。公主準備好弓箭，瞄準那群狼，嘲笑地大聲說：「愚笨的巫師啊，你怎麼會蠢到對樹說話？」

「我沒有對樹說話，」巫師說。「我在對『妳』說話。」

他繼續唱道：

看燕子高飛，他們怡然自樂，
妳很年輕，妳很強壯，只要交給我妳的
手
我們可以一起離開大地，永不回頭
在微風上沉睡，再也不必回陸地行走
我將送給妳狂風與美好冒險
我們將飛向永恆，永不別離

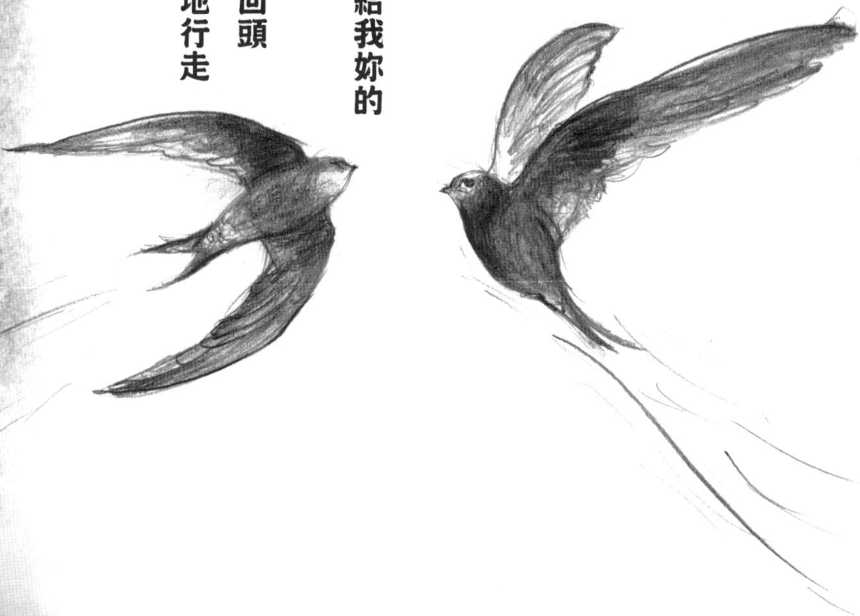

我很年輕，我很貧窮，我什麼都給不了妳，
除了我的愛、我的心跳、我的珍惜……

唱完之後，他說：「救救我……」

「如果我救你，你要怎麼報答我呢，巫師？」公主喊道。

樹上的巫師沉默片刻，他問：「這世界上，妳最想得到的是什麼？」

公主答得和箭矢飛出去的速度一樣快：「我想成為這整座森林的戰士女王。」

其實這位公主本就該成為整座森林的女王，但是她還是小嬰兒的時候，一個邪惡的親戚搶了她的王位，現在她想奪回她一輩子渴望得到的王位。

名為托爾的巫師低頭看著她。

「好吧，我沒辦法讓妳變成戰士女王。」托爾承認。「但我可以送妳一匹馬。」

每一位女王都該有一匹好馬。」

「笨蛋，我已經有一匹馬了！」公主笑著說。「不然你以為我現在騎的是什麼？」

「我有一匹更好的馬，現在在我的巫師營地。他和夜晚一樣全身漆黑，奔跑的速度和法術劫掠者一樣快……如果妳救我，我就把這匹馬送給妳。」托爾說。「他不是魔法生物。」他匆匆補充。「他就是一匹普通的好馬，妳一定會喜歡的……」

公主其實只是在找藉口救這個傻乎乎的年輕人，她朝狼群射箭，狼群開始追趕她。

他們追著她跑入森林，公主策馬前進，邊回頭用箭矢攻擊狼群。托爾爬下那棵樹，撿起法杖，騎上

「這果然是愛情故事！」札爾一臉噁心地說。

受傷的雪貓追了上去。他終於追上公主時，公主的馬正巧被狼群撲倒。

公主抽出劍，托爾使用法杖，兩個人一起和狼群戰鬥。狼實在太多了，最後公主和托爾只能騎著雪貓逃走，把馬留給那群狼。

「你害我的馬被吃了！」他們一起騎在雪貓背上穿行森林時，公主抗議。

「如果我們不把馬讓給他們，被吃的就是我們……」托爾說。「所以我之前才說『妳救我，我就送妳一匹馬』。」

這時候，公主發現巫師很狡猾。

公主並不介意。

她自己也很狡猾。

她在月光下近看巫師的臉，發現這個年輕男人雖然很狡猾又很愚蠢，卻也有點英俊……而且他看到公主的箭射向他，眉頭連皺都沒皺一下……

在那一晚的森林裡，公主的心被巫師偷走了。

「這『果然』是愛情故事！」札爾一臉噁心地說。

「噓——！」其他人說，因為他們想聽故事的結局。

戰士公主和男巫師約好，他們一週後將在同一片林中空地碰面，到時候巫師會把馬送給公主。

「那會是我最後一次和他見面。」公主告訴自己。

托爾送給她一匹叫雷鳥的馬，這匹馬速度根本沒有法術劫掠者那麼快，毛色也絕對不像夜晚一樣黑。這是一匹再普通不過的馬……他只有一個特別之處。

每隔一週的星期四，如果公主騎在這匹馬上，雷鳥就會載著她穿行野林，回到她和托爾初次見面的空地，公主再怎麼用力拉韁繩都沒有用。

托爾總是在空地等她，他們一整個下午一起做些傻乎乎的事，兩個人都樂不思蜀。

年輕的戰士公主發誓要和托爾結婚，她用自己的心發誓要和托爾私奔，一起尋找一個不在乎他們來自何方的世界，一個戰士和巫師能和平共處、自由相愛的世界。

然後……然後……然後……

悲劇發生了。

公主邪惡的親戚死了，這表示現在「她」成了戰士女王。

公主得到她渴望了一輩子的王位……

卻在得到它的同時，發現自己不想要當女王了。

唉，你們許願的時候請務必小心……

因為願望可能成真。

一國女王必須承擔責任和義務，新任女王的人民需要她，因為她如果不當女王，就會換邪惡的親戚統治國家。到時候，人民就得面對沉重的稅賦、以復仇為名的戰爭，以及王族對珍饈美饌的無盡慾望——女王邪惡的親戚喜歡把「虎人」的鮮血當開胃酒喝，這樣的飲品或許很美味，但美味的代價是無數條人命。

所以，年輕的公主認為自己不能不當女王，而戰士女王不可能和巫師結婚。

問題是，她該怎麼擺脫她對托爾的愛？

真愛之吻有著全世界最強的力量，不是我們隨便打個噴嚏就能擺脫的。

於是，戰士公主做了一件很糟糕的事。

她聽說有一位法力高強的巫師，名叫潘塔利昂，這個獨居的巫師在做一些預知未來的實驗……這是非常危險的魔法。公主特地去見潘塔利昂，兩個人一起窺視未來，發現公主若和那個名叫托爾的巫師結婚，巫妖將重返野林……

所以，公主必須讓這份愛情永遠消失。

讓愛情消失的方法只有一種。

潘塔利昂幫她施了非常、非常危險的法術——屏棄愛情法術。

聽到「屏棄愛情法術」幾個字，小妖精們全都嚇得倒抽一口氣。吱吱啾緊緊縮在希望的頭髮裡，只剩兩顆瞪得老大的眼睛露出來，希望被他的動作扯得痛呼一聲。

戰士公主喝下法術藥水，她心中的愛情就這麼死了。

她用毒墨水與怨恨，寫了一封信給名叫托爾的巫師，說她不愛他，她從來沒有愛過他。

至於托爾，他在約定的地點等了好幾個漫長的星期，戰士公主卻一直沒出現。他收到公主的信，即使讀完那封怨毒的信，他也不相信那是公主的真心話。年輕巫師等了兩年，這兩年間一棟小屋成了他的家，森林裡的小妖精很同情他，常常帶食物和水來給他。小妖精們稱他為「苦等的巫師」。

托爾心裡其實很清楚，戰士公主背叛了他。隨著時間過去，托爾漸漸信了那封信的內容，他也聽說公主和別人結婚了，現在她自稱戰士女王。巫師難過到快要發瘋，他甚至到荒山野

屏棄愛情法術

一種恐怖的法術，可能帶來不堪設想的後果。

嶺戰鬥，成了暗影鬥士……

「哇，好酷喔……」札爾敬佩地說。暗影鬥士可說是傳說中的存在。

「現在，我們終於要說到和『我』有關的部分了……」巨人說。「我們所在的這座城堡，曾經是潘塔利昂的城堡……」

札爾和希望屏住一口氣，他們剛剛太專心聽故事，都忘了這可能是一則真實故事。他們環顧城堡的斷垣殘壁。這裡究竟發生了什麼？

「現在對你們說故事的巨人，是潘塔利昂的巨人夥伴。說到這裡，差不多輪到我登場了。」說著，巨人的語氣變得苦澀。「屏棄愛情法術的其中一個關鍵材料，是德魯伊的淚水。德魯伊對自己的淚水被拿去施法這件事耿耿於懷，他們開始追蹤那個偷走淚水的男人，找到這個人時，他們不僅殺了強大的巫師潘塔利昂，還試圖殺死他的巨人，還把他身邊的狼人嬰兒抓去關起來……

「故事裡的巨人，」巨人接著說。「就是我。這麼多年來，我一直很憤怒，這

些事情實在太不公平了，以致我到現在都沒辦法死去。

「我心中燃燒著『熊熊怒火』！」巨人大吼。「這份火熱的憤怒讓我活到現在……

「我好憤怒！」巨人的怒吼宛若雷聲，即使他瀕臨死亡，這個聲音也像一千隻熊的咆哮從他胸中湧出來，迴響在房間裡。桌子被波龐德斯的吼聲震得不停晃動。

「我不怕死，但有一件事我必須在死前完成……」巨人說。「我用我的最後一口氣，勸你們……」

巨人停頓良久。

因為巨人的最後一口氣，是非常有威力的東西。

「復仇！」札爾非常興奮地小聲說。「他想**復仇**！巨人，你別擔心，我自己也很討厭那些德魯伊……你可以把這份任務交給我，我一定幫你辦到！」

札爾這麼興奮，是因為巨人的最後一口氣本來就很有威力，但如果是巨人的「復仇」遺願……那威力就更難以想像了。如果要製備消滅巫妖的法術，這肯定會非常有幫助。

「大家，快點預備！」札爾大喊。「巨人準備死了！」

「好可憐的巨人！」希望說。「札爾，你尊重一點好不好！人家快死了耶！」

「反正他已經『快死』**好幾年了**！」札爾說。「我們這是在幫他！巨人，你是不是很氣？你氣到沒辦法死掉，對不對？把你的憤怒交給我們吧！我們需要你所有的憤怒！」

「我用我的最後一口氣，勸你們……」巨人說。他抓住自己的喉嚨……他已經喘不過氣，快不行了。

「我勸你們……
「我勸你們……
「原諒他們。」

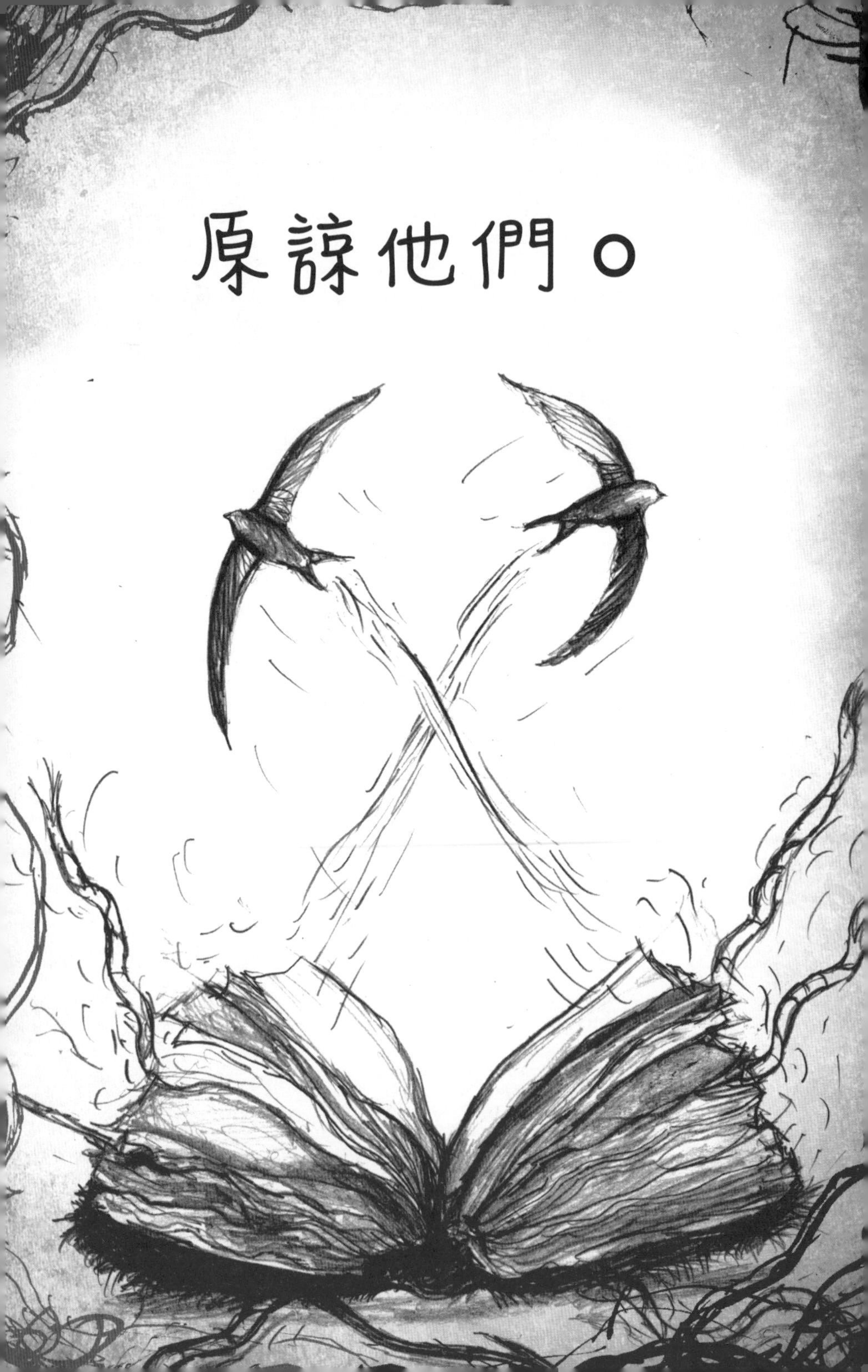
原諒他們。

第十一章　故事突然往出人意料的方向發展

「什——麼？」札爾震驚到一時間忘了他們來到這裡的目的。

「**快收集最後一口氣！**」刺錐大叫。

大家配合得天衣無縫。

你要是不知情，可能會以為他們早就排練過幾千次了。

巨人往後倒，**砰**————！一聲撼動城堡殘存的地基，他的最後一口氣像朵巨大的雲，從嘴裡冒出來。風暴提芬用現形法術讓大家看清那一口氣，有一瞬間那朵大雲掛在空中，接著「咻——！」一聲，鬼燈籠的縮小法術只讓那口氣縮小大約一英寸，但這時玫瑰艾莉諾伸出援手，她飛到雲朵正上方，張

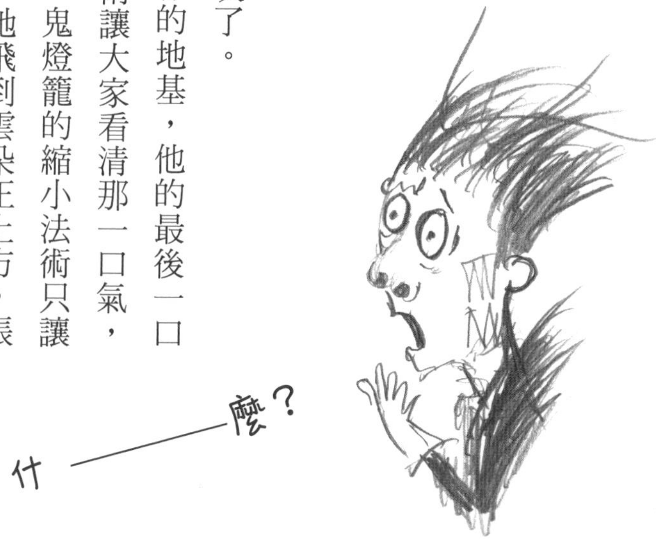

開小小的手臂，把巨人的最後一口氣縮成豆子大小。遊隼扇動翅膀俯衝過去，曾精順勢把小小一球氣收進收集瓶，在遊隼往上飛時塞好瓶塞，免得灰塵跑進去。

曾精把小小的收集瓶拋給等在一旁的吱吱啾，因為吱吱啾是法術劫掠隊的小助理。

希望跑到倒在地上的巨人身邊。玫瑰艾莉諾又張開雙臂，巨人碩大的身軀在眾人眼前融化，融入他們腳下的土壤。

「他去哪裡了？」希望圓睜著眼睛悄聲

說。

「他去到他很久、很久以前就該去的地方了。」玫瑰艾莉諾說。「別傷心，那個可憐的巨人終於自由了。」

「可是我們真的好傷心！」希望說。大家聽到這個高尚的巨人遭遇悲劇，確實非常難過。

「我也是。」玫瑰艾莉諾輕快地說。「不是傷心，是自由了。真是不可思議的最後一口氣……他生了這麼多年的氣，最後居然選擇原諒他們！」她驚訝地說。「太棒了！」

「任務完成！」遊隼降落到札爾肩頭時，曾精驕傲地說。

吱吱啾高舉收集瓶，瓶裡有一團長得很奇怪的圓形小東西，它像花苞一樣往內捲。

狼和雪貓愉快地號叫，小妖精們也開心地嘶聲歡呼：「**我們是法術劫掠隊——！**」

幾匹狼蹦蹦跳跳，三隻雪貓在餐盤間追逐，孤狼坐下來號叫。

巨大餐桌上，只有一個人沒有加入跳舞歡慶的行列，那就是札爾。

這可不像札爾的作風，他平時可是最愛得意地慶祝勝利了。

剛才要他安靜坐著不亂動，那五分鐘簡直要了札爾的命，現在他把憋在心裡的話一口氣說出來。

「那原本該是『復仇』的最後一口氣的！」札爾不高興地說。「我們可是在和全世界最危險的生物——巫妖——戰鬥，『原諒』的最後一口氣，就算是巨人的最後一口氣，也沒有用吧！」

只有札爾沒能理解故事真正的意義。

對其他人來說，這則故事徹底改變了他們對事情的認知，一切都變得不一樣了。

有些故事能改變人生……

這，就是能改變人生的故事。

隱藏在人們心中很久很久的祕密，被瀕死的巨人說出來了。

「札爾，你還不懂嗎？」希望說。「故事裡的公主是我母親！那個年輕巫師是你父親恩卡佐……」

「什麼？」札爾目瞪口呆地說。「妳亂講！故事裡的巫師不是叫托爾嗎！」

「也許那是你父親成為魔法大師之前的名字。」卡利伯說。他說得有道理，通常巫師晉升到魔法大師的位階，會為自己改名。

「這怎麼可能。」札爾說。「我父親怎麼可能會跟那個人形冰山希剋銳絲女王談戀愛……」

「玫瑰艾莉諾，這就是我有魔法的原因嗎？」嘴唇發白的希望問。

「是的，一位曾經愛過巫師的戰士女王，的確有可能生下有魔法的女兒。」玫瑰艾莉諾說。「如果是真愛之吻的話……巫師的吻可能會滲入血液，即使愛情凋零，魔法卻不會消失。」

所以，這就是事情的真相。

很久很久以前，希剋銳絲和恩卡佐曾經相愛。

希剋銳絲喝下可怕的屏棄愛情法術……

兩人的愛消失了。

她遵循傳統，和戰士男人結了婚……

但是，希剋銳絲藏在鐵製胸甲下的心中……殘存的真愛之吻，讓她與男戰士生的女兒有了魔法。

「天啊天啊天啊。」卡利伯呻吟著說。「**他們破壞了規則**！人們制定那些規則，不是沒有原因的！巫師和戰士不該相愛……現在我們都知道為什麼了！會操控鐵的魔法的小孩——希望——誕生了……這改變了歷史的軌道，因為這麼多年來，巫妖等的就是這種操控鐵的魔法……」

札爾還是沒辦法接受這一切。「我父親總是叫我要守規則，我就不信他自己違反了最重要的一條規定！」

「說不定這才是這場冒險真正的目的！」希望興奮地說。「我父親幾年前和猙獰山怪戰鬥時去世了，札爾，你的母親呢？」

「她在我還是小嬰兒的時候就死了。」札爾說（旁白的小提醒：當時是鐵器時代，人們的生命充滿各種不確定因素，所以童話故事裡才有那麼多繼父、繼母）。

「所以說，你父親和我母親可以重新開始談戀愛了！」希望興奮地說。「我們可以解除屏棄愛情法術，幫他們一把！」

札爾和刺錐都像看瘋子似地盯著她。

「就算我父親犯過一次錯，曾經愛過妳那個討厭的冰塊母親，同樣的錯誤他也不可能犯第二次。」札爾一臉噁心地說。

「天啊天啊天啊。」卡利伯極度焦慮地說。「解除屏棄愛情法術是不可能的！潘塔利昂當時到底在想什麼，怎麼會施展這樣的法術？」

玫瑰艾莉諾也不滿地嗤之以鼻。「沒錯，有時自以為有智慧的人，往往是表現得最愚昧的人。我們年紀再大，還是有學習空間……好了，人類孩子和其

他可笑的生物，再見了。」她說。

「等等，別走啊！」希望高喊。「我們真的真的很需要妳幫忙！而且我的湯匙在哪裡，妳還沒告訴我呢！請問妳知道他在什麼地方嗎？」

「我確實知道。」玫瑰艾莉諾說。

「**喔**！」希望歡呼。「拜託妳，告訴我好不好！」

「我能幫妳把他放出來，但找回湯匙之後，你們應該盡快離開這裡。」玫瑰艾莉諾警告希望。「我們霜妖精其實不該干涉人類的事情，所以我不能殺死『那東西』。」她邊說邊指向上方。「如果我這麼做，就真的太過分介入人類紛爭了。更何況，我對『那個東西』許下承諾……」

「『那個東西』是什麼？」刺錐抬頭看天花板，他好像看到什麼東西——看不出是什麼東西——躲在上面。他們之前都沒注意到天花板上的東西，也沒注意到

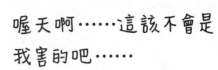

那東西大約每分鐘會滴一小滴水下來，像山洞裡的鐘乳石。滴……！滴……！滴……！

刺錐邊往上看邊往前走，試著看清那個東西……

就在刺錐往上望的時候……

一個原本黏在那個黑色形體上的東西——比水珠大很多的東西——突然掉下來，伴隨鈴鐺般清脆的聲音落到地上。

叮咚！叮！叮！叮！叮！

掉下來的東西閃亮亮的，他在地上彈了幾下，最後靜靜躺著。

那個東西差不多是……**魔法湯匙**的大小。

希望開心地叫一聲，衝上前。「我的湯匙！**我的湯匙！**」她一把抱住湯匙。

「他沒事！」希望心花怒放地大聲宣布。

湯匙和冰一樣冷，但希望能感覺到他越來越暖，而且他開始動了。魔法叉子、鑰匙和大頭針開心地湊到湯匙身旁，鑰匙不停發出欣喜的聲音，就連小妖精和毛妖精也為希望感到高興。札爾和刺錐拍拍她的背，雪貓和狼也都愉快地轉圈、跳躍。

希望轉身要感謝玫瑰艾莉諾。

但玫瑰艾莉諾已經走了。

霜妖精一直往上飛，像迷你流星似地越飛越遠，飛到城牆最高處時，她稍微停下來，寫了一則小妖精訊息給下面的大家，然後繼續往北飛遠。美麗的小妖精訊息飄在大家面前，過幾秒之後如海上煙霧般閃爍、消散。

真是的，我以為我們永遠失去他了……叉子心想。

「切記……」飄在空中的訊息閃閃發光。

「宇宙中的事情，經常取決於……

「**一個……**

「**可能性將近零的……**

「**偶然。**」

「她怎麼那麼快就走了，我很喜歡她耶！」希望邊嘆氣邊緊緊抱住湯匙。

「她覺得自己不在乎我們，可是她真的很照顧我們！而且她在這裡的時候，我也比較有安全感……」

湯匙在希望懷裡逐漸變暖，開始活動身體。希望從湯匙的肢體語言看出，他並不覺得和大家重逢是一件很開心的事，他在希望手心動作遲緩又不安地跳上跳下。湯匙似乎想指向什麼東西……他們上方的某個東西……

「湯匙在說什麼？」札爾問。大家環顧四周，發現巨人和玫瑰艾莉諾都不見了以後，城堡裡只剩下他們一行人。原本徘徊不散的法術消失了，城堡感覺很……寧靜。它不再哀傷，卻也不再有生命。

儘管如此……現在的寂靜感覺有點……

不祥。

「為什麼玫瑰艾莉諾要叫我們盡快離開這裡？」風暴提芬不安地問。

刺錐邊倒退邊望向之前霜妖精指的方向，也是湯匙掉下來之前的位置。天花板還掛著別的東西，那東西的形狀有點像巨大吸血蝙蝠。那個蜷縮成一團的東西動也不動地靜靜掛在那裡，滿懷惡意地耐心等待，聽完了剛才的故事。這個東西從好幾個星期以前就掛在那裡了——他從一開始就掛在那裡，卻沒有人注意到他。

一個謀劃者。

一個計畫者。

一個長了翅膀的東西。

「那是什麼？」風暴提芬嘶聲說。她抽出和棘刺一樣尖銳的魔杖。

切記……

宇宙中的事

情，經常取

決於

一個……

可能性將近

零的……

偶然……

希望、札爾、小妖精、雪貓和狼一起抬頭，隨著風暴提芬手指的方向看過去。狼人全身僵硬地嗅了嗅空氣，聞到一股邪惡的氣味，跟著心不甘情不願地抬頭看。

「嘶……」小妖精們全都發出火焰般的亮光。他們之前怎麼沒聞到那股氣味？那股惡臭，那股噁心的屍體腐臭味……

那是因為，直到剛才，那個東西一直是凍結的狀態。

刺錐已經盯著那個東西看了許久，他怕到幾乎說不出話來。

「**那個東西**，」刺錐說。「是巫妖王。我們得**現在**離開這地方。」

第十二章　現在不是耽擱的時候

大家都目瞪口呆、驚嚇不已地看著掛在天花板的黑色夢魘，巫妖王宛如隨時可能會刺下來的一把劍。這時，天上出現更多小妖精訊息，這則訊息寫得有點歪、有點難讀，因為玫瑰艾莉諾已經飛到很遠的地方，準備回到她在北極的家鄉。

「我和巨人答應巫妖王，如果他把你們所有人引到這座城堡，我們就不會殺死他。」玫瑰艾莉諾寫道。「我暫時把他凍住了，不過我飛得離城堡越遠，就越難維持他現在的狀況，所以你們必須在他完全解凍前，盡快逃走……」

「糟了，糟了，糟了。」札爾呻吟著抽出魔法劍。

「抱歉了。」越來越淡的小妖精訊息寫道。「但為了好的結果，我們可以不擇手段……即使是用不好的手段……這都是為了所有人好……等年紀大一點，你們就會明白了。」

慘了。慘了慘了慘了慘了……

大家手忙腳亂地想辦法從巨人的桌子回到地面，趁「那個東西」有所動作前逃出城堡。小妖精們飛上天，人類跳上雪貓的背，動物們爬下桌腳跑到房間另一邊的樓梯，急著在「那個東西」醒來前逃走。

大家上樓跑進城堡庭院，小妖精們則飛在他們上方。但是，小妖精和動物尖叫著跑出來，全速衝到晒得到太陽的地面上時，卻看見糟糕的景象。

剛才他們忙著聽故事，追趕他們的人終於追上來了。

風暴提芬緊張地高呼一聲，用魔杖指向南方。野山怪、巨人、巫師和幽靈般飄浮的德魯伊，紛紛爬上死亡堡南側的壁壘。

一隻金色老鷹和一隻矛隼從兩扇破掉的窗戶飛進來，札爾、希望和刺錐騎

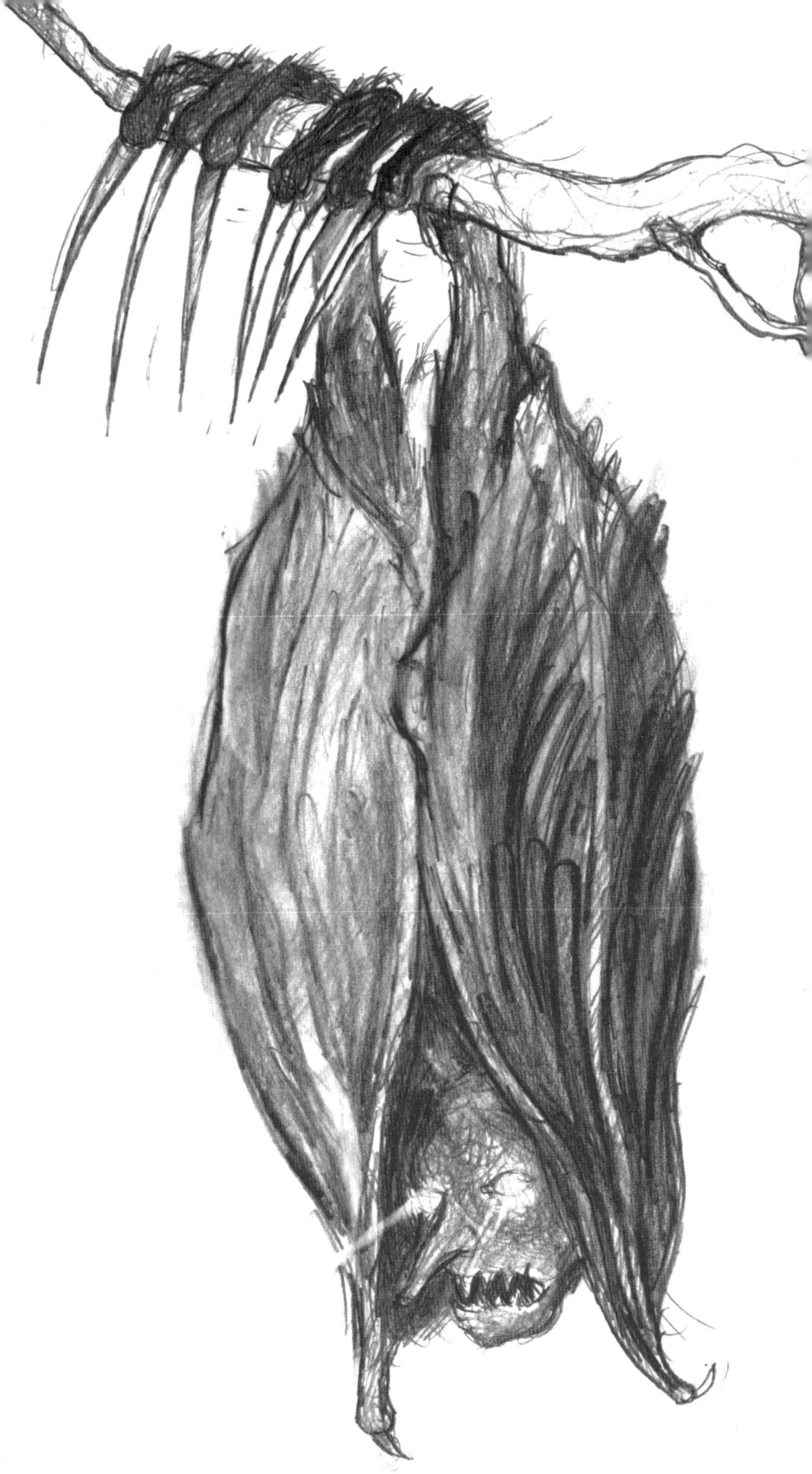

著雪貓跑在破爛的城堡裡時，兩隻猛禽緊貼著他們的頭低空飛過。

「慘了！」札爾邊轉頭往上看邊喊。「他們一定會害我們耽擱很久！」

「怎麼了？」希望騎著夜眸跑在札爾身旁。

「我父親。」札爾說。「那是我父親……」

「那怎麼會是你父親？那是一隻鳥耶。」刺錐說。他才剛說完，就發現自己說了一句很蠢的話。

金鷹和矛隼緩緩繞圈飛回來，盤旋在三個小孩面前。金鷹長長的翅膀化為手臂，身體化為恩卡佐的人類姿態，他冷淡地輕輕巧巧落到地上。矛隼的翅膀化為德魯伊統帥長長的衣袖，他滿意地低哼一聲，降落到城堡破碎的地板上。

「**分頭逃走！避開他們！**」札爾大喊。雪貓們急轉彎——可是已經來不及了，他們被團團包圍了。

法杖從札爾背著的袋子飛出去，分別回到恩卡佐和德魯伊統帥手裡。

鳥類從破舊城堡的各個角落飛來，有遊隼、烏鴉和海鷗，他們變身成穿著斗篷、飄浮在空中的德魯伊，降落時，有點詭異的長袖子垂到地上。狼、熊、雪貓和山獅都駝著全副武裝的巫師跑進來，巫師們拿出法杖，城堡裡滿是制伏法術發動的聲音——希望、札爾和刺錐連動一下也做不到，刺錐甚至沒辦法正常呼吸。

「札爾，你還想跑？」恩卡佐冷冷地問。他用法杖施法把札爾舉到空中，札爾憤怒地亂踢，嘴巴不停大聲咒罵父親。

「**放開我！**」札爾大叫。「我們要趕快離開這裡！樓下有一隻巫妖王，他快解凍了！」

「札爾，你以為我會相信你說的鬼話嗎？」恩卡佐的語氣比鋼鐵還要剛硬。「你以前撒的謊，我可都記得。我們要把你帶回戈閔克拉……」一開始把你關進戈閔克拉就是為了『救助』你，你卻總是用行為告訴我們，你沒救了！」

「我說的話，你從來沒有聽進去過！」札爾怒吼。「那邊的德魯伊統帥覺得我沒救了！他只想把我永遠關在監獄裡！父親，我永遠不要回戈閔克拉！而且這都不是重點，我剛剛就告訴過你，巫妖王準備來攻擊我們了！」

希望往前走一步。「先生，您的兒子說得對……他沒有說謊……巫妖王真的就在地下室……」

恩卡佐愣了一下，他這才注意到希望和刺錐。

「你們是誰？怎麼和我兒子在一起？」

這個問題實在不好回答。「喔！呃，」希望說。「我不是什麼重要的人……我只是個無名小卒！我是札爾的朋友，可是我一點也不重要……我只是……只是個……」

她只是個什麼？

希望絞盡腦汁尋找好答案時，巫師、德魯伊和巨人圍成的圓圈右側，傳來冰冷的話聲——這道聲音和霜一樣寒冷，和剛磨利的刀尖一樣甜美而純粹。

「她是我的女兒。」希剋銳絲女王說。她優雅地走進死亡堡的遺骸，彷彿踏入遠方戰士帝國首都的朝堂。「**你的兒子**綁架了我的女兒，對我們戰士宣戰。」

第十三章　兩位憤怒的家長

「太棒了。」刺錐緊張地呻吟。「現在**所有人**都來了！這樣我要怎麼帶希望逃走！」

刺錐說對了。

地下室裡，原本被冰凍的巫妖王開始抽動、搖晃、抽動、搖晃，隨時可能會解凍。

而樓上的人類太在意各自的問題，根本沒心思管什麼「巫妖王」。

希剋銳絲女王才剛說完，其中一名魔法獵人就把鐵絲編成的網子拋向恩卡佐。恩卡佐的魔法無濟於事地炸開，鐵絲網緊緊纏住他的身體，這時巫妖嗅獵人走上前，用鐵手銬銬住恩卡佐的手臂。

鐵碰到恩卡佐的瞬間，束縛札爾的法術消失了，他重重摔到地上。

事情發生得太快，在場眾人甚至來不及眨眼。

「別動！你們的首領被我們制伏了，誰敢亂動，誰敢施法，我們就殺了他！」巫妖嗅獵人高喊。

「可惡，被伏擊了！」德魯伊統帥低聲咒罵。「我就知道那個小子會害我們掉進陷阱！我們應該把他關進地下牢獄，然後把鑰匙扔了，永遠不放他出來！」

周圍的魔法生物蹲伏在地上沉聲低吼，小妖精們發出驚駭與恐懼的亮光，野山怪和巨人寬大的胸中發出低鳴，但他們的首領被戰士抓住了，沒有人敢輕舉妄動。

希剋銳絲女王的戰士部隊整齊劃一地走進破舊的城堡，鐵製的頭盔、武器和獵殺魔法的工具在月光下閃爍。有些人騎馬，有些人騎在灰色巨狼的背上。

「你們這些森林毀滅者！」巫師們氣憤地嘶聲說。
「邪惡的魔法生物！巫妖的追隨者！」戰士們大吼。
「在井裡下毒的垃圾！」
「偷走小孩的人渣！」
恩卡佐發現自己被戰士輕易制伏、銬上手銬，氣得七竅生煙，他對上希剋銳絲女王的視線時，表情變得更恐怖了。她比過去還要美麗、高雅——雖然她冷得和冰山沒兩樣，也是壯麗的一座冰山。
但是，她的眼睛比仲冬霜雪還要陰冷。恩卡佐頭頂冒出可怕的雷雨雲，滿是雷電形態的憤怒。
所以，現場的氣氛很……該怎麼說呢？
緊張。
你想像自己站在即將爆發的火山口，聽到空氣中不祥的劈啪聲，感覺到地面令人脊椎發麻的震顫，再把這種感覺乘上二十倍……這星辰交會、月光普照的夜晚，希剋銳絲女王和巫師之王恩卡佐在死亡堡相會，差不多就是這種感覺。

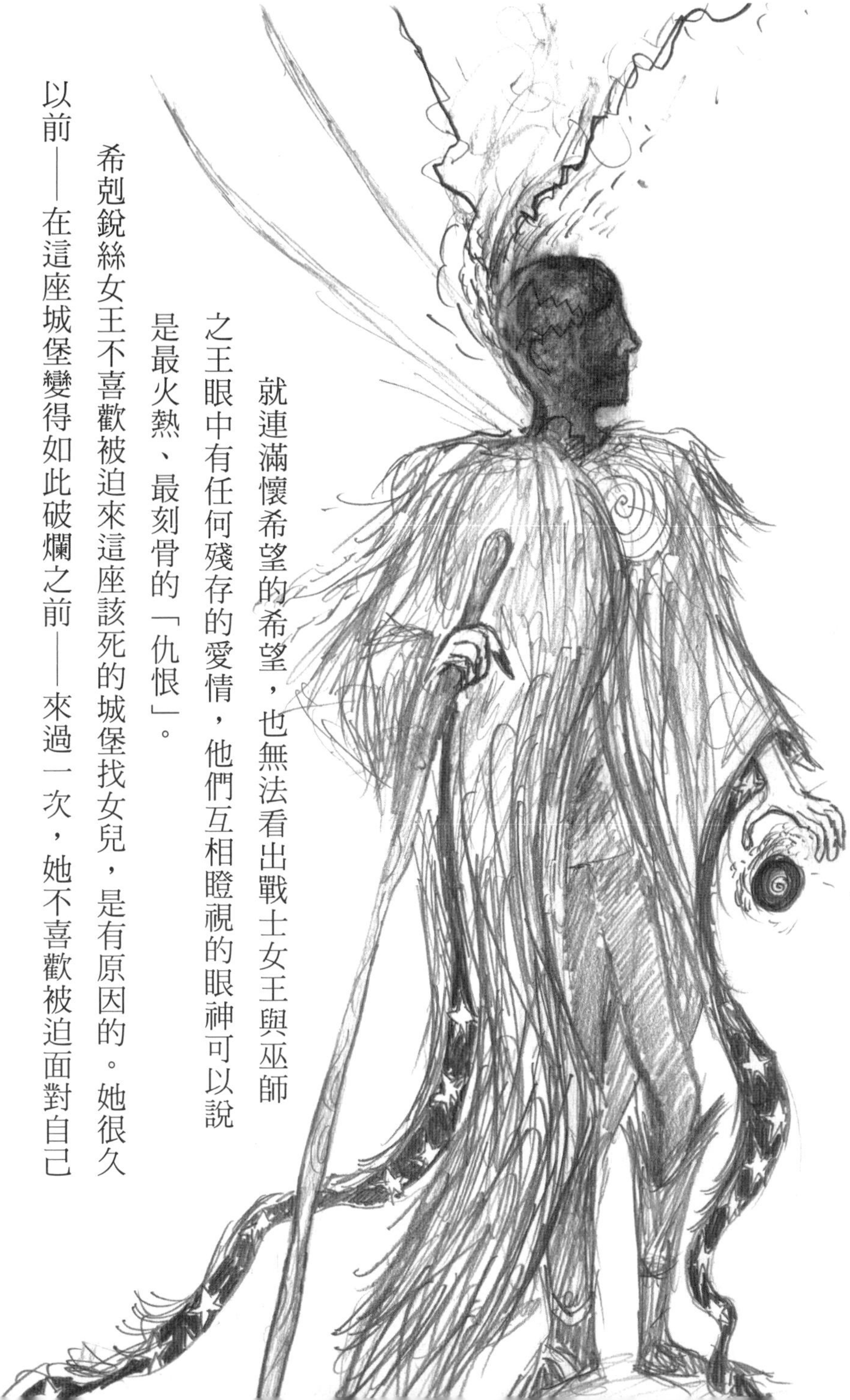

就連滿懷希望的希望，也無法看出戰士女王與巫師之王眼中有任何殘存的愛情，他們互相瞪視的眼神可以說是最火熱、最刻骨的「仇恨」。

希剋銳絲女王不喜歡被迫來這座該死的城堡找女兒，是有原因的。她很久以前——在這座城堡變得如此破爛之前——來過一次，她不喜歡被迫面對自己過去的行為，更不想知道是不是自己的作為讓這地方變成今天這副慘狀（誰知道呢？也許的確是她害的也說不定）。

所以，希剋銳絲女王現在心情很差。她穿著金色鞋子的雙腳不屑地踩著瓦礫往前走。

「希剋銳絲女王，妳好啊。」恩卡佐苦澀、冰冷卻又禮貌地說。「妳不在戰場上正大光明地和我們交鋒，反而在中立地區伏擊別國王族，這不是違反了你們自己的戰士鐵則嗎？不過，看來妳這次的藉口是，我們不知怎麼地向你們宣戰了？」

（對方是用鐵手銬束縛了他雙手的戰士女王，這麼對她說話似乎不太明智，但恩卡佐現在氣到沒心情明智行事。）

希剋銳絲女王心情差是心情差，要惹她發火其實沒那麼容易（大家都怕她怕得要命，她其實沒必要發怒）。

但是，這顯然超過了她的底線。

「『藉口』？胡說八道！」希剋銳絲女王的聲音宛如一窩憤怒的虎頭蜂。「**『你』那個不受控、無禮又噁心的兒子**綁架了**我的**女兒，向我的戰士女王國宣戰，這想必是你叫他做的吧！」

「我才沒有不受控、無禮又噁心！」札爾嗤之以鼻。他看到父親被討厭的戰士女王輕而易舉地制伏，心裡氣得要命。「既然妳罵我，那我也要說，我從來沒看過哪個女王的鼻子和妳的鼻子一樣大！」

希剋銳絲女王微微一縮。

庭院裡，所有人都倒抽一口氣。

希剋銳絲女王的鼻子確實有點大，那是個高貴、優雅、美麗的大鼻子，但尺寸稍微大了些，女王對這件事一直很敏感。

希剋銳絲女王的眼睛瞇成兩道不能再更細的縫隙。

「你說什麼？」

「**大鼻子！**」札爾大叫。「膽小、固執、沒心沒肺、邪惡的森林毀滅者！你們這些懦夫只懂得躲在自己的牆後面，等著巫妖消滅我們巫師！妳的鼻子和隕石一樣大！和高塔一樣大！妳是全森林最邪惡的女人，妳的鼻子和整顆星球一樣大！」

「札爾，禮貌一點！」卡利伯一臉痛苦地說。「這個人可能會殺死你父親！」

「這小鬼這麼無禮，我一點也不訝異！」希剋銳絲女王氣呼呼地說。「他就和他老爸沒兩樣！」

「我倒是認為札爾說錯了。」恩卡佐說。「希剋銳絲女王，妳的鼻子從以前到現在都是全野林最美的鼻子，問題是出在妳的『心』上面。全野林最美的鼻子的主人，卻是個沒有良心的女王。」

全野林最美的鼻子，氣得揚了揚鼻翼。

「厚顏無恥！你和你那群魔法生物之所以能活到現在，全是因為我的慈悲！」希剋銳絲女王說。「而且我並沒有放任巫妖消滅你們，我親自請了這個人來獵殺巫妖！」

她指向巫妖嗅獵人。

恩卡佐嗤之以鼻地說：「我一看到這個人，就知道他不是正確的人選。」

希剋銳絲女王暗暗同意，但她沒有因此感到開心。

「夠了！」她厲聲說。「我已經容忍你夠久了。恩卡佐，你現在給我發誓你再也不會使用魔法，然後命令你的追隨者發誓放棄魔法。」

聚集在城堡庭院的魔法生物紛紛氣憤地低語。

「不可以，母親，不可以啊！」希望高呼。「大家，拜託你們聽我說！現在不是發這種誓的時候！巫妖王就在城堡地下，他準備要攻擊我們了，我們需要魔法才能打敗他……」

可是希剋銳絲女王忙著和恩卡佐爭吵，沒心思聽希望說話。

「恩卡佐，你必須停止使用魔法。」她說。「否則我會命令我的戰士攻擊你們。」

卡利伯飛到兩個人之間。「希剋銳絲，這不會是妳的本意吧！妳的戰士佩帶鐵兵器，巫師和德魯伊根本打不贏啊！」

「這正是我的本意。」希剋銳絲女王笑吟吟地說。

「這就怪了，」恩卡佐若有所思地說。「妳要我停止使用魔法，我卻聽說妳自己也用了不少魔法……」

希剋銳絲女王臉紅了。「有時候，在追求遠大的理想時，女王可以違反規則。只要能得到好結果，用不好的方法也無所謂……結果才是重點……」

「喔？這就是妳的信念？」恩卡佐揚起一邊眉毛說。「那也太隨便了吧。」

「父親，反抗啊！」札爾大喊。

「小子，你父親沒有你想的那麼厲害。」希剋銳絲女王輕蔑地說，她氣得全身發抖。「在你看來，他是個法力高強的魔法師，但你看，他一碰到我的鐵就變得不堪一擊！」

「我父親哪有不堪一擊！」札爾大聲說。「他是全世界最強的人！」

「不，札爾，女王說得對。我的手被鐵手銬扣住了，」恩卡佐微笑著說。「我沒辦法施法。但是，希剋銳絲再怎麼精明，她不懂的事情還是多得很。她就算殺了我，我也不會消失，而且魔法只可能隱藏起來，它是不可能被消滅的。」

「我恨魔法！」戰士女王激動地大叫。「魔法是混亂！它是卑鄙的捷徑！它是混亂和無秩序！

「快點選擇！」她說。

「那你們來攻擊我們吧。」巫師之王說。

希剋銳絲女王震驚地盯著他。

她氣憤地跺腳。「做明智的選擇！」她高呼。

「這就是我明智的選擇。」恩卡佐說。他哈哈大笑，惹得希剋銳絲女王更火大。「這不正是妳要的結果嗎？」

「我想用文明的方式解決問題！」希剋銳絲女王惱火地說。「你不想用暴力的方法，我也不想。你們放棄魔法，還是能過幸福快樂的生活，像我們戰士一樣……」

「當一國之君不容易，對不對？」恩卡佐同情地說。「有時候，我們必須面對困難的抉擇。妳給我兩個選項，我選了其中一個，現在妳只能命令戰士軍隊攻擊我們了。」

戰士女王不解又惱怒地看著他。

希剋銳絲女王是個非常、非常狡猾的人。

可是……

這一回，她可能失算了。

「不！」她厲聲說。

「太遲了。」巫妖嗅獵人滿意地邊走上前邊輕聲說。「他選了死亡。」

巫妖嗅獵人提著出鞘的劍，一步步走近。

恩卡佐準備迎來最後一擊。

然後，希剋銳絲女王撞飛了巫妖嗅獵人的劍。

「您在做什麼？」巫妖嗅獵人震驚地說。

「真是的，你這麼愚蠢還能當巫妖嗅獵人？」希剋銳絲女王斥道。「你是笨蛋嗎？敵方國王再怎麼差勁，我也不能冷血地把手無寸鐵的他殺死啊……」

恩卡佐此時的表情非常難解讀。

驚訝、滿意、寬心、憤怒和絕望，在他臉上交戰。

最終，絕望贏了。

「希剋銳絲，妳雖然願意阻止這個戰士殺死我，」恩卡佐說。「妳卻到現在還不明白，當妳奪走我們的魔法、摧毀我們的生存空間，還是會害死我們……我別無選擇。札爾，你的願望要成真了，你不是一直很想對戰士發動戰爭嗎？現在，戰爭即將開始……」

「終於要開戰了！」札爾雙眼發亮地說。札爾不愧是札爾，他一聽到能和戰士交戰，就忘了有巫妖王這件事。

巫師部族終於要反抗討厭的戰士了，他們一定要讓笨戰士看清楚，巫師可不是好欺負的！

「戰爭要開打了。」恩卡佐哀傷地說。「札爾，也許你會發現，我一直盡可能避免戰爭是有原因的。

「魔法生物們……**進攻！**」

第十四章　他們真的不該開戰

「不行！不行！不行！」希望焦急地大喊。「你們怎麼都不好好聽人說話！你們這是在浪費時間，巫師和戰士不應該開戰啊！我剛剛就說了，巫妖王就在地下室，他是一大群巫妖的首領，他快解凍了，我們不能自己人打自己人……」

「**戰士們，『進攻』**！」希剋銳絲女王下令。她完全沒理會女兒。「可以的話，盡量不要趕盡殺絕，如果巫師投降，那把他們抓起來就好！」

巫師和戰士對打了起來。

魔法生物這一方處劣勢，因為魔法對鐵沒有效。儘管如此，雪貓、熊和狼

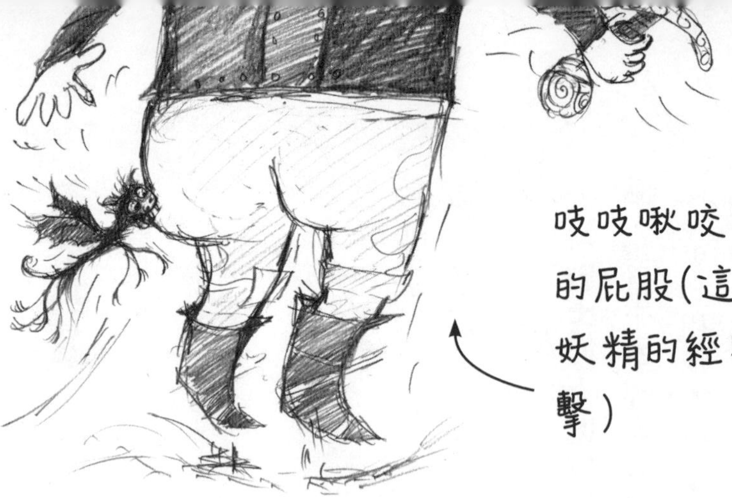

還是能用牙齒和尖爪攻擊戰士，就連小妖精也有尖銳的牙齒，被他們咬到就像被蜜蜂螫一樣痛，而巫師和德魯伊去到危險或未知的地方時，除了帶法杖以外，還會準備銅做的武器。

銅劍砍在鐵胸甲上的清亮聲音響了起來，狼大聲咆哮，小妖精嘶嘶叫，德魯伊大聲咒罵，巨人震耳欲聾地吼叫。在吵雜的戰鬥中，你連自己思考的聲音也聽不到。

希望驚恐地看著身邊的人。

「卡利伯，他們怎麼會這樣？」她絕望地問。「他們怎麼會這麼笨？我都說巫妖王要來了，他們卻不聽我的……我聽完巨人的故事，還以為我們能讓我母親和札爾父親講道理，結果他們現在變成這樣！」

希剋銳絲女王命令守衛除下恩卡佐的手銬。

兩位國君拔出各自的劍，照著皇家浮誇的禮儀互相鞠躬，接著同時撲向對方。兩人開始決鬥，劍鋒相交時奏出恐怖的樂曲。

「你還是現在投降比較好。」希剋銳絲女王不屑地說，她展現出傑出的劍技。「反正你到最後一定會輸，你拿那把銅劍，不可能打贏我的鐵劍。」

「我已經失去夠多，沒什麼好失去的了。」恩卡佐說。

站在希望肩頭的卡利伯嘆一口氣，搖搖頭。「我不曉得……」他哀傷地說。「我活了好幾輩子，每次都會看到這樣的結局。」

「你看札爾！」希望說。「他長大以後會變得和其他人一樣討厭嗎？」

但就連札爾也發現，真正的戰爭和他想像的樣子差很多。

他現在該做什麼？

刺錐正朝他跑過來，難道他要和刺錐決鬥？可是刺錐是他「朋友」啊。

札爾腦中興奮的紅霧消失了，他不確定該怎麼做，停下了動作。

「札爾！」刺錐大喊。「我們要趕快帶希望逃出去！現在他們打成一團，我們可以趁亂溜走……」

「喔對！」札爾愣了一下才說。「我們可以溜走……」

太遲了。

巫師和戰士打得火熱時，他們腳下的大地開始震動，好幾個人被震得站不穩腳。

因為，在地下的房間裡，巫妖王陰邪的形體終於解凍了。

比一千次雷聲加起來還要響的聲音傳來，巫妖王衝破城堡庭院的石地板飛出來，震耳欲聾的聲音嚇得打到一半的巫師和戰士停下動作。

巫妖王往上飛，往上飛……

然後他突然往下急降。

他俯衝時越衝越快，還發出恐怖的爆炸聲，炸出綠色火花。

有人驚駭地往上指，看起來像巨石的東西從天而降，正要跑到庭院另一邊的札爾三個人不得不散開，因為……

砰——！

看似巨石的東西重重落在庭院正中間，發出響徹雲霄的爆裂聲，碎成一大堆黑色小碎片和塵埃。在撞擊的瞬間，那個東西燃起明亮的綠色火焰。

「你們看！」刺錐指著天空說。

城堡上方傳來翅膀扇動的聲音——非常、非常多對翅膀。大家抬頭看，天上逐漸現出形態的是……滿天的巫妖。

「巫妖也太多了吧。」希剋銳絲女王驚呼。「世界上怎麼有那麼多巫妖，我們怎麼一直都不知道？他們之前都躲到哪裡去了？」

五隻巫妖往下飛向那一大團綠色火焰，繞著火焰逆時針飛行。他們邊發出刺耳的尖鳴邊轉動火焰，彷彿在為巨大的時鐘上發條。

札爾用不斷顫抖的手指，緊緊握住魔法劍。

巫妖們飛得越來越快，叫得越來越開心，鮮綠火焰也燒得越來越旺，發出尖叫與劈啪聲。

然後，火焰中心，一雙巨大的翅膀緩緩、緩緩撐開。

燃著綠色火焰的翅膀……

能融化一切、充滿恨意的眼睛……

尖叫著發洩對世界、對所有美好事物的憎恨的嘴喙……

那，是巫妖王。

第十五章　巫妖王

希剋銳絲女王不悅地抖掉白色長裙上的灰塵。

「我們似乎遇上小麻煩了。」巫師之王恩卡佐說。他微微揚起的眉毛，透露了他的焦慮。希剋銳絲女王能表現得泰然自若，那恩卡佐當然也不甘示弱。

眾人驚恐地盯著庭院中間的大凹坑，那看起來簡直像被小行星撞出來的大洞。

那個長滿羽毛的生物散發出強大的力量，他很慢、很慢地完全展開溼潤的漆黑翅膀，冒煙的黑色液體從翅膀尖端滴到地面。那東西抬起喙，環視周圍的人，直到他找到札爾和希望。

希剋銳絲女王的臉色非常非常白。

因為她知道這有一大部分是她的錯，是她自作聰明導致這個東西復甦。這就是一直以來躲在移除魔法的石頭裡的恐怖生物，希望之前有說過……但直到親眼看到無可否認的事實，你才會發現自己錯得有多離譜。

她臉色慘白地轉向恩卡佐。「阿果邱普可因，」希剋銳絲女王有點不確定地說。「我想……我也許犯錯了。」

這是奇蹟中的奇蹟！固執的希剋銳絲女王、驕傲的希剋銳絲女王、堅毅不屈的希剋銳絲女王、總認為自己做的每一件事都無可挑剔的希剋銳絲女王……居然「承認」自己可能不是完人！

「希剋銳絲女王，所有人都會犯錯，」恩卡佐嚴肅地說。「即使是妳我，也會犯錯。」

「喔我的毒參我的顛茄，世界上所有的壞東西啊！」巫妖嗅獵人小聲說。

「那是什麼？」

「那是巫妖。」希剋銳絲女王說。「害蟲捕手，你現在知道真正的巫妖長什麼樣子了吧？巨人和小妖精是魔法生物，但他們和巫妖差非常多，對不對？只要是看過巫妖的人，就絕對不可能認錯。」

「而且那不是尋常的巫妖，」恩卡佐一臉嚴肅地說。「那是巫妖王。」

他接著說：「巫妖，你的目的是什麼？」

巫妖王開口說話，那是種很恐怖的聲音，非常刺耳、難聽的喉音。他說話時似乎很痛苦，時不時還會冒出幾個前後顛倒的字——巫妖就是這樣說話的。

「我要那兩個孩子。」巫妖王低吟。「把孩子給我。」

庭院裡，是一片靜得可怕的死寂。

「什麼孩子？」恩卡佐說。

巫妖王指向札爾和希望。

「那個男孩已經是我的人了。」巫妖王說。「那個女孩很特別……」

「你倒是仔細看看希望，她哪裡特別了！」希剋銳絲女王說得很輕快，語氣卻透出一丁點焦慮。「她再普通不過了，而且以戰士的標準來看還不及格……」

大家都望向希望，她不自在地單腳站著。她看上去一點也不特別，不過是個瘦瘦小小的女孩，一隻眼睛被眼罩遮住，頭髮到處亂翹。

「她身上有我要的東西。」巫妖王繼續說。「我已經得到一小部分了，但這麼一點點只是她小指頭尖端的力量……現在，我要得到她全部的力量……我要把這份力量分給所有巫妖……快把她交給我。」

「那，」希剋銳絲女王擺出嚴厲的姿態說。「你打算對她做什麼？」

「我要吃了她。」巫妖王說。

這實在不是什麼好聽的話，但畢竟他是巫妖，我們不能抱有太高的期望。

大家又驚恐地沉默片刻。

「胡鬧！」希剋銳絲女王厲聲斥責，她就連輕蔑地說話時也顯現出一國君主的尊貴不凡。「你這隻噁心的生物，我怎麼可能讓你吃了我的小孩？我從沒聽過這麼野蠻的事情！」

「把女孩交出來。」巫妖王重複說。「我要一口吞了她……把她交給我……」

「我是戰士領地的女王。」希剋銳絲女王高高在上地說。「我們的戰士軍隊配備了鐵做的武器，你最好在我們把你們殺光光之前，趕快帶著你的巫妖逃走！給我滾！」

巫妖王發出駭人的尖叫，撐開巨大的黑翅膀飛上天。他不停往上、往上、往上飛入雲端，有一瞬間，大家以為他要逃走了。

我們來看看可憐的巫妖嗅獵人吧。

這本該是他表現的機會。

他很享受和巫師戰鬥，但這是更棒的機會！

巫妖王往上飛的同時，巫妖嗅獵人興奮地摩拳擦掌。

這太棒了。

他所有的願望一口氣成真了。

這是「巫妖」！他找了一輩子，終於找到活生生的巫妖了！而且不只有一隻，天上到處都是巫妖……

他們並沒有滅絕！

「快準備消滅巫妖的武器！」巫妖嗅獵人愉快地呼喊。「邪惡生物，準備迎接『鐵』的力量吧！」

他拉下鐵頭盔的面甲，開心到差點笑出來。

巫妖嗅獵人心想，他全身穿著鐵盔甲和鐵頭盔，巫妖應該傷不到他。這些生物看起來是很可怕沒錯，但世界上不存在能影響鐵的魔法。他打算先打敗最大隻的巫妖，再把他的武器用在其他巫妖身上，這麼一來他就能風風光光地帶著他收集到的巫妖喙回帝國首都，把他的戰利品拿給戰士皇帝看。

巫妖嗅獵人沉浸在他的想像中……

然後，巫妖王突然轉向他。

高空中的巫妖王猛然轉身，動作優雅壯觀——當然，只有有心情觀賞巫妖飛翔的人才會這麼想，可惜巫妖嗅獵人沒這個心思。巫妖王優雅地一揮長滿羽毛的翅膀，五根長了尖爪的手指指向巫妖嗅獵人，還有忙著發動消滅巫妖的武器的兩個巨人屠手。

刺眼的魔法從巫妖的指尖射出去，力道大得像五個巫師同時用法杖射出的魔法。

巫妖嗅獵人花了五十年研究如何獵殺巫妖、追捕魔法，現在他從鐵面甲的縫隙望向雷聲隆隆的夜空，猛然發現：老天，巫妖王在對他施法。這時，他心裡冒出一點點憂慮，他驚恐地意識到自己是多麼渺小、多麼微不足道，他根本沒做好準備。明亮凶猛的魔法從天上射下來，他現在該怎麼辦才好？

巫妖嗅獵人根本沒時間叫巨人屠手發動消滅巫妖的武器。這是他父親和祖父花了好幾年設計出來的武器，他們本以為這是世界上最完美的武器，可惜理論上完美的東西，實際上不見得有用。

巫妖嗅獵人只來得及大叫：「**發動武——！**」就被巫妖王的法術打中了。

——糟了！」

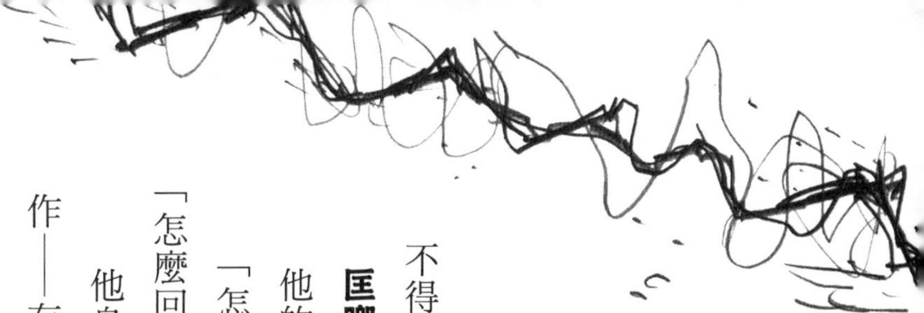

閃亮的光束直接命中他胸膛，從他胸口彈到身旁的魔法獵人身上，一直彈來彈去。

前一秒，巫妖嗅獵人還身穿鎧甲，高舉著戰斧直挺挺地站著，有些不安卻又大聲地下指令。

下一秒，他身上的盔甲變得和樹幹一樣僵硬，他卡在裡頭動彈不得。

匡啷！

他的面甲突然罩下來。

「怎麼回事？」巫妖嗅獵人莫名其妙地說，他的聲音迴響在鐵牢籠裡。

「怎麼回事？」

他身邊的魔法獵人也都困在自己的盔甲裡，固定成各種準備進攻的動作——有人彎腰準備點燃導火線，發動消滅巫妖的武器（他動不了），另一個人高舉著手臂要把長矛丟出去，其他人拔劍拔到一半。

「快發動武

鐵。他們的盔甲是用「鐵」做的，巫妖的魔法怎麼可能影響鐵盔甲？札爾的心不停往下沉，因為他知道原因了……

他們上一次冒險，也就是在希剋銳絲女王的地牢裡初次見到巫妖王那時候，巫妖王吸走了希望的一小部分魔法，而現在……

巫妖有史以來第一次……

得到了操控「鐵」的魔法。

巫妖王從希望身上吸走的魔法太少，他只能讓盔甲卡住不動，沒辦法讓那些魔法獵人移動或跳舞，但這也足夠讓巫妖嗅獵人和魔法獵人失去戰鬥力了。

「害蟲捕手，你們還行嗎？」希剋銳絲女王不悅地問。她看向面甲裡頭的巫妖嗅獵人。「第一次和貨真價實的『巫妖』打照面，你玩得愉快嗎？」

「救我！」巫妖嗅獵人說。他身邊的魔法獵人也跟著說：「救我！」「救我！」「救我！」他們再怎麼用力也無法撼動固定住的盔甲。

希剋銳絲女王嗤之以鼻地說：「你那個消滅巫妖的武器，還真是名不副實。」

「巫妖王不該有那種力量的。」恩卡佐不安地說。

但他們沒時間多想了。

因為巫妖王在這時轉身尖叫：「你們別敬酒不吃吃罰酒。」

「**巫妖們！進攻！**」

第十六章　巫妖進攻

巫妖們帶著羽毛燒焦的惡臭飛下來。

巫妖攻擊時，你所有的感官都會遭受攻擊。他們散發難聞的惡臭，這是遠遠超乎想像的噁心味道。他們的叫聲宛如五百隻憤怒的狐狸齊聲尖叫，這個聲音會深深埋進你的腦海，在你的腦中不停迴響，直到你發瘋。

「**戰士！巫師！巨人！山貓！**」希剋銳絲女王高喊。「別再打了！你們的對手是那邊的『巫妖』！」

恩卡佐也高舉法杖，喊出相同的命令。

希剋銳絲和恩卡佐其實不必叫喊。

巫妖的氣味和叫聲太可怕了，巫師和戰士雙方下意識地團結起來，對抗這些新來的恐怖敵人。

一瞬間，戰士、巨人和巫師團結一氣，並肩作戰。儘管如此，襲來的巫妖數目眾多，他們像一朵巨大黑雲，宛如一大群邪惡的大烏鴉。

巫妖能自由攻擊魔法生物，但他們還是害怕戰士，也沒辦法像巫妖王那樣攻擊戰士。

「**堅持住！守住你們的陣位！**」希剋銳絲女王不愧是戰爭的專家，她開始發號施令。「**一起對抗巫妖！**」

巫妖王像個磨巨劍的刀匠，用尖爪互相磨來磨去，越磨越利。

接著他速度極快地高舉尖爪，尖聲喊出大家聽不太懂的命令。

「我們必須保護孩子。」恩卡佐邊說邊跳上雪貓，希剋銳絲雙臂交叉地側坐上雪貓的背，因為她寧可「死」也不要抱住恩卡佐的腰。雪貓飛躍時她還能穩穩坐著，實在令人欽佩——希剋銳絲就是這麼一位令人欽佩的女王。

「你們走！」恩卡佐騎著雪貓跑到札爾身邊時，札爾大叫。「我才不需要你們的幫忙！」

「札爾，你一定要讓我們保護你！」恩卡佐說。「我都不曉得那東西在找你……」

在這電光石火的瞬間，札爾情急之下說出了自己不願承認的事實。

「巫妖王要的不是我，是『希望』。」札爾說。「『希望』是命運之子……我們得去幫她。」

札爾上方傳來翅膀拍動的聲響，五隻巫妖從他們頭頂飛過去，那些巫妖都沒有停下來對付札爾。

札爾說得沒錯，巫妖想趁希望還沒學會控制魔法，奪走她的力量。

希望就站在庭院中間。

她剛才想摘下眼罩，但巫妖攻擊來得太快，她只把眼罩往上推了一點點。

巫妖攻擊希望時，恩卡佐從雪貓背上跳下來，指向希望。他在希望身體周圍創造魔法結界，結界如同巨大、隱形的圓形石頭，把希望護在中心。

結界發出明亮的光芒，巫妖們一次又一次攻擊圓球，簡直像啃食美味佳餚的大烏鴉。他們的攻勢非常猛烈，希望喝醉酒似地連著結界在庭院裡滾來滾去，她在結界裡摔得東倒西歪，根本沒時間摘下眼罩。她每次舉手要推開眼罩，就會被巫妖推得失去平衡。

巫妖王拍著翅膀降落，他彎下腰，黑色口水從嘴巴兩側滴出來。

「結界變弱了！」巫妖王尖叫。巫妖的法術逐漸破壞保護希望的結界，結界滾來滾去的同時也多了許多大凹痕。巫妖王的三隻眼睛發出紅光。

札爾朝他們跑過去，魔法劍握在他發抖、

溼滑的手裡。

「**不准碰她！**」札爾大叫著朝巫妖王揮劍。

巫妖王的腰彎得更低了。

「小笨蛋。」他悄聲說。「男孩，你不知道自己已經是我的人了嗎？」

「我才不是你的人！」札爾尖叫。

「許願的時候千萬要小心啊，」巫妖王柔聲說。「你許下了得到巫妖血的願望……你自願伸出你的手，自己劃破了自己的皮膚……自己讓巫妖血流入你體內。就是你手上的『X』記號……」

札爾無法反駁，他戴著手套的手發出恐怖綠光，亮到隔著手套都看得見。

「現在，我能隨心所欲地控制你。」巫妖王說。「是我鼓勵你逃出戈閔克拉

監獄，幫助你越獄的也是我，而把這個女孩帶到我面前的，還是你。」

「不……」札爾面無血色地說。「你說謊……」

但有時候，當你走到冒險的「終點」，才會看清事實的全貌。

他們都掉進巫妖王設置的陷阱了。他們一路上以為自己自由地做出選擇，沒想到被冰凍的巫妖王即使沉默又毫無動靜地藏在死亡堡，也能像蜘蛛網中間的蜘蛛那樣操控他們。

巫妖王那張比死亡還可怖的臉轉向札爾。「你沒辦法抗拒我。」他說。

札爾鮮綠色的手開始發燙，痛得可憐的札爾大叫一聲。這條手臂似乎有了自己的意識，這隻握住魔法劍的手拖著死命掙扎的身體前進，這是無可匹敵的巨力……它拖著札爾往前走……

札爾努力抗拒那隻手，他用左手抓住右手手肘，但無論他的身體是好是壞、是正是邪，整個身體是連在一起的，他怎麼可能抗拒綠色的右手呢？札爾死命用腳跟抵住地面，卻還是被手拖向仍在結界裡撞來撞去的希望。

「如果這把劍能殺死巫妖，那它當然也能殺死她……我不管她是死的活的，反正能吃就好。」巫妖王悄聲說。「人類真是弱小。小子，你幫我殺了她，她不會傷害你的……

「別忘了自己是誰。」巫妖王又輕聲說。「你是巫師，她是戰士……巫師不是痛恨戰士嗎……」

「希望，對不起！我停不下來！」札爾大吼。鮮

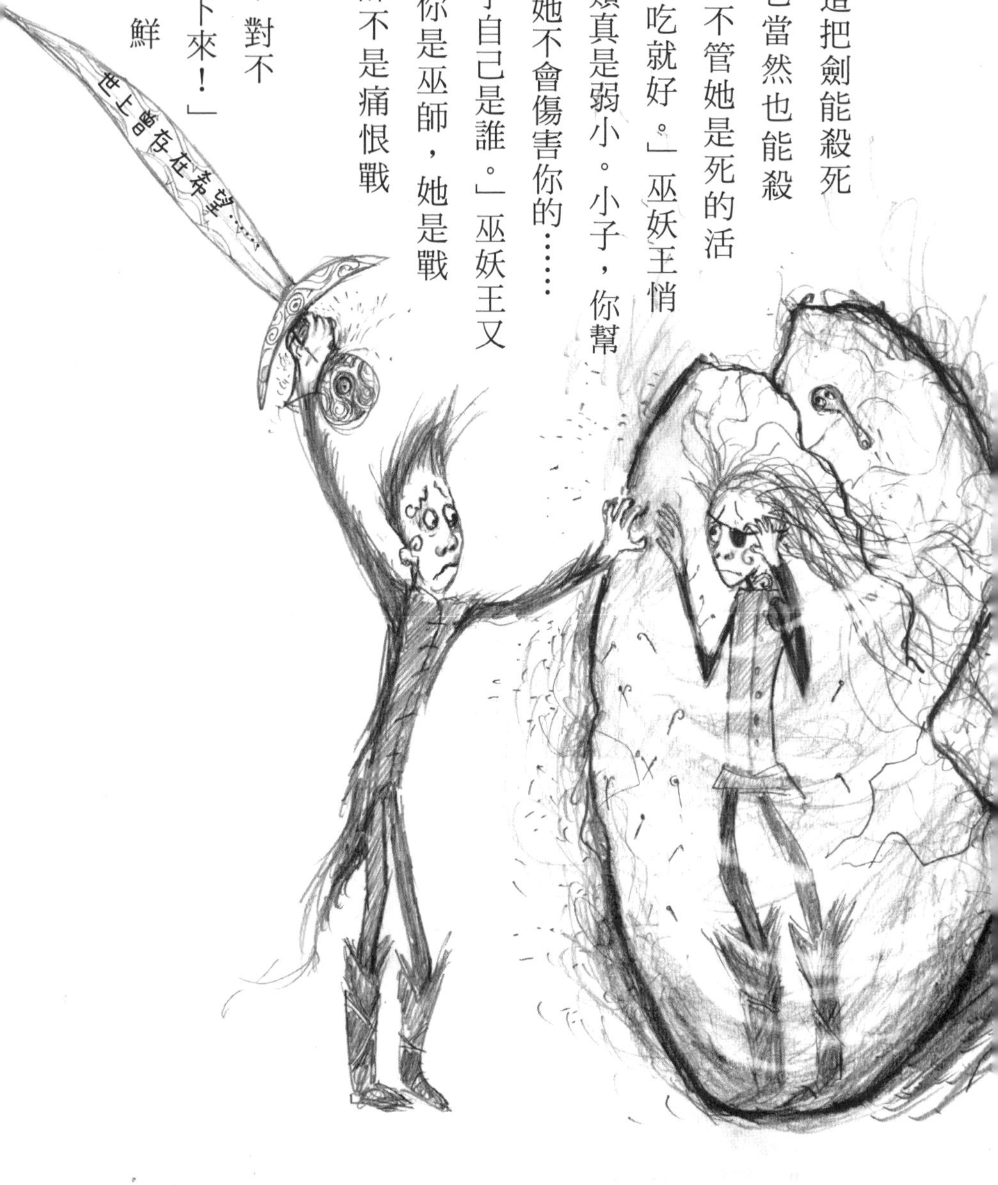

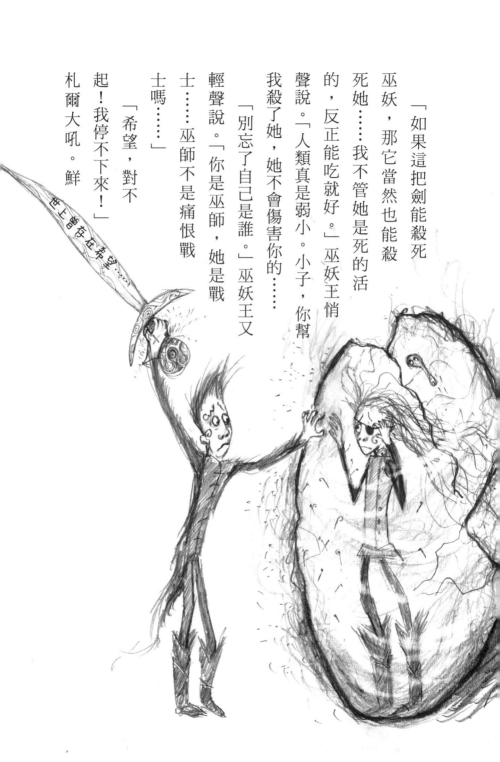

綠色的手舉起魔法劍，重重劈在紅色結界上，砍穿了結界。

轟！

結界碎成好幾千塊碎片，像鮮紅色碎玻璃似地炸飛到庭院各個角落，最後才消失。

「很好，很好。」巫妖王愉悅地說。「攻擊那個女孩……」

希望站在原地，手指抓住眼罩。

她總不能摘下眼罩，和札爾打鬥吧……

可憐的札爾，他很努力想控制自己的手，巫妖印記和魔法劍的力量加起來卻太強了，他被一步步拉到希望面前。札爾用盡全力往反方向掙扎，右手卻高高舉起魔法劍，準備攻擊希望。

我敵不過巫妖王……他的力量太強了……札爾難過地想。

「別去想自己的弱點，快想想你的長處。」卡利伯喊道。

「用你有的東西戰鬥，而不是你**沒有**的東西！」

「札爾，你不是很叛逆嗎！」後方傳來希剋銳絲女王的叫喊。「**不要聽巫妖的話！**」

札爾轉身，對著巫妖王舉起魔法劍。他力量不夠強，沒辦法完全抗拒巫妖王的命令，但他能利用巫妖王的慾望。

（這陣子巫妖王一直利用札爾的慾望控制他，札爾終於學到教訓了。）

「巫妖，你是不是很想得到這把劍？」札爾大聲說。「送給你！」

札爾使盡叛逆的身體的每一絲力氣，叫道：「**我不聽你的！**你這隻長羽毛的超臭『醜八怪』，**看我的！**」

說完，他全力把魔法劍丟向巫妖王。

有一瞬間，魔法劍似乎不願離開札爾綠色的手。

不過札爾猜對了。

巫妖王的確很想得到那把劍，因為那是一件非常強大的魔法物品。

巫妖王的慾望允許札爾放鬆手指……魔法劍飛了出去，匡啷一聲落到他面

世上曾存在

前的地上。

「**我不要**殺希望。」札爾邊大口喘氣邊說。「因為我**很喜歡**她。」

巫妖王被札爾的舉動嚇了一跳，這個巫師男孩應該對他唯命是從才對啊！札爾為什麼還能反抗？

沒關係，這不會改變故事結局……

巫妖王決定自己完成任務。

他伸出長了尖爪的手，握住魔法劍。

他唸出一段很厲害的咒語，讓魔法劍固定在他手裡，免得被那個戰士女孩搶走。

巫妖王巨大的翅膀拍了一下、兩下，他往上一跳，不停向上飛。

他猛然俯衝下去，張開血盆大口準備把希望活活吞下去。

第十七章　摘下眼罩

希望摘下她的眼罩，這個簡單的動作，彷彿開啟了通往異世界的門。

希望左眼看到的景象，像是站在雪山山頂，被遍地藍白色的雪閃得頭昏眼花。她左眼看到的顏色都異常鮮明，紅色非常地紅，綠色非常地綠，她感覺自己被世界的各種顏色攻擊、吞噬，嚇得驚叫一聲。

希望都忘了摘下眼罩的感覺有多可怕、多不舒服。

過去只有極少數巫師擁有魔眼罕見的力量，未來也是。

魔法激烈的力量充滿希望的腦袋，她的頭髮靜電似地全部豎起來，她腳下的地面像海面一樣波動。城堡的斷垣殘壁晃得更厲害，當魔法尖叫著從希望的眼睛射出、接觸巫妖王射來的魔法束時，附近的人和魔法生物都被震得站也站不穩。

巫妖王飛得越來越近……越來越近，近到希望能看見巫妖王喉嚨深處的胃囊，以及直直指著她的魔法劍。

天啊，流水的神靈啊……我該怎麼辦？我體內有這麼多魔法，可是我不曉得要怎麼控制它……

她努力想像從巫妖王手裡搶走魔法劍，但那把劍被巫妖王的法術緊緊黏在他手裡。

怎麼辦才好？

「用你『有』的東西戰鬥，而不是你『沒有』的東西……」

鐵……希望心想。**我知道怎麼讓鐵移動……**

她在懲罰壁櫥裡練習那麼久，之前在甜美小徑上，卡利伯也教了她很多……

希望看看身邊，巫妖嗅獵人和魔法獵人還固定在他們的鐵盔甲裡，和雕像一樣僵硬。

她想到這件事的瞬間，她的魔法讓旁邊一名魔法獵人的頭盔微微動了一下，她連比手畫腳都不用，光是用意念就能控制鐵了。

「巫妖，不可以亂許願喔……」希望悄聲說。「你想得到操控『鐵』的魔法是吧，既然你要，那我就……送……給……你！」

飛在空中的巫妖王被突然撞過去的鐵頭盔驚得稍微停下動作，頭盔「噹啷！」一聲吸附在魔法劍上，害巫妖握劍的手臂變得非常沉重，全身突然往右邊傾斜。

巫妖王試著甩掉頭盔，但頭盔緊緊黏在魔法劍上。剛剛巫妖王用法術把魔法劍黏在手上，現在鐵頭盔進到了法術的作用範圍，巫妖王甩得再用力也……甩……不……掉。「噹啷！匡啷！」又一頂頭盔和一隻鐵手套飛過去，緊緊黏在劍的另一側。

巫妖王唸出解除法術的咒語，解開他剛才施的法術。現在，他開始感到不安。

「那是什麼？」巫妖王驚訝地自言自語。

魔法劍從他手裡彈出去，直直刺進地面，同時那群魔法獵人的鐵盔甲都炸了開來。巫妖嗅獵人和他的屬下身上只剩內衣褲，他們不知所措地呆呆看著盔甲飛向巫妖王——長矛、頭盔、鐵鍊、小刀、長劍、胸甲，甚至是一整臺消滅巫妖的武器——魔法獵人帶出門的所有鐵製器具，全都像瞄準鳥類射出去的箭一樣飛向巫妖王。

我需要「更多」鐵。希望心想。**更多更多更多……**

一大堆鐵製物品把巫妖王當成磁鐵，全部黏到他身上。

巫妖王試圖拍開那些鐵製物品，可是他的翅膀黏滿了各種東西，而且他越用力掙扎，鐵製物品就黏得越緊，後來他全身都被厚厚一層鐵器包圍。鐵一碰到巫妖王熾熱的綠色魔法就開始融化，巫妖王被黏了滿身的鐵拖下去，一直往

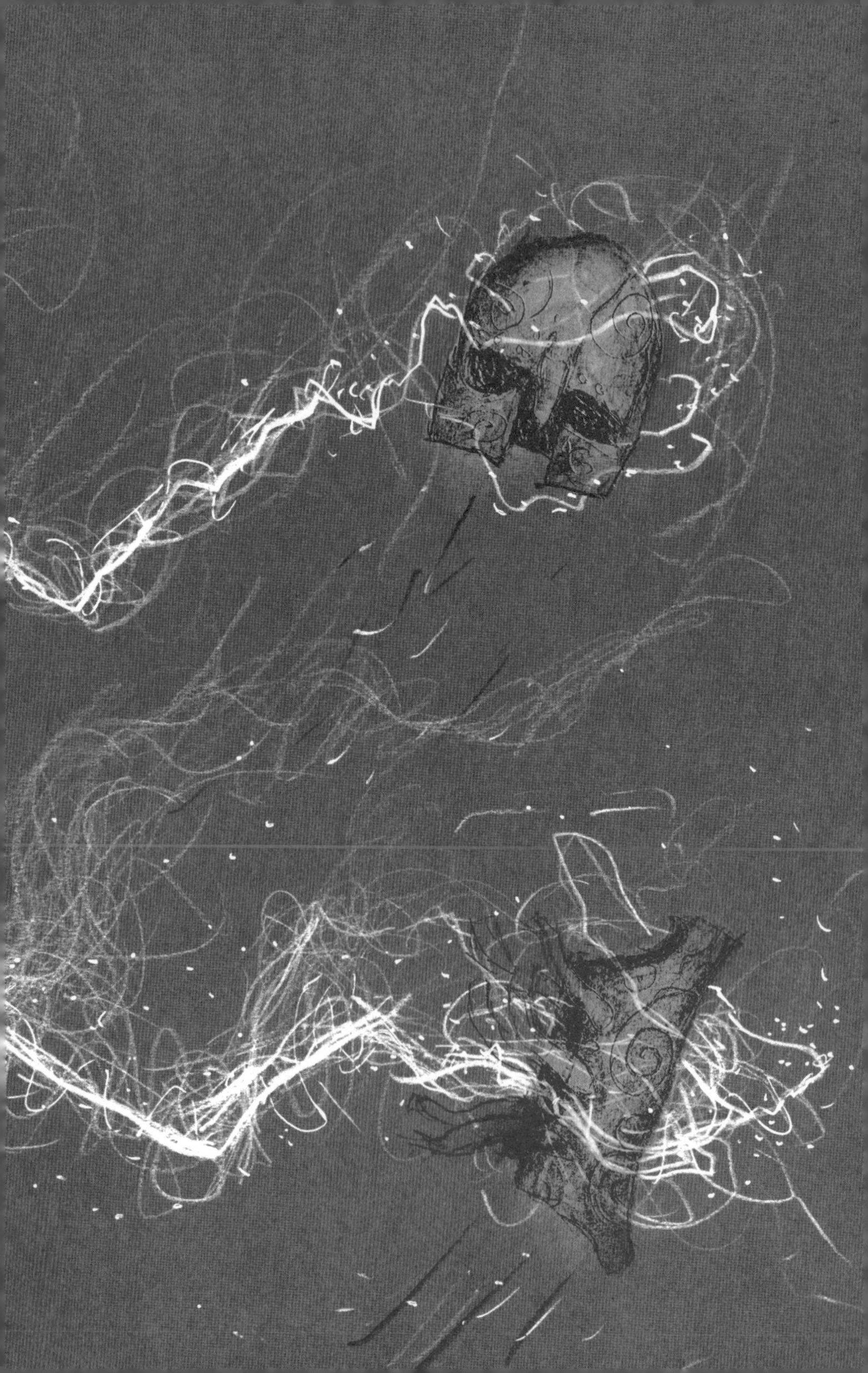

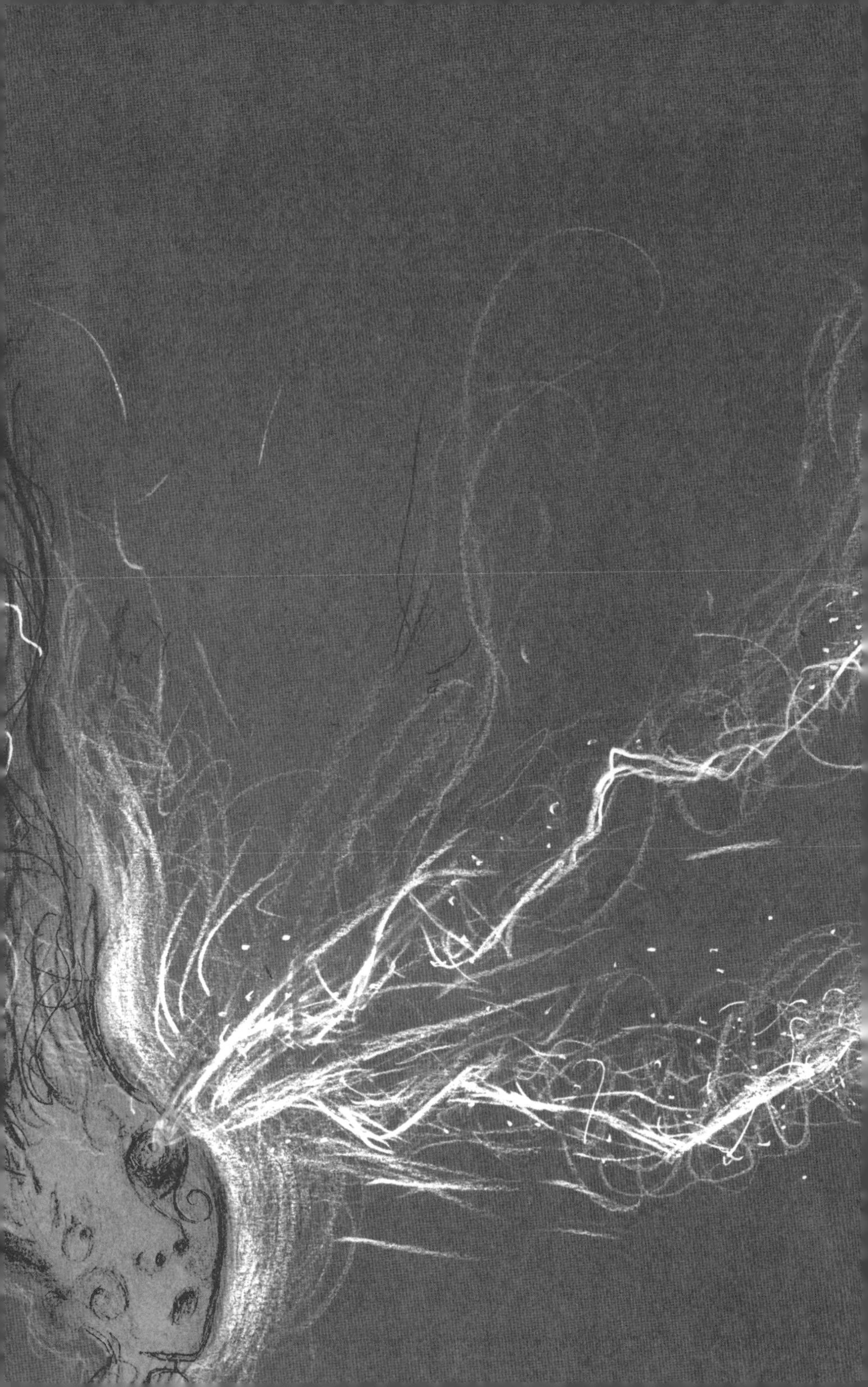

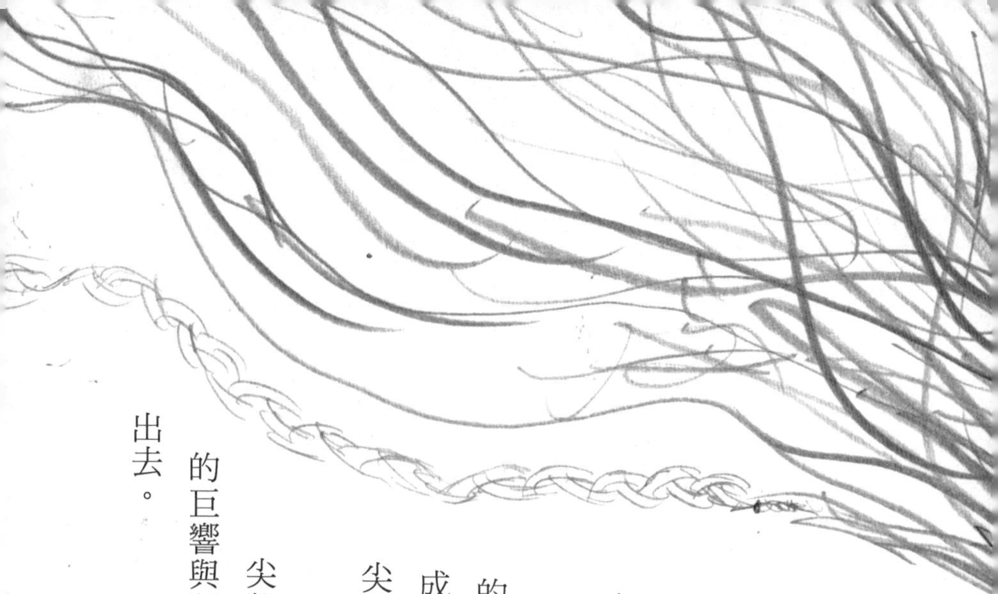

下墜、往下墜。希望讓更多、更多、更多、更多、更多鐵黏到巫妖王身上，直到他變成一顆鐵製大石頭，重重撞在地上。

札爾和希望手忙腳亂地逃離震盪不停的地面，這時……

被鐵覆蓋的巫妖王撞在地面，在本就破破爛爛的死亡堡庭院撞出巨大凹坑。就在鐵器融化、凝固成大鐵球，把巫妖王困在裡面之前，他從長了五根尖爪的手射出最後一束魔法，然後……

咻嗚嗚——！

尖聲射過來的魔法束命中希望胸口，發出震耳欲聾的巨響與刺眼白光，有什麼東西猛地爆炸，將札爾炸得摔出去。

地面的震顫終於停息，瓦礫遍布的庭院裡，飄著大朵大朵的塵雲。

說來奇怪，困住巫妖王的鐵球，形狀很像希剋銳絲女王以前那顆移除魔法的石頭。這也許是因為希望對那顆石頭的形狀有印象。

原本飛在空中觀戰的巫妖群開始尖叫，他們憤怒地咆哮後四散飛

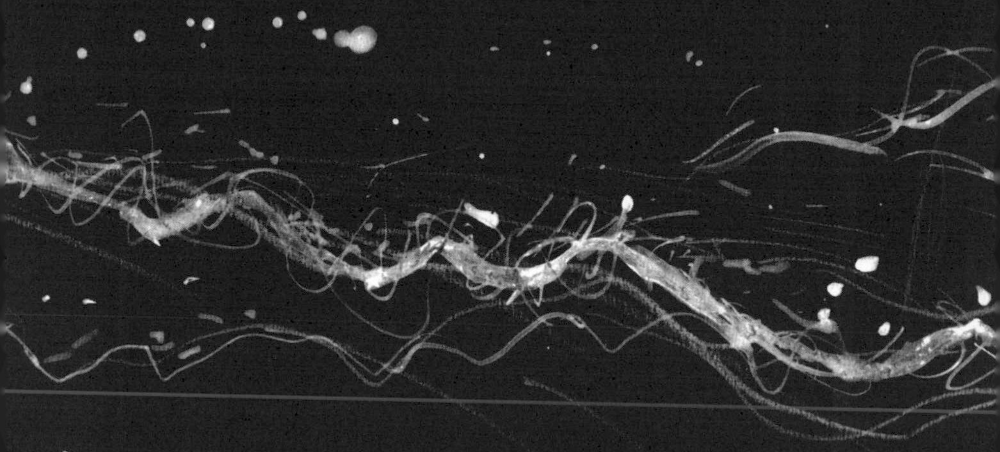

咻嗚嗚——！

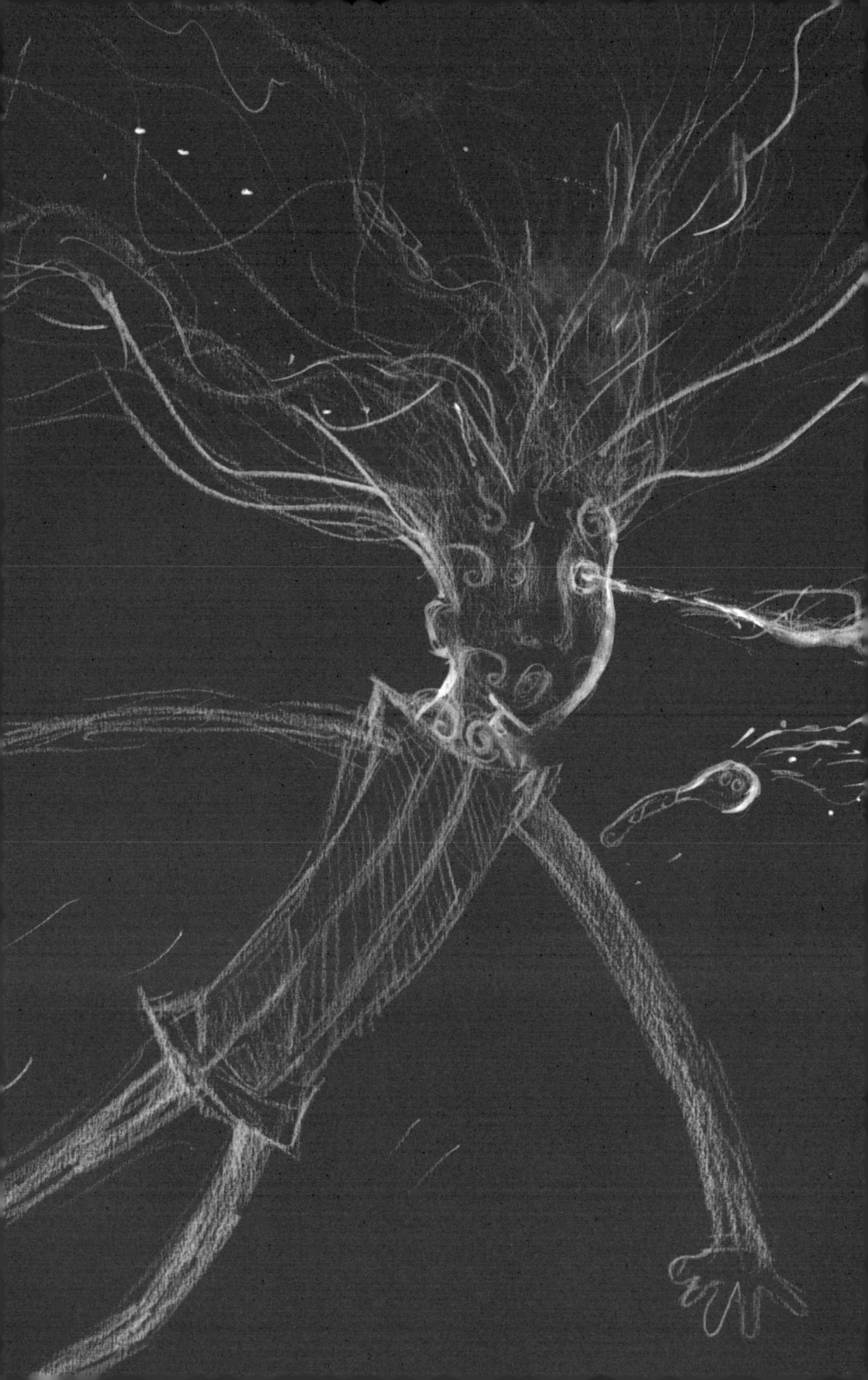

遠，不知道要飛去哪裡。

底部不平的大鐵球搖晃一下、兩下……它滾到壁壘邊緣……從邊緣往下掉……掉進下方的海裡，消失在海浪之下。

巫師、戰士、巫妖嗅獵人、德魯伊與魔法生物，紛紛邊咳嗽邊跌跌撞撞地站起來，努力想弄懂剛才發生的事。

希剋銳絲女王跳起來，和恩卡佐與刺錐一起衝向札爾。他們周遭，塵埃如藍雨般飄落。

札爾撿起落在他腳邊的魔法劍。

劍鋼材和鐵頭盔與其他鐵器摩擦，兩側的文字被磨掉了，只剩下：

世上曾……

「我們又成功了！」札爾把魔法劍收回劍鞘，一邊笑著說。巫師之王和戰士女王跑到他面前，札爾的衣服在剛剛的打鬥中變得有點破爛，翹起來的頭髮有點歪，但儘管他剛才受到驚嚇，札爾現在歡慶的樣子還是和平時沒兩樣。

「在那邊。」札爾指向閃爍微光，逐漸飄落在他們身旁的鮮藍色塵埃。

希剋銳絲女王說不出話來。

「她爆炸了。」札爾解釋。

希剋銳絲女王的胸口劇烈起伏，她環視身邊的藍色塵雲，然後……

「**爆炸了？**」她驚恐地重複。「我女兒**炸死了**？這是什麼意思？你在開心什麼？你這個可惡的小子，那孩子『救了你』！你和那個巫妖王一樣壞！」

她若不是如此尊貴莊重的女王，你可能會以為她踉蹌了幾步。希剋銳絲女王臉色慘白地跪下來，看著地上毫無生氣的魔法湯匙和三十根鐵製大頭針。

她伸出不斷顫抖的手，觸摸希望的遺物。

吱吱啾小聲說：「冰女王逆別擔心，別擔心……她會回來的。」他爪子般的小手溫柔地貼著女王困惑的臉。

希剋銳絲女王很久以前就拋棄了她的心。

但此時她跪在塵埃之中，冰冷藍眼滴出一、二、三滴淚水。

「讓開！讓開！」曾精不知從哪裡騎著遊隼飛過來，在一、二、三滴淚水從哀傷的女王臉上滴落時，他從鳥背跳下來，用收集瓶接住淚珠。

恩卡佐連忙說：「真是的，札爾，你要好好解釋啊！希剋銳絲，妳的女兒會再生。她有魔眼，可見她是非常強大的魔法大師，魔法大師通常會有不只一條生命。」

「再生？」希剋銳絲女王不解地眨眼。「魔眼？不只一條生命？」

這些年來，她都忘了魔法世界有多複雜難懂。

連生死的規則都不能好好遵守。

「**什麼時候**？她什麼時候會再生？」希剋銳絲急急地問。

「再等一下下吧，」恩卡佐安慰她。「再生可能會花一點時間……妳女兒再生的這段期間，我們要小心點，別踩到藍色塵埃……」

「這些藍色塵埃**是我的女兒**？」希剋銳絲女王驚恐地環視四周。

「那個人在做什麼？」吱吱啾睇著眼睛嘶聲說。

「那個人」是德魯伊統帥。

德魯伊統帥的行為非常奇怪。

他似乎忙得不可開交。恩卡佐和希剋銳絲他們仔細一看，發現德魯伊統帥用法杖對藍色塵埃施法，把鮮亮的塵埃收集到葫蘆裡。

「好問題。」恩卡佐也百思不解。「德魯伊統帥，你這是在做什麼？」

「你不懂嗎？那個女孩——那個女巫——有操控鐵的魔法，她非常非常危險！」德魯伊統帥說。「快點！我們時間不多了！我們得趕快把她困在葫蘆裡，這樣她就沒辦法再生了！」

「統帥，你注意點！」恩卡佐嚴厲地說。「這是一個人類女孩的碎片！」

「一個極危險的人類女孩！」德魯伊統帥說。

「你這人好大的膽子！竟敢趁我女兒變成塵埃，意圖囚禁她？」希剋銳絲女王厲聲說。

「女王，妳不准過來！」德魯伊統帥用法杖指著她說。「不然我就把葫蘆蓋上，然後把它丟進海裡！妳應該不希望妳女兒一部分在這裡，一部分在海裡吧？」

恩卡佐和希剋銳絲不敢輕舉妄動，他們知道困在這個也不是、那個也不是的狀態，非常可怕。

就在這時，狼人沉聲低吼著踏上前。

「別接近他！」恩卡佐命令。「那個德魯伊很危險……」

孤狼不理他。

「狼人，你想幹什麼？」德魯伊統帥激動地尖叫，邊瘋狂將藍色塵埃掃入葫蘆。「你這隻註定要變成邪惡生物的野獸，給我退下！你這個連愛是什麼都搞不清楚的毛球，給我停下腳步！我這可是對歷史有極大貢獻的重要任務！」

這時候，札爾想到一個很棒的點子……

他做了一件好事。

一件真的、真的很好的事。

札爾必須消滅巫妖，他知道巫妖王不太可能就此一蹶不振，畢竟他手上的綠色印記還沒消失。札爾需要法術的每一種材料才能消滅巫妖，他們光是為收集現在到手的材料，就費盡了千辛萬苦。

但是，平時最關心自己的札爾，這輩子第一次更關心別人的安危。

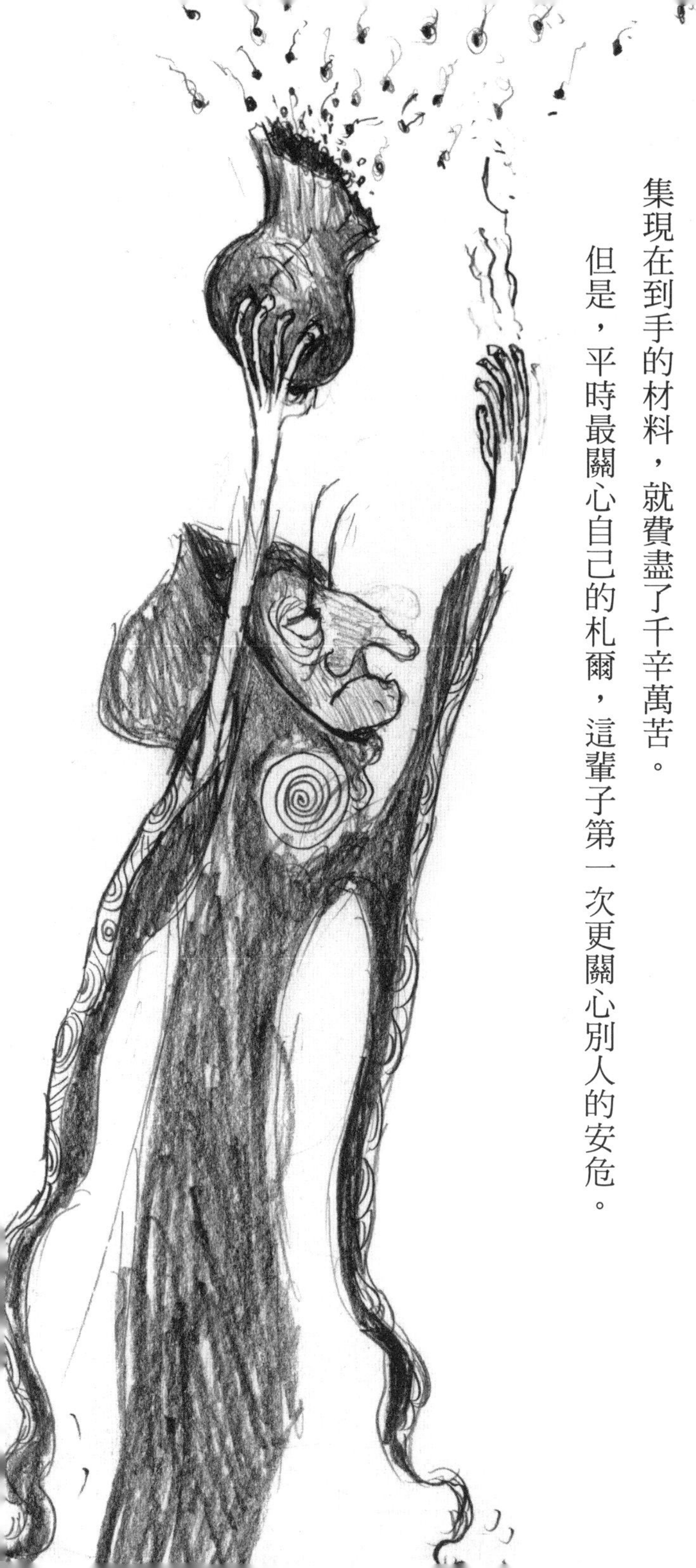

於是札爾拿出他帶在身上的收集瓶，拔掉瓶塞。

這是他們大約一小時前才縮小並收入瓶子的法術材料，現在巨人的最後一口氣猛然衝出來。

「原諒他們！」巨人的最後一口氣震耳欲聾地大吼。

「原諒他們！」音量大到希剋銳絲、恩卡佐、札爾和刺錐不得不用力摀住耳朵。

「原諒他們。」

第十八章　原諒他們

巨人的最後一口氣聲音大到引起狂風，藍色塵埃被吹得飛到空中，德魯伊統帥想收集也收集不到。

塵埃往上飛、飛、飛到空中隨風旋轉，德魯伊統帥惱怒地號叫一聲卻還是沒辦法抓住塵埃，他亂揮手臂時，葫蘆掉到地上，漂亮的鮮藍塵埃傾灑出來……

德魯伊統帥被狂風吹得站不穩腳，從壁壘邊緣——剛才被巫妖王的鐵球撞破的地方——摔出去，他憤怒地尖叫一聲。

德魯伊統帥往下掉，在眾人眼中變得越來越小，最後掉到海面，身體化為矛隼。矛隼張開翅膀飛走，朝遠方巨人的足印列島飛去。

這一切的時機都剛剛好，因為此時，重獲自由的藍色塵埃開始歌唱……塵埃唱出回歸生命的甜美歌曲，希望的無數個小碎片愉悅地活了過來，令人眼花撩亂地迅速重組，拼組成複雜的人體。藍色塵埃憑記憶與魔法，拼成曾經是希望的形態，然後……天啊！

這一幕，刺錐怎麼看也不會膩。希望小小的棕色心臟在空中重組，接著飛快衝進希望胸口。希望突然坐起來，大口呼吸甜美的空氣、甜美的生命。

卡利伯在瓦礫堆裡找到希望的眼罩，他匆匆將眼罩拿給希望，因為大地又開始晃動了。

「希望！」希剋銳絲女王高呼。

她剛剛親眼看到女兒炸成碎片，接著又重新組合成原樣，心臟飛回體

內……任誰看到這一切，都沒辦法再保持鎮定。「妳還好嗎？每一個部位都拼對了嗎？」

她握住女兒的手，到處拍女兒的身體，確認希望是真的、是活著的、有在呼吸，而且每一個部位都回到了原位。

「母親，對不起！」希望喘著氣說。「我知道這有點不尋常……可是我好像有不只一條命……您不會介意吧？」

「我不介意。」女王的語氣滿溢著寬慰。「可是妳要答應我，妳以後不會再……再這麼亂糟糟地**變成碎片飛來飛**

去……還有……**心臟在空中跳來跳去**……永遠、永遠不可以再這樣胡來了，知道嗎？」

「母親，您剛才為我擔心了嗎？」希望害羞地問。

「可能吧。」希剋銳絲女王承認。

然後……

「我必須說，妳擊敗巫妖王的方法很『聰明』。足智多謀是女王該有的特質之一。」希剋銳絲女王說。

女王很少對她女兒露出笑容，但每當希望看到她的微笑，都覺得全世界充滿了溫暖的陽光。

希望開心地對母親還以燦笑。

希剋銳絲女王對希望微笑的同時，恩卡佐抱住他的兒子。

「札爾，你說你要讓我為你驕傲。」恩卡

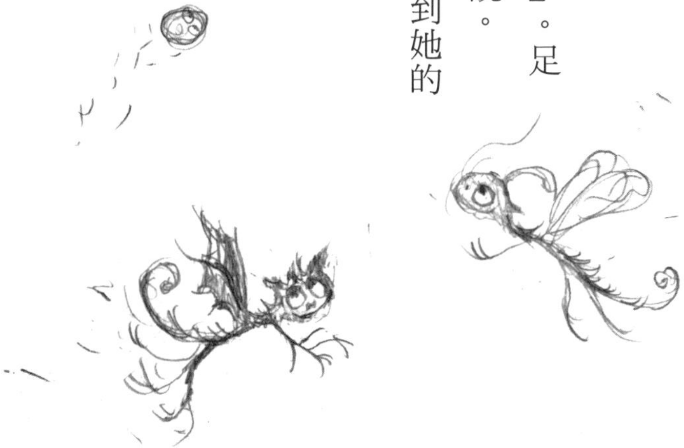

佐說。「我真的**非常**驕傲。我從來沒想過你會有能力抗拒巫妖王的力量，你卻做到了；我要你改過向善，當個好人，你也做到了。你真的長大了。」

札爾高興地挺起胸膛。

「事情會完滿結束的！」希望愉快地張開雙臂說。「孤狼，謝謝你，吱吱啾，謝謝你！」她抱緊毛妖精說。

狼人嚇了一跳，都忘了抗拒希望的擁抱。

「**啊嗚嗚嗚——啊嗚嗚——啊嗚嗚嗚！啊嗚嗚——啊嗚嗚——啊嗚嗚嗚嗚！啊嗚——啊嗚——啊嗚嗚嗚！**」狼人放聲號叫。

「**啊嗚——啊嗚——啊嗚嗚嗚！**」札爾跟著大叫。「大家一起叫吧！她還活著！」

巫師與戰士開心到忘了自己的尊嚴，在札爾的鼓勵下狂野地仰天長嘯：

「**啊嗚嗚嗚——啊嗚嗚——啊嗚嗚嗚！啊嗚嗚——啊嗚嗚——啊嗚嗚嗚嗚！啊嗚——啊嗚——啊嗚嗚嗚！**」

這是奇蹟中的奇蹟。

多麼壯觀的景象啊！巫師和戰士，居然和野林最受人畏懼、最惹人厭、最被人瞧不起的猛獸，一起對天號叫。

然後……

「**喔啦，嗚啦，咿啊嘎！喔啦，喔啦，喀咿啊嘎嘎嘎嘎！**」狼人尖叫。他突然低下頭，凶猛的視線緊緊盯著眾人。他口吐白沫，

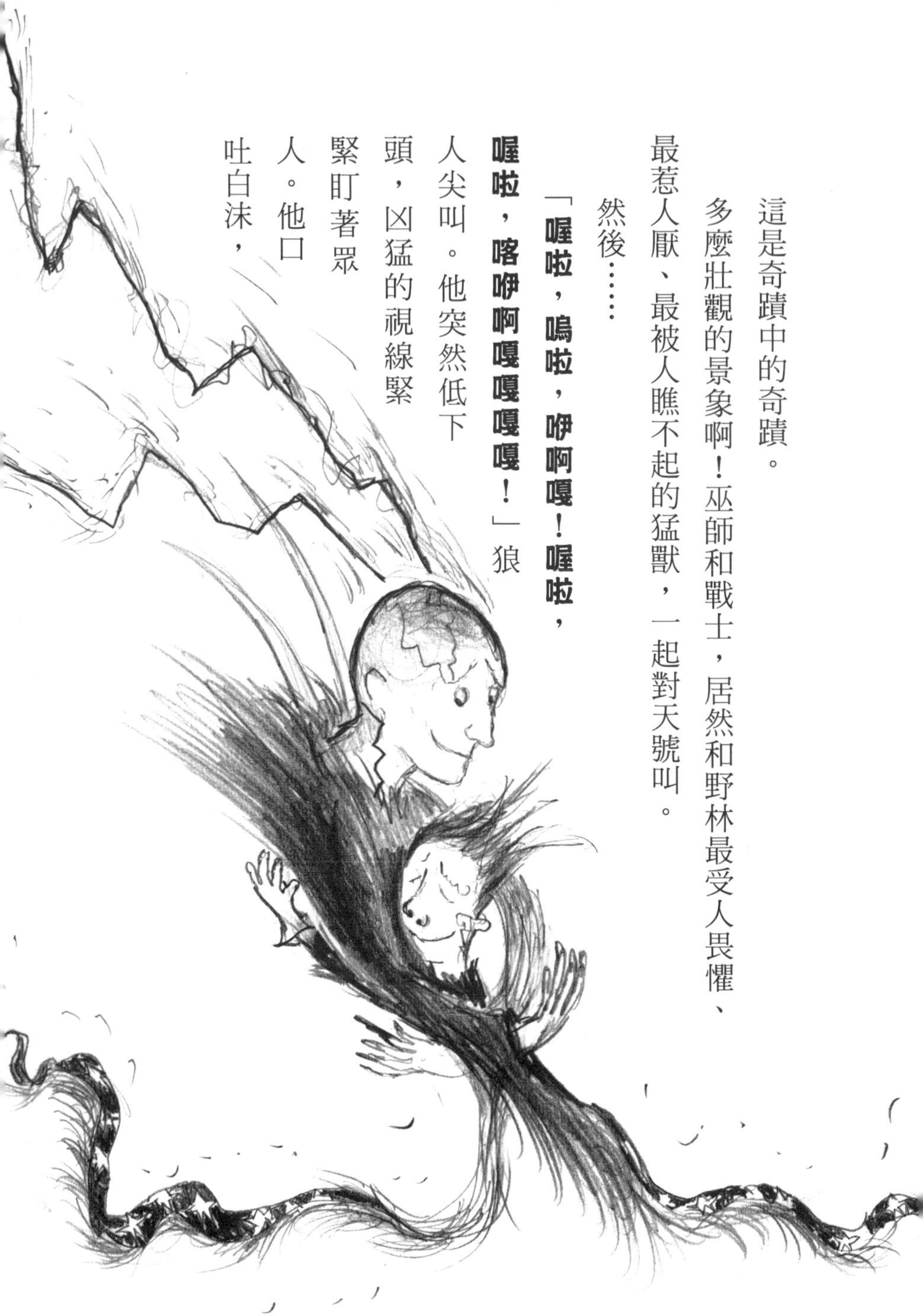

手臂做出把人肢解的動作，牙齒喀喀喀地咬個不停。「**咕嗚啊嘎咕嗚嗚嘎啊！**」

本來和他一起愉快地亂叫的眾人猛然停下叫聲，他們爭先恐後地尖叫著退開，免得狼人打算咬他們或肢解他們。

這就是和狼人相處的問題，他們就算站在你這一邊，你也很難去喜歡他們，因為他們真的太……太……嚇人了。

「大家不用怕，真的沒事的！」希望心滿意足地嘆口氣。

他們在這次冒險中經歷了許多危機，但希望覺得這都非常值得。她之前一直怕母親發現她的祕密，現在母親知道實情，她反而安心了。現在，或許巫師和戰士終於能聯手對抗巫妖，她母親可以重新愛上恩卡佐，巫師和戰士之間的戰爭就此結束，一切都會變得很美好……

可是，希剋銳絲女王確認女兒沒事之後，她的笑容消失了。

她站起來，梳得整整齊齊的頭髮黏滿灰塵而且溼透了，曾經雪白的長裙被泥土弄得髒兮兮的，衣服不僅被巫妖爪子抓破，還染到綠色的巫妖血。她不情願地發現女兒會爆炸、有魔眼，甚至有操控鐵的魔法（她本來就隱約察覺到女兒的異常，但親眼看到女兒施法和爆炸又是另一回事了）……這都太不正常了。

「『沒事』？」希剋銳絲女王厲聲說。「『沒事』？哪裡沒事了！這根本是場大災難！我現在要帶女兒回家，然後我再也不想聽誰提起這件事了。」

她理了理亂掉的頭髮，再動作俐落地拍掉白裙上的灰塵。

希望原本滿心期待巫師和戰士言歸於好，現在她的美夢破碎了。

「可是這次的冒險告訴我們，我們不能再像以前那樣了！」希望說。「**人類**一定要改變——我們一定要改變。巫妖又回到野林了，現在巫師跟戰士得像今晚一樣，合作對抗巫妖！」

「不可能！」恩卡佐大喊。

「你們死都不可能和我們合作！」希剋銳絲女王不屑地說。「巫師根本不懂得改變！」

「你們戰士也是！」恩卡佐比希剋銳絲還要火大。

「不，不，你們別這樣說！」卡利伯說。「每個人都有可能改變！這些孩子需要『教育』……因為巫妖依然猖獗，他們下次來攻打我們時，希望將面臨艱難的挑戰，人類的存續可能要靠她了……」

「沒錯，在旅途中，卡利伯每天都有幫我們上課！」希望說。「他是很厲害的老師，他不但懂魔法，連戰士的拼字、寫字和數學都懂。卡利伯教我的時候，我一聽就懂了！」

「我怎麼能讓女兒接受『一隻鳥』的指導！」希剋銳絲女王說。「該怎麼教育小孩，我自己非常清楚。

「本來要傷害你們兩個的巫妖王被打敗了。」她接著說。「現在，我們必須讓一切回歸原狀。」

「可是，母親！您和恩卡佐曾經相愛啊！」希望很難過地說。「還記得以前追趕你們的狼群嗎？還有每隔一週的星期四！**這就是我生得這麼不一樣的原**

因！巫師的真愛之吻留在您的血液裡，我雖然是戰士，卻也有魔法！」

恩卡佐和希剋銳絲變得非常僵硬。

希望看見母親驚怒交加的冰冷藍眸，不由得微微畏縮。

「狼群？星期四？」希剋銳絲女王的語氣飽含極寒的盛怒。「巫師和戰士相愛？不可能的事！」

「完全無法想像。」恩卡佐也苦澀地說，他的聲音比鑽石還堅硬。「希剋銳絲這種女王當然要和佩帶大劍、腦袋空空的粗脖子戰士結婚，這樣她才能繼續享受戰士的小裝飾品、戰士的黃金餐盤，還有她脖子上那些屬於戰士的垃圾珠寶……希剋銳絲這種女王怎麼可能愛過別人……」

「我有我的義務！」希剋銳絲女王反駁。「我有我的責任！恩卡佐，你別說得好像只有我和自己的族人結婚，『你』自己還不是和巫師女人結婚了！不然你這個不聽話的兒子是誰生的！」

「可是巨人波龐德斯把你們的故事說給我們聽了……」希望既迷惘又難受

地說。聽希剋銳絲和恩卡佐的說法，他們似乎曾經相愛……但這兩個人卻又極力否認這件事。

大人怎麼這麼難懂？

所以巨人的故事是真實事件嗎？還是他瞎編的？

「那個巨人鐵定是聽了小妖精故事。」希剋銳絲女王堅定地說。「小妖精總是愛說謊。希望，現實生活和小妖精故事不一樣。所以，我再重複最後一次，希望會跟我回到安全的戰士鐵堡，然後我會當今晚這一切**從來……沒……發生……過**。」

就在此時，巫妖嗅獵人踏上前。

兩週前，巫妖嗅獵人帶著大批魔法獵人浩浩蕩蕩地衝出希剋銳絲女王的戰士鐵堡時，感覺還是個很可怕、很有威嚴的人，但他現在沒以前那麼威風了。

他到處嗅嗅聞聞的鼻子當然還在，但現在他和他的魔法獵人沒了盔甲、武器、盾牌、長矛、捕捉小妖精的器材，就連詭異的鼻子也沒辦法讓他顯得更威風了。魔法獵殺部隊所有的鐵器都被希望的魔法吸走，化成囚禁巫妖王的大鐵球，這時他們一群人只能穿著內衣、內褲站在破爛的城堡裡，被冷風吹得瑟瑟發抖。有些人甚至情急之下用刺藤遮住身體，被刺藤褲子戳得又痛又癢。

通常，一個人穿著內褲面對女王，會覺得自己氣勢落了下風，所以巫妖嗅獵人說話時少了平時的威嚴。

「女王陛下！」他

通常，一個人只穿著內衣、內
褲和匆匆纏在身上的刺藤，
會覺得自己氣勢落了下風。

抗議。「您不能帶這個女孩回戰士領土！我早就說了，她是非常危險的『本蛋』。」他的聲音隨著恐懼而壓低。「而且這個本蛋有『魔法』，沒錯……我說她有魔法，意思是……她有很多、很多魔法。」

當希剋銳絲女王剛宣布一件事情「從來……沒……發生……過」，和她持相反意見實在很不明智。

希剋銳絲女王轉向巫妖嗅獵人，直視他的眼神足可媲美冰霜巨人的一瞪，聲音的溫度也掉到零下五十度。「害蟲捕手，你的意思莫非是，『我』的女兒，『本女王』的女兒——十九個戰士名門的後代，父母都是巨人屠手『殘暴』直系後代的戰士公主——其實是『魔法生物』之子？」

「這……呃……這我就不曉得了，可是您必須承認，今晚發生的事情真的很奇怪……」巫妖嗅獵人在女王犀利的目光下，越來越結巴。

「還是說，」希剋銳絲女王的語氣非常嚴厲，只要是距離她不到五十步的蝸牛都會被她嚇得變乾、變癟。「你想表達的是，我——希剋銳絲女王——曾經和巫師小混混有過真愛之吻，結果我血統純正的戰士女兒，有了亂七八糟的『魔法』？」

「可是她剛剛爆炸了！她變成一堆灰塵了！她還用眼睛射出法術！讓鐵器到處飛來飛去！」巫妖嗅獵人越說越焦慮，他還大力亂揮手臂，示意鐵器飛走的瞬間。「我們所有人都親眼看到了！」

希剋銳絲女王的眼睛瞇成縫隙。「你們所有人都看到了，是嗎？」

她轉向周圍的人群，意有所指的語氣，犀利得宛如剛磨利的刀。「剛才有誰看到『我女兒』像粗糙的巫師煙火一樣爆炸，站出來！剛才有誰目睹『我女兒』像粗鄙的魔法鐵匠，用法術操控鐵器，把手舉起來！」

庭院裡一片死寂。

沒有人舉手。

巫師和戰士都被希剋銳絲女王強硬的氣勢震懾到了，他們甚至後退一步，咕噥著說：「沒有沒有，我們什麼都沒看到……真的沒看到……剛才的光太亮了，照得我們眼睛都花了。」

希剋銳絲女王揚起尊貴的眉毛，轉身望向巫妖嗅獵人。「害蟲捕手，」她的語調類似貓的一咬。「看樣子只有你見證了這些離奇的事件……你和你的魔法獵人可以滾蛋了，別期望我在皇帝面前為你們說好話。」

巫妖嗅獵人憤慨得全身顫抖。「太誇張了！」他說。「我會親自把整個故事完完整整地報告給戰士皇帝聽，到時候他會收回您的王冠，您和那個本蛋將體驗到被反魔法委員會查緝是什麼感覺！」

「所以，你打算把你獵殺巫妖失敗的事情告訴皇上？你打算讓他知道，最後擊敗巫妖王的是兩個十三歲小孩？」希剋銳絲女王用有點詫異的語氣問。「你們不是皇上的菁英魔法獵殺部隊嗎？害蟲捕手，我告訴你，皇上對『失敗者』完全沒有好感。假如我是你，我會撿一撿地上的巫妖羽毛帶回帝國首都，想辦法捏造一個故事，讓皇上以為是『你』打敗了巫妖王。說不定皇上心情一好，就會原諒你弄丟那一堆昂貴的魔法獵殺器具。」

「您是我這輩子見過最卑劣的女人！」巫妖嗅獵人不甘心地說。

希剋銳絲女王微微一笑。

我想，她把這句話當作讚美了。

巫妖嗅獵人直起身子，稍微調整內衣褲。他和魔法獵人盡量收集地上的巫妖羽毛，然後這群沒了衣服、沒了武器的戰士努力找到那麼一點自尊，大步走出死亡堡的庭院。

不忍說，看著他們離去的巫師和戰士沒能完全壓抑笑聲，在場的小妖精更是笑得前仰後合。

「很好。這麼一來，一切將恢復原本的秩序。」希剋銳絲女王滿意地說，因為她最喜歡讓世界恢復秩序了。「我會帶希望回到牆內的鐵戰士領地，以後就算巫妖想找她麻煩，她也能安全地待在牆內。」

「至於札爾嘛……」恩卡佐哀傷地說。「札爾，你聽了別生氣——我還是得帶你回戈閔克拉。」

「**為什麼？**」札爾震驚地說。

他活到現在，還沒聽過這麼不公平的事。

「你聽我解釋。」恩卡佐說。「戈閔克拉其實不是監獄，它是一間遷善中心……」

「大家都這樣說！」札爾氣呼呼地大叫。「可是『遷善中心』意思不就是監獄嗎！你剛剛才說你為我驕傲的！你明明說我長大了！你說我有好好控制巫妖印記，而且我有改過向善！然後你還要處罰我！」

「札爾，你聽我說，我知道你很努力改過向善，我真的很感動，心裡也很驕傲。」恩卡佐說。「可是現實很殘酷，你沒辦法用許願的方式消除巫妖印記，印記只會一直擴散，變得越來越嚴重。德魯伊統帥的確不是好東西，但這次我會親自帶你回戈閔克拉，確保他們建立更友善的管理制度。在我們找到完全移除巫妖印記的方法前，你還是待在戈閔克拉最安全。」

「我們該做的不是這個！」札爾不耐煩地亂叫。「我們在我的《法術全書》

裡找到消滅巫妖的法術，我們應該趕快找到法術材料才對！希望，妳把書拿給他看！」

刺錐取出《法術全書》交給希望，希望翻到消滅巫妖的法術那一頁，拿給恩卡佐和希剋銳絲看。

「這個法術是誰寫的？」恩卡佐看完後問。

「是我，」希望說。「我用卡利伯的羽毛寫的。」

恩卡佐嘆息一聲，將書還給希望。

「這不是真正的法術，不過是希望自己編的法術罷了。」恩卡佐和緩地說。

「這不是真正的法術？那是什麼意思？」札爾失望透頂，因為他滿心希望都賭在這個法術上了。

「你們看，」恩卡佐說。「消滅巫妖的法術寫在《法術全書》的〈自己寫故事〉部分，前面幾頁都是札爾成為世界最強英雄的故事。世界上不可能存在能一舉消滅巫妖的法術。」

「恩卡佐說得對。我剛才就說了，」希剋銳絲女王說。「札爾，這是『現實生活』，不是小妖精故事，你做事必須講道理，還有聽大人的話。」

希望急急走上前。

如果他們要等札爾講道理和聽大人的話，可能永遠等不到這一天。

但至少希望終於能說出兩週前，她在戰士鐵堡的平臺上想告訴母親的話。

「母親，您錯了，您錯了！」希望慷慨激昂地高舉拳頭。

希剋銳絲震驚地盯著她。

她用「那個眼神」看希望，這是最深、最憤怒的失望，通常希望看到母親擺出這樣的表情，都會忘記自己想說的話。

但現在札爾、刺錐、湯匙、其他魔法物品、狼人和雪貓站在她身邊，剛經歷兩週驚險冒險的希望，張開嘴巴……

儘管母親的「那個眼神」沒有變，她還是繼續說下去。

「母親，您錯了，您錯了！」希望堅定地重複。「恩卡佐國王也錯了！你

女孩大吼……

們一定要相信世界能改變、我們的法術能消滅巫妖，還有不管希望多麼渺茫，我們還是能寫下自己的故事！因為有時候，宇宙會出現一個……可能性將近於零的……偶然！」

希剋銳絲女王注視著女兒。

「那個眼神」解凍了。

她再次發現，她不該小看這個古怪的小女兒。

希剋銳絲輕觸希望的肩膀。

「希望，對不起。」希剋銳絲女王說。「等妳長大，妳就會明白了。」

我的天啊！他們怎麼總是

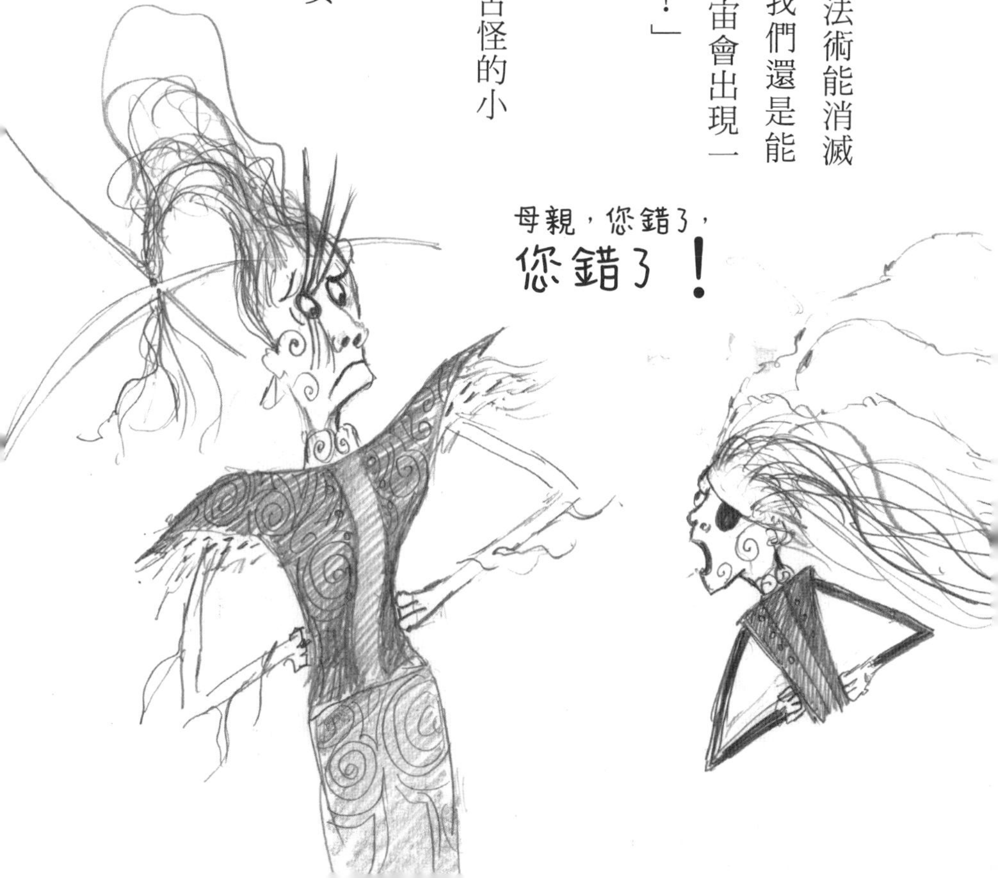

這樣說？希望不開心地想。顯然不管孩子說什麼，這些大人就是聽不進去。

大人自己也該成熟一點。

於是希望嘆一口氣，轉向恩卡佐。

「好吧，我不同意您和我母親的看法，但假如我說服札爾乖乖跟您回戈閔克拉，能請您和我母親實現我們的一個願望嗎？」希望問。

「假如妳能說服札爾乖乖回戈閔克拉，那一定是天大的奇蹟。」恩卡佐說。

「但我不能保證我們能實現你們的願望。」

希望把札爾拉到一旁，在他耳邊小聲說幾句話。

札爾露出若有所思的表情。

「好啦。」他心不甘情不願地說。「我回去就是了。」

「奇蹟啊！」恩卡佐嘆服地說。「希剋銳絲之女，我得找時間向妳學學怎麼訓練札爾……」

「你們的願望是什麼？」希剋銳絲狐疑地問。

「我希望母親和恩卡佐國王能停戰一晚，**一晚**就好。」希望央求。「我們今天晚上就在這裡辦晚宴，巫師和戰士坐下來一起吃飯，慶祝巫師和戰士並肩打敗巫妖，還有慶祝狼人和巫師男孩一起救戰士公主一命。就當作是我們從時間手裡偷走的一晚。」

「就這麼一晚？」恩卡佐沉吟。

「就一晚。我們明天都會回到現實生活。」希望說。

「這是多麼美好的夜晚！」她很有說服力地說。「你們看！有巨人開始跳舞了！」

她說得沒錯，一個體型比較大的巨人緩緩移動長長的四肢，跳起莊嚴的鄉村舞蹈。巨人邊跳舞，邊對自己、對天上的月亮哼唱。

「我保證，我明天早上會跟你回戈閔克拉，我還會告訴你怎麼把那隻奇怪生物變回劫客。」札爾說。他揮手示意曾經是劫客的憤怒小生物，那隻不知名的生物正被一名緊張兮兮的德魯伊抱在懷裡。

希剋銳絲女王微微一愣。

「你都沒辦法控制你這個不聽話的兒子嗎？」她問恩卡佐。「這小子竟然把哥哥變成『那個』？」

「妳自己的小孩也沒乖到哪裡去。」恩卡佐不悅地反駁。「戰士平時也會像她這樣，帶著魔法湯匙在鄉野遊蕩嗎？」

這是無法回答的問題。短暫的一瞬間，巫師國王和戰士女王同樣為管教孩子而頭痛。

至少，他們在「考慮」希望的請求。

「我不會和其他人一起跳舞。」希剋銳絲想了想後說。「我從來不跳舞的……不過，通常在一場奮戰後，我會讓士兵放鬆一下、慶祝一下……」

「我們巫師和魔法生物常常舉辦盛宴，狂歡到深夜。」恩卡佐說。

所有人都累了。

所有人都餓了。

如果他們現在分道揚鑣，還得爬下這座山；大家剛和巫妖大打一場，沒有人急著下山。巫師和戰士一同歡慶，那會是很不尋常的事……**超級**不尋常……但今天發生的一切再不尋常不過了。今晚恰好是仲冬末之夜，到了明天，冬季將轉變為春季。

也有人把仲冬末之夜稱作「愚人之日」，這一天發生的事情都不算數。

「可是希望，妳必須明白一件事。」希剋銳絲嚴肅地說。「這不過是**一晚**的慶祝，是我們從時間手裡偷走的一個晚上，它不會改變現實。明天早上，我們會繼續和巫師爭戰，妳剛才以戰士之名發誓明天會跟我回家，札爾也以巫師之名發誓明天會乖乖回戈閔克拉，說話要算話。」

希望一臉無辜地對母親眨眨眼。

「是的，母親，您說得非常有道理。這只不過是我們從時間手裡偷走的一晚。我們都發誓明天會乖乖聽話，對不對啊，札爾？」

「沒錯。」札爾說。

「嗯……」恩卡佐沉吟。

「嗯……」希剋銳絲也思考了一下。

他們現在的想法剛好一樣：他們可以答應孩子的請求，可是這一晚，他們會緊緊盯著兩個小孩。

我們都發誓……
但他們偷偷交叉藏在背後的手指，沒打算遵守諾言……

第十九章　仲冬末之夜，又稱「愚人之日」——從時間手中偷走的一晚

於是希剋銳絲和恩卡佐轉身面對各自的部下，命令眾人享受這一夜。

「**戰士們！**」希剋銳絲女王高喊。「今晚，我們戰士和巫師並肩打敗了巫妖，為了慶祝這歷史性的一刻，我們將與巫師休戰一晚！明天我們將繼續戰鬥……明天戰爭將持續下去……但今晚，讓我們一起『狂歡』！」

「**這是從時間手裡偷走的一晚！**」巫師之王恩卡佐高喊。

戰士和巫師困惑地交頭接耳，他們從沒遇過這種狀況。但他們今天打了一場勝仗，大家聽到「狂歡」兩個字，都像是喝了神奇魔藥一樣有了精神。

「從時間手裡偷走的一晚！」巫師和戰士們跟著吶喊。

野林裡有史以來最不可思議的夜晚之一，就此開始。

大家在庭院中間築起大篝火，德魯伊和小妖精用魔法火焰幫助柴火燒得更熱、更旺，火焰呈明亮的鮮紅、金黃，還有森冷的鮮藍和豔紫。

戰士和巨人圍著篝火大呼小叫、手舞足蹈，毛妖精們興奮地東飛西竄。所有人一起演奏音樂，希剋銳絲女王的戰士們用號角吹奏勝利的音樂，恩卡佐的小提琴們在魔法作用下自行奏樂，巨人們挽著彼此的手臂哼歌，小妖精們高唱清亮的歌曲——歌曲中的事物高得人類眼睛無法窺見，聲音低得人類耳朵無法聽見。

巨人巨大的歌曲傳遍群山：

「我需要能拔足狂奔的曠野

我需要在山坡之間跳躍的喜悅

如果你奪走我的森林我的愛
我會邁向汪洋大海
尋找新的世界

「過我『巨大』的生活！」

戰士們也高唱自己的曲子：

「**勇敢無畏**！這是戰士的進行曲！**勇敢無畏**！我們邊唱邊進取！**勇敢無畏**！因為戰士的心堅忍無匹！戰士的心不會哭，戰士的心不會輸，戰士的心不會屈服！**勇敢無畏**！」

狼人孤寂的歌曲，和戰士的進行曲混融在一起：

我要奔向月亮

在月亮上，我能當個好人
當全世界都放棄了我
當所有人都把我當壞人
我還有月亮
我與月亮
依然是月亮與我

每唱一段，孤狼就會停下來號叫：「嗷嗚嗚嗚——嗷嗚嗚——**嗷嗚嗚嗚嗚嗚嗚！**」

小妖精們過度興奮地飛來飛去，到處整人，到處惡作劇。

鬼燈籠對一名戰士的碗施法，那碗湯飛到空中後，溼答答、黏糊糊地掉到戰士頭上。風暴提芬朝一些戰士的刀叉擊出軟化法術，戰士們拿著軟趴趴的刀叉，根本沒辦法吃東西……嗡嗡咻施了小小的時間暫停法術，趁時間暫停的瞬間飛過去偷食物……

卡利伯氣急敗壞地飛來飛去，試圖阻止小妖精們惡作劇。札爾、希望和刺錐看著大家跳舞。「你們看，」希望說。「只要他們願意嘗試，還是有辦法和平共處。」

「這種狀態維持不了多久的。」刺錐悲觀地說。「妳母親說我們只休戰一晚，她說話一定算話……明天大家又會開始吵架和打仗了。」

「大人好煩喔！他們總是覺得自己是對的，都不好好聽我們說話。」希望說。

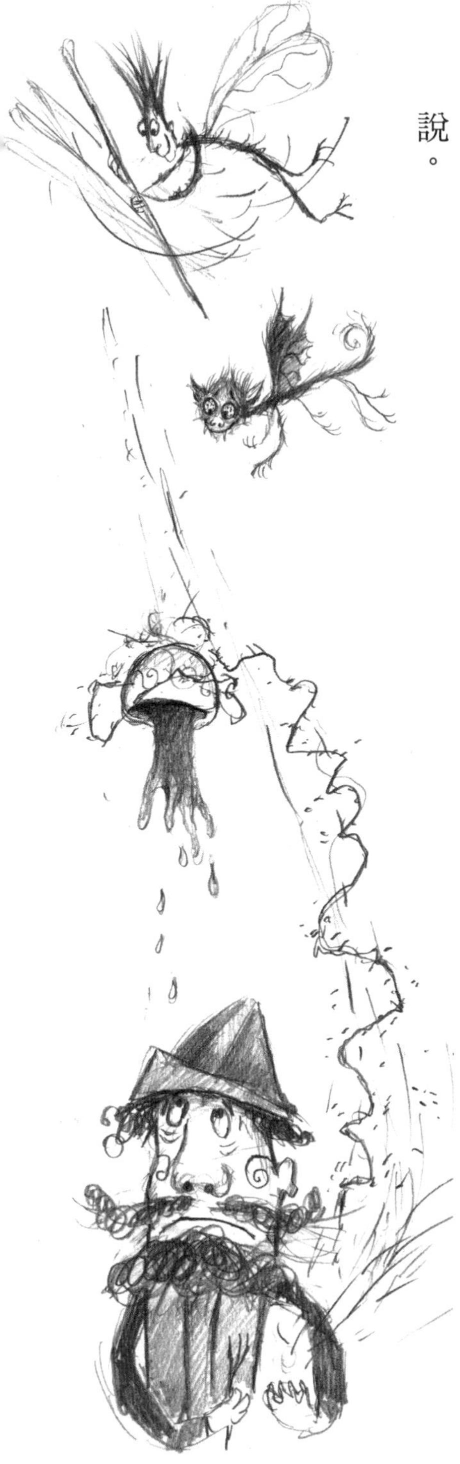

刺錐嘆一口氣。「是啊，可是照他們說的去做，的確是最好的選擇。希望，妳還是回戰士領地比較安全；札爾，我知道你待在戈閔克拉很不自在，可是現在德魯伊統帥走了，說不定德魯伊族人能幫你找到巫妖印記的解藥。」

札爾和希望像看瘋子似地盯著他。

「這個嘛……刺錐，我們不會回戰士領地或是戈閔克拉。」希望若無其事地說。

「什、什、什、什麼？你們明明答應要回去的！你們以巫師和戰士之名發誓了！」刺錐說。

「在追求遠大的理想時，」札爾煞有其事地說。「我們可以違反誓言。反正他們之前也對我們說謊，我們對他們的承諾不算數。」

「你們打算做什麼？」刺錐驚恐地尖聲問。

刺錐想回戰士鐵堡的理由有很多，其中一個理由是，在鐵堡裡，希望只有他和魔法湯匙兩個朋友。在野林裡，他們身邊多了不太正派但無疑魅力十足的札爾，刺錐就沒辦法獨占希望了。

刺錐告訴自己，這是為了希望好，他身為公主的助理保鑣，確保希望健康平安是他的職責……但在他內心深處，刺錐明白自己有那麼點嫉妒。他知道在現實生活中，助理保鑣不可能和戰士公主在一起——就算是有點古怪的戰士公主也不行，這讓他非常難過。

保鑣和公主在一起，那是只有小妖精故事才會有的結局。

「我們要趁大家忙著狂歡的時候溜走。」希望說。「我們還要找到消滅巫妖的法術的其他幾種材料，沒時間閒著。」

「可是恩卡佐說那個法術沒有用！」刺錐激動地說。「卡利伯！你真的要讓他們做這種事嗎？」

老渡鴉焦慮地飛來飛去。「助理保鑣說得對！」他極度不安地說。「這個計畫太糟糕了……」

卡利伯嘴上這麼說，語氣卻一點也不堅定，因為他不怎麼想回戈閔克拉。

刺錐又沒去過那座潮溼、陰森的監獄，當然能一派輕鬆地叫札爾回去，卡利伯就沒那麼積極了。

「但話又說回來，」卡利伯說。「大人把事情搞得一團糟，也許我們該把信心託付給這些瘋狂、大膽、有著不切實際的夢想的孩子……我之前是怎麼說的？」

「你之前說——我有寫下來，因為我覺得你這句話說得很有道理——『既然都要踏上這場災難性的旅程，那我們做什麼已經不重要了，重要的是我們要和朋友一起完成任務……』」希望看著《法術全書》說。

後方傳來一陣窸窣聲，孤狼撲了過去，他直起身時嘴裡叼著曾經是劫客的奇怪生物。劫客不知什麼時候擺脫了負責抱他的德魯伊，剛才一直偷窺札爾等人，他正打算發起警報，讓其他人知道札爾和希望準備逃走——曾經是劫客的生物非常想讓札爾回戈閔克拉，如果札爾永遠出不來就再好不過了。

曾經是劫客的奇怪生物瞪大眼睛，他四隻後腿被孤狼咬住，整個身體頭下

《法術全書》

自己寫故事

札爾，恩卡佐之子，再次戰勝邪惡的「哥拉哲特勾柏金」！

邪惡的哥拉哲特勾柏金

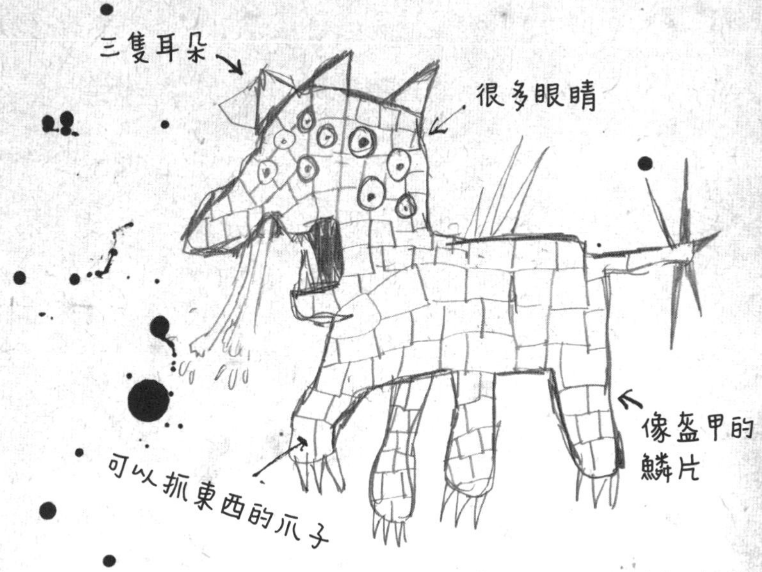

特殊能力：
能用比野山怪還大的鼻涕河
把你淹死

腳上地晃來晃去。他發現自己被「狼人」叼在口中，嚇得昏了一秒。

「奇怪生物，別擔心！」希望說。「孤狼是很友善的狼人，他不會咬你。對不對啊，孤狼？」

孤狼點點頭，點得有點太用力了。奇怪生物被他搖醒，開始驚恐地尖叫，孤狼這才停下來。

「咯伊伊咕，吧咕。」孤狼道歉。

他又道歉一句：「咯伊伊咕，吧咕，呃呃咕。」因為卡利伯之前說過，他不應該滿嘴食物的時候說話。

「札爾，你不是答應要把這隻生物的名字告訴恩卡佐，讓他把這隻生物變回劫客嗎？」卡利伯說。「別忘了巨人波龐德斯最後說的話，我們應該原諒敵人……」

札爾嘆一口氣。「他變回劫客的時候一定會氣炸。相信我，他永遠不可能原諒我。」

希望把《法術全書》交給札爾，札爾撕下描述劫客變成的奇怪生物那一頁。札爾之前在《法術全書》裡畫了一些他幻想出來的生物，那旁邊則是一堆「札爾，命運之子的超級偉大冒險」小故事。看樣子，劫客被變成了一隻「哥拉哲特勾柏金」。

難怪恩卡佐一直猜不出他是什麼生物，原來這是札爾自己捏造的生物。札爾在書中畫了一張很傳神的圖，希望他們都湊過來欣賞這張圖，因為它和真正的哥拉哲特勾柏金長得很像。至於真正的哥拉哲特勾柏金，現在還頭下腳上地被狼人叼著，身體緩緩變成紫色，鼻涕不停滴下來。

札爾動作華麗地把哥拉哲特勾柏金的圖拿給劫客看。「劫客，我真是便宜了你。」札爾說。「你才當了幾天的哥拉哲特勾柏金，我可是在戈閔克拉熬了『兩個月』！」

哥拉哲特勾柏金看起來一點也不感激。

希望在札爾撕下來的紙張底部寫一段給母親的話，她寫說：

「母親對不起，我們對您說謊了，可是只要能得到好結果，用不好的方法也無所謂……結果才是重點……等您長大，您就會明白了。」

札爾在旁邊寫下給父親的訊息：「父親，我保證我會改過向善，當個好人。」

札爾小心翼翼地將紙張放到地上，叫孤狼把哥拉哲特勾柏金放在紙上。

「這下他就不能亂跑了。」札爾得意地說。「今天晚上風這麼大，只要他亂動，這張紙就會飛走，到時候父親就沒辦法把他變回人形了……」

哥拉哲特勾柏金氣得瞪大眼睛，但他也很驚恐，幾隻小爪子死命抓住身下的紙張。他使盡全力尖聲叫嚷，用哥拉哲特勾柏金語咒罵和辱罵札爾，卻沒人聽得懂哥拉哲特勾柏金語，在充斥著樂聲與狂歡聲響的庭院裡，也沒有人聽得見他的叫聲。

他現在只能動也不動地坐在那張紙上，連跑去警告別人也做不到。

但是，札爾剛才說對了。

哥拉哲特勾柏金的眼裡充滿某種情緒，顯然劫客在短期內不可能原諒札爾。

「我們不可能溜走的。」刺錐嘗試最後一次，希望札爾和希望能改變心意。「恩卡佐和希剋銳絲女王都像獵鷹一樣緊緊盯著你們……」

恩卡佐和希剋銳絲確實沒有天真到輕信兩個孩子的話，他們今晚一直盯著叛逆的札爾和希望。

希剋銳絲直挺挺地坐在石頭上，一本正經、面無表情，讓其他人知道她對跳舞或慶祝這些俗事一點興趣也無。她的目光每分鐘會掃向希望，確認女兒還在，確認她沒有和札爾那個壞朋友偷溜（好吧，她的「鞋尖」或許正隨著節拍晃動，即使冰冷如希剋銳絲女王，她也是人類）。

恩卡佐則在陰影中來回走動，一張臉和仲冬的峭壁同樣陰沉，頭上方飄著巨大的雷雨雲。他一直緊緊握著法杖，喃喃自語：「我不能回到那個黑暗的心境……我永遠不能回去……再也不要了……再也不可以……」（我完全不曉得他在說什麼。）儘管如此，他每過一小段時間都會用充滿魔力的視線望向札爾，確認他那個不聽話的兒子沒和希剋銳絲危險的小女兒一起溜走。

札爾告訴粉碎者，他們晚一點再到約定的地點集合，因為長步高行巨人實在不適合和札爾他們一起偷溜。札爾還說，像夜鶯一樣站在粉碎者肩頭的曾精，現在應該唱一首歌。

希望建議他唱某一首歌，那是非常特別的一首歌。

野林裡，已經很多年沒有人唱這首歌了，它的開頭是這樣的：

我很年輕，我很貧窮，我什麼都給不了妳

我只有這對亮麗的翅膀……

我以空氣為食，以風為床

我在星光的道路上跳舞，聽月亮歌唱……

希剋銳絲聽到這幾句歌詞，臉色馬上變得比幽靈還要慘白。恩卡佐停下腳步，抬起頭。

希剋銳絲大步走到粉碎者腳邊，對上面的曾精大喊：「不准唱了！」

但恩卡佐深深嘆息一聲，彷彿無法再承受歌聲，從陰暗處走了出來，說：「希剋銳絲，等一下！」

恩卡佐給她一個疑惑的眼神，接著說：「就這麼一晚……從時間手裡偷走的一晚……就當作是緬懷過去……」

他向希剋銳絲伸出手。曾精沒有聽希剋銳絲的命令，他

繼續高唱那首歌，甜蜜的歌詞飄在午夜空氣中久久不散，令希剋銳絲全身靜止。

其實這是希剋銳絲自己惹的禍，因為是「她」移除了曾精的魔法，將他關在戰士鐵堡的地牢裡……是「她」造就了曾精美妙動人的歌聲。美好的事物能從痛苦與失落之中誕生，曾精的歌喉本就甜美，現在他的歌聲多了強烈的懷念與渴望，渴望被奪走的魔法，渴望曾經的愛戀。曾精唱出充滿感情的歌，此時此刻他似乎不是凡間生物，而是小妖精的幽魂，如冥府飄來的冬季白葉。他用歌聲將過去帶到現在，純粹的情感甚至穿透了冰山女王的鐵胸甲。

看燕子高飛，他們怡然自樂，
妳很年輕，妳很強壯，只要交給我妳的手
我們可以一起離開大地，永不回頭
在微風上沉睡，再也不必回陸地行走

「果然，不管母親怎麼否認，那個巨人說的故事是真的！」希望看著母親刷白的臉，得意地小聲說。希剋銳絲女王聽著音樂，冰冷的臉稍微、稍微解凍了。「我就知道！如果故事是假的，她才不會有這種反應……」

我將送給妳狂風與美好冒險
我們將飛向永恆，永不別離
我很年輕，我很貧窮，我什麼都給不了妳，
除了我的愛、我的心跳、我的珍惜……

……曾精繼續歌唱，他唱得沒有過去被囚禁在鐵堡地牢時那麼哀傷，因為他現在有了法術劫掠者的新生活、新使命。儘管如此，他歌聲中仍然有一絲扣人心弦的苦澀與甜蜜，令人情不自禁。

希剋銳絲——比鑽石還剛硬的希剋銳絲——沒辦法繼續抗拒誘惑。

畢竟，今晚是仲冬末之夜。

仲冬末之夜發生的事情都不算數，在這一天，即使是「女王」，也能成為愚者。

希剋銳絲女王伸出手，輕觸恩卡佐的手。

為了緬懷過去的戀情。

他們非常正經、非常莊重、非常僵硬地互相鞠躬敬禮。

接著，他們開始跳舞。

希剋銳絲和恩卡佐的舞姿也許比過去僵硬了一些，畢竟他們都經過了時間的洗練，就像原本可以彎曲的小樹苗，長大後變成堅實的大樹，兩人臉上也都多了細小的皺紋。

但兩人的眼睛，依然是幾十年前凝視世界的眼睛，一雙剛烈的藍眼，一雙狂野的灰眸。

兩人隨歌聲跳舞，在要命的一瞬間，他們迷失在樂聲之中。

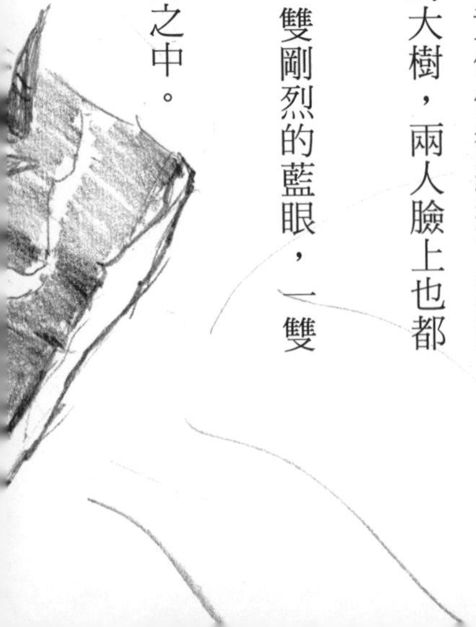

歌聲讓他們的心飄上天，化為自由自在的燕子，他們不受時空拘束，不受任何規矩束縛……

在那要命的瞬間，三個小孩踮著腳尖溜出庭院，粉碎者把他之前收在口袋裡的壁櫥門拿給他們。大人都忙著跳舞、狂歡、吃喝、唱歌，沒有人注意到壞掉的壁櫥門悄悄飛起，消失在夜裡。

那是很久很久以前，一個仲冬末之夜。

在那個久遠的時代，不列顛群島還不知道它們是不列顛群島。

一扇壞掉的門飛過寂靜的午夜天空，宛如小型飛毯。三個十三歲的孩子短暫停滯在童年與成年之間，他們躺在門板上仰望星空。一隻會說話的渡鴉棲在希望腳上，一根湯匙躺在她胸口沉眠，小妖精們開心地嗡嗡響著俯衝、飛騰。在下方的地面上，三隻雪貓、一隻狼人、一隻熊和一群狼安靜地跑在森林裡，腳步聲消失在亞列爾施展的法術中。

希望靜靜地思考片刻，她坐起身，從飛行門的邊緣往下望。

「好吧，我們沒辦法說服父母加入我們，但別忘了，我們目前為止做得很好喔！」希望說。「孤狼學了一些禮儀……曾精當法術劫掠者以後變得更快樂了……而且札爾有進步，他有在改過向善了……」

「他還有很多進步空間呢。」卡利伯有點悲觀地說，因為只有恩卡佐能放卡利伯和亞列爾自由（只有在札爾變成有智慧、懂得體貼的大人時，他們才能重獲自由。幫助札爾逃離父親，應該只會讓卡利伯的自由變得更遙遠）。

「我們現在**完全不知道**該去哪才好。」刺錐指出。

札爾的手臂在灼痛，這時他靈機一動，坐起來翻開《法術全書》。他翻到消滅巫妖的法術那一頁，把卡利伯的羽毛交給希望。「寫下來吧！」札爾告訴她。「把法術的下一個材料寫下來吧！仔細想一想，然後寫下來！」

「沒用的。」希望邊說邊用羽毛筆尖沾墨水。「我之前試過好幾次了，從來沒有——**喔！**」

她震驚地發現羽毛在她手裡發熱，自己寫起字來。

「西海漩渦馬魔的四片鱗片……」刺錐越看越驚恐。「還有迷失湖迷宮德魯伊的五滴淚水……」

「還有其他的嗎？」札爾問。

「沒有，應該就這些了。」希望說。羽毛自動寫字的動力似乎消失了，紙上只多了幾行莫名其妙的墨跡。

「我就知道！我就知道！我們知道消滅巫妖的最後幾種材料是什麼了！」札爾興奮地揮著拳頭說。「鑰匙！」他對插在門鎖上，正忙著控制飛行門的魔法鑰匙說。「往西南方前進！下一站是……**迷失湖！**」

「什、什、什、什、什、什麼？」刺錐驚呼一聲，他激動地揮著手臂說：「迷失湖可是『德魯伊大本營』耶！我們怎麼能去那裡！這是自殺任務啊！剛才巨人說故事給我們聽的時候，你是不是什麼都沒聽進去？潘塔利昂才偷了**兩滴**眼淚，那些可怕的德魯伊就毀了他的城堡和他的巨人，你還想偷**五滴**眼淚……？卡利伯，他們是不是根本沒在聽我說話？」

「對，」卡利伯嘆息著說。「他們沒在聽。」控制那個不受控的小公主已經夠累了，同時管好她和札爾……這也太……

「這是不可能的任務。」刺錐哀號一聲躺回門板上，用頭盔遮住臉。

札爾和希望沒注意到刺錐悲觀的想法，他們正興奮地看著《法術全書》中消滅巫妖的法術。

「照這樣下去，我們很快就能消滅巫妖了！」希望積極地說。「有些材料我們已經收集到了，我們把這些打勾，這樣才有一直前進的感覺。我們拿到女王的淚水了，還有巫妖羽毛……」

「是沒錯，可是最重要的第一個材料竟然被我們拿去對付德魯伊了，真是的。」札爾說。

「我比較在意這件事的『寓意』。」卡利伯說。「巨人的遺言是『原諒他們』，結果趕跑德魯伊統帥的，就是原諒他們的最後一口氣。這到底是什麼意思？」

這就是故事的麻煩之處。

每一則故事都有它的寓意，問題是……

它的寓意是「什麼」？

「意思是，我們去找其他材料之前又要從頭開始，找**另外一個巨人**的最後一口氣了！」札爾說。「煩死了。」

吱吱啾樂不可支地飛在他們上方。

「逆們不用從頭開始！」吱吱啾說。「『窩』有一個祕密，窩都沒跟別人說過這件事！沒有人知道，不過窩救了窩們的任務！」

「別胡說八道了……」風暴提芬嘶聲說。「你這麼微不足道的毛妖精，怎麼可能拯救我們的任務。」

「可是窩有！」吱吱啾得意洋洋地說。他戲劇化地頓了頓。

「收集瓶裡面還有一點點點最後一口氣！窩救了它！窩在最後一刻把瓶塞塞回去了！」

札爾拿出收集瓶，果不其然，瓶裡還有非常非常淡的綠煙。

殘存的巨人的最後一口氣。

「逆們看！窩雖然小，可是窩很厲害！窩『可以』當法術劫掠者！」吱吱啾歡呼。

「你絕對有資格當法術劫掠者。」札爾熱誠地說。「吱吱啾，你真是眼明手快，我覺得你不僅有資格當法術劫掠者，還應該當我們法術劫掠隊的『隊長』！」札爾說。毛妖精激動到全身吸飽空氣脹起來，在空中連翻三個筋斗，最後邊喘氣邊倒在希望肩膀上。魔法湯匙剛好醒來，對吱吱啾鞠躬恭喜他。

「你們看！」希望說。「這樣我就能把『三種』材料打勾了！我們只要再收集兩種材料就好了！」

希望心滿意足地嘆息一聲，她躺了回去，繼續悠然仰望星空。

「這是宇宙給我們的訊息。」她說。「看那邊！那顆星星好像在對我們眨眼！」

她說得沒錯，有一顆星星似乎在對他們閃爍。

「它是友善地眨眼嗎？還是嘲諷地眨眼？」卡利伯憂心忡忡地說。「這是吉兆還是凶兆？會不會是札爾的巫妖印記，驅使我們再次從家長身邊逃走？你們看！札爾的巫妖印記又擴散了！札爾會不會永遠沒辦法控制它，永遠沒辦法移除它？」

月光下，札爾的手發出灼熱的綠光。

「我們只能相信和希望他做得到。」希望簡明地說。「只要全心全意相信札爾做得到，我們就能找到好結局。」

「可是妳會這麼想，完全是因為妳還年輕，什麼都不懂！」卡利伯一臉痛苦地說。「年輕人總是相信愛能排除萬難……你們都不曉得愛能造成多少問題……你們沒看過巫妖獲勝的情景，你們沒看過沒有第二條命的死亡，你們沒看過狼人陣亡的樣子！」

「如果長大就要看到那些，那我寧可永遠不長大。」希望說。「我想永遠當年輕人。而且，卡利伯，你也知道我說的是對的，不然你怎麼不把我們要逃走的事告訴我們父母，反而跟我們一起溜走了……」

「卡利伯，如果你想繼續和我們待在一起的話，就不能這麼悲觀！」札爾說。「希望說得對，這是很好的徵兆，這表示最後的結局一定很美好。」

卡利伯嘆一口氣。

他心裡有一些話，但他沒有說出口。

一些關於「愛情」的話。

三個孩子躺在飛行門上時，魔法鑰匙愉快地在鑰匙孔裡轉動，一臉愛慕地盯著湯匙，魔法叉子則一臉愛慕地盯著鑰匙。這就有點像刺錐有時候一臉愛慕地看著希望，希望卻一臉愛慕地看著札爾。

未來可能有更多麻煩等著我們……卡利伯心想。

在那很久很久以前的午夜，希望和札爾說得是對是錯，誰知道呢？

未來無疑有更艱難的挑戰等著他們。

但要是一直為未來的事情擔心，怎能享受現在呢？

我們的故事還是在這裡先告一段落吧——**現在**，我們的三個小英雄興高采烈地乘著飛行門飛過夜空，他們沉浸在剛完成任務的喜悅之中，下一場冒險尚未揭開序幕。

現在，大人還在篝火邊跳舞狂歡。

再過一會兒，他們會發現孩子不見了，開始落淚、扯衣服、焦急地搓手，到時候戰士會責怪巫師，巫師會咒罵戰士，他們的戰爭將再次開打，憂慮將重新浮上心頭。

但現在，他們還在脫離時間掌控的美好瞬間共舞。

我們好好享受這一瞬間吧——希剋銳絲女王知道這是他們從時間手裡偷走的一晚，她沉醉在悠揚樂聲中，一抹又苦又甜的小小笑容掛在嘴角。

在那一瞬間，希剋銳絲和恩卡佐回到了過去，忘了所有當父母和當君主的責任。在那一瞬間，他們不必統領部族、征服世界、統治國家或維護傳統。

這兩位可憐的家長真的該稍微放鬆一下，花幾分鐘重溫過去、放鬆身心、放下尊嚴與戒心，變回當初在森林裡相遇的戰士公主和巫師青年。曾精唱起了不同的歌曲，這又是一首被禁止的歌謠。

我們是從前從前的巫師，
我們十分自在，我們十分自由，
我們在空中與海底優遊……
在那逝去已久的遙遠時光，
胡言亂語仍帶有力量。

門可以飛翔，鳥可以說話，
巫妖邪惡燦笑，巨人四處走踏……

我們有魔杖和魔法翅膀
為不可思議的東西敞開心房
難以想像的事件！難以置信的概念！
巫師與戰士竟能打成一片

在這個充滿奇蹟與不可能的天地
我不知道我們為何忘了法術
看著森林消失，我們迷失了道路。
但現在我們老了，是時候撒手逝去。

我又一次看見那隱藏的道路
它會帶我們回家，帶我們踏上歸去的路途……
所以拿起你的魔杖，張開你的翅膀

我會唱出我們對不可能的嚮往
當你握住我消失的手
我們將回到存在魔法的宇宙
回到我們心愛的世界……
好幾輩子以前……
我們還是巫師的
從前從前。

希剋銳絲，繼續跳舞吧。

飛行門，繼續在寂靜的夜裡飛翔吧。

我們的三個小英雄躺在門板上，仰望星空。

一隻非常得意的毛妖精嗡嗡嗡地落在札爾胸口，耳朵貼著札爾口袋裡的收集瓶。他小聲告訴自己：

「窩拯救了任務！是『窩』——最小的吱吱啾——拯救了大家！」

瓶子裡，是殘留的巨人的最後一口氣。

無庸置疑。

如果你把瓶子舉到耳邊，貼得非常非常近，你會聽到很小、很小的回音。

「原諒他們。」回音悄聲說。

「原諒他們。」

尾聲一

兩週後……

不朽之崖旁邊的海非常非常深，在那很深很深的海底，包覆著巫妖王的鐵球躺在珊瑚礁上。

鐵球靜靜躺著，一動也不動。

但鐵球內部有某種細小的聲響——尖爪搔抓金屬的聲響。

然後，鐵球開始挪動……

一開始它只有微微晃動，可是它晃得越來越劇烈。

巫妖王沒有死。

他就在鐵球裡。

他會一直抓、一直抓。

他還有一點點操控鐵的魔法，他會一直使用這種魔法，直到他逃出這座鐵做的牢獄。

巫妖王可是很有耐心的。

現在，他穩定地緩緩滾過海底，像是陰邪的冰河，像是慢慢接近、無可避免的命運。

尾聲二

這則故事裡有……

凍結的話語，飛騰的心臟，

飛翔的男孩，高吼的女孩。

我究竟是故事中哪一個角色，你猜到了嗎？

我可能是希望或札爾，可能是活過好幾輩子的渡鴉卡利伯，可能是想成為英雄的助理保鑣刺錐，可能是時常深思的長步高行巨人粉碎者，可能是小妖精或毛妖精，我的真面目，可能是他們之中「任何一個人」（但我不可能是玫瑰艾莉諾或孤狼，因為他們沒有在第一集出場，我如果是第一集沒登場的人物，那就是我作弊——旁白可以耍心機，但旁白不可以作弊，不然就是在欺負讀者了）。

我還不能揭曉謎底，因為如你所見，我們的故事還沒結束。

我只能在故事的結尾公布答案……

結尾離我們越來越近了。

儘管這件事發生的機率非常低，希望和札爾的星辰「第二次」交會了，現在他們的命運之星一起朝極度危險的同一個方向前進，這到底是禍是福，我們還不知道。

我還是讓他們靜靜享受當下吧。

預見未來或流連於過去之所以危險，是因為未來和過去可能會妨礙我們享受當下的刺激與幸福。

但請你可憐可憐我，因為我有預知未來的詛咒。小英雄們現在還不知道，但……那扇飛行門正飛往迷失湖，刺錐先前說過，這是德魯伊的大本營，德魯伊是野林裡最強大的巫師，他們堅定無情，從不諒解別人，而且他們想剷除任何有操控鐵的魔法的人。

巫妖嗅獵人會把希剋銳絲女王的女兒有魔法這件事告訴戰士皇帝，皇帝也會想剷除操控鐵的魔法，杜絕它對戰士帝國的危害……

恩卡佐和希剋銳絲會忙著追趕札爾和希望，但恩卡佐惹到了德魯伊部族，希剋銳絲也會遭戰士皇帝追緝……所有人都會到處尋找和追趕其他人。

黑暗勢力將一步步逼近我們的三個小英雄。

但**最糟糕的是……**

巫妖王會追殺札爾和希望，在逮到他們之前，巫妖王不會善罷干休。而且，他手上有一小片藍色塵埃，他覺得這個碎片應該能派上用場。

希望和札爾能不能破除野林歷史悲哀的輪迴呢？

他們還很年輕，他們心中充滿希望。

他們真的能寫下自己的故事嗎？

這是有可能辦到的事嗎？

繼續許願……

繼續猜測……

繼續夢想吧……

不知名的旁白

從不與永遠（托爾的歌）

寒冬太嚴酷，妳別責怪狼群，
狼也得進食，妳別責怪狼群，
寒冬趕走了森林裡所有的獵物，
我看起來很好吃，而且狼寶寶飢腸轆轆……

我不想在有小孩前死去，
我不想在世界年輕時死去，
我不想在這美好的午夜死去，

還有太多未說的言語、未唱的歌曲……

我很年輕，我很貧窮，我什麼都給不了妳
我只有這對亮麗的翅膀……
我以空氣為食，以風為床，
我在星光的道路上跳舞，聽月亮歌唱……

看燕子高飛，他們怡然自樂，
妳很年輕，妳很強壯，只要交給我妳的手，
我們可以一起離開大地，永不回頭，
在微風上沉睡，再也不必回陸地行走……

我將送給妳狂風與美好冒險，

我們將飛向永恆，永不別離……
我很年輕，我很貧窮，我什麼都給不了妳，
除了我的愛、我的心跳、我的珍惜。

看燕子高飛，他們怡然自樂，
妳很年輕，妳很強壯，只要交
給我妳的手，
我們可以一起離開大地，永不
回頭，
在微風上沉睡，再也不必回陸
地行走……

作者銘謝（謝謝大家）

幫助我寫這本書的人非常多。

感謝我超棒的編輯安・麥尼爾，還有超厲害的經紀人卡洛琳・華爾斯。

特別感謝山姆爾・佩雷特、波麗・萊奧・格蘭特和瑞貝卡・羅根。

也謝謝阿歇特兒童圖書出版公司的各位：希拉蕊・穆瑞・希爾、安德魯・夏普、瓦倫提娜・法茲歐、露西・屋普頓、路易絲・葛瑞福、凱莉・李韋林、妮可拉・古德、凱瑟琳・福克斯、亞莉森・帕德利，還有瑞貝卡・利文斯通。

謝謝利特爾布朗公司的各位：梅根・廷利、賈姬・恩格爾、麗莎・優斯寇維茲、克莉絲汀娜・皮西歐塔，還有潔西卡・休菲爾。

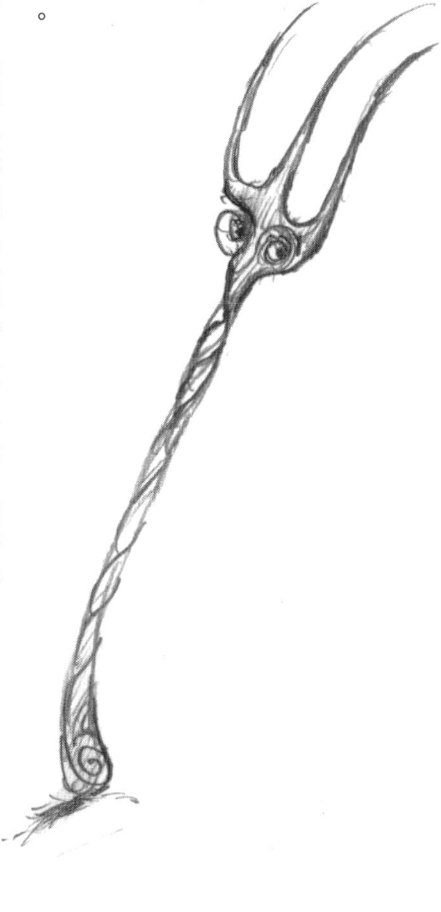

感謝艾莉諾・羅斯和她母親捐款給全國讀寫識字信託，讓她的名字出現在這本書中。想瞭解全國讀寫識字信託的宗旨，歡迎造訪 literacytrust.org.uk。

最後，感謝我人生中最重要的梅西、克萊米和札尼。

還有總是能給我好建議的賽門。

若沒有你們，這本書肯定不會誕生。

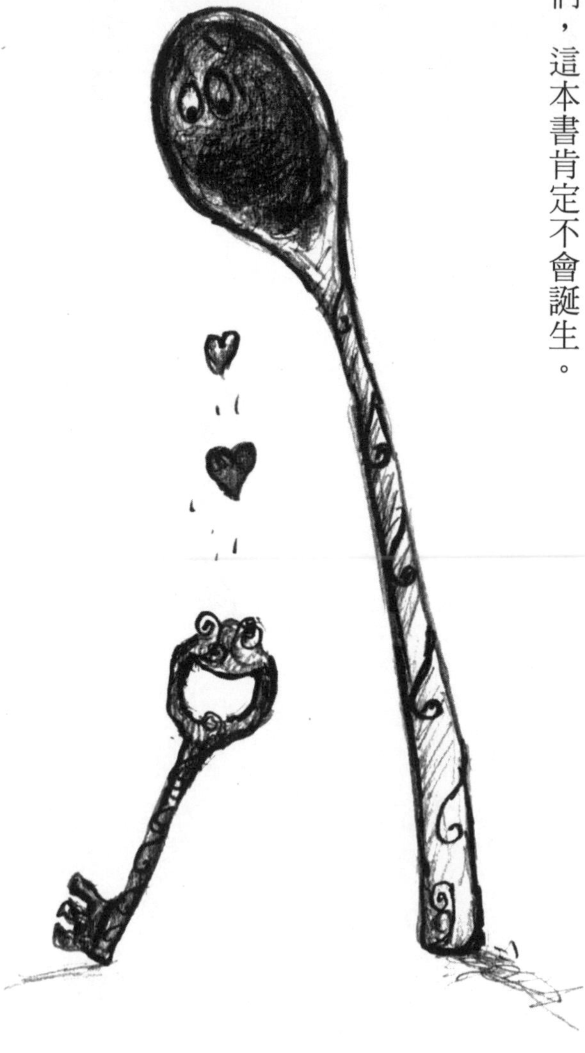

國家圖書館出版品預行編目資料

雙重魔法 / 克瑞希達．科威爾（Cressida Cowell）作；朱崇旻譯. -- 1版. -- [臺北市]：尖端出版, 2020. 09
冊；　公分　--（昔日巫師系列；2）
譯自：Twice magic
ISBN 978-957-10-9084-9（平裝）

873.596　　　109010364

奇炫館
雙重魔法（昔日巫師系列二）
（原名：Twice Magic）

著　　者／克瑞希達．科威爾（Cressida Cowell）
封面內頁插畫／克瑞希達．科威爾（Cressida Cowell）
發 行 人／黃鎮隆
副總經理／陳君平
副　　理／洪琇菁
執行編輯／許晶翎
譯　　者／朱崇旻
美術編輯／李政儀
企劃宣傳／邱小祐、劉宜蓉、洪國瑋
國際版權／黃令歡、梁名儀
文字校對／施亞蒨
內文排版／謝青秀

出　　版／城邦文化事業股份有限公司 尖端出版
台北市中山區民生東路二段一四一號十樓
電話：（〇二）二五〇〇—七六〇〇
傳真：（〇二）二五〇〇—二六八三
E-mail：7novels@mail2.spp.com.tw
發　　行／英屬蓋曼群島商家庭傳媒股份有限公司城邦分公司　尖端出版
台北市中山區民生東路二段一四一號十樓
電話：（〇二）二五〇〇—七六〇〇（代表號）
傳真：（〇二）二五〇〇—一九七九
中彰投以北經銷／楨彥有限公司（含宜花東）
電話：（〇二）八九一九—三三六九
傳真：（〇二）八九一四—五五二四
雲嘉經銷／威信圖書有限公司　嘉義公司
電話：（〇五）二三三—三八五二
傳真：（〇二）二三三—三八六三
客服專線：〇八〇〇—〇二八—〇二八
南部經銷／威信圖書有限公司　高雄公司
電話：（〇七）三七三—〇〇七九
傳真：（〇七）三七三—〇〇八七
香港經銷／城邦（香港）出版集團有限公司
香港灣仔駱克道一九三號東超商業中心1樓
電話：（八五二）二五〇八—六二三一
傳真：（八五二）二五七八—九三三七
E-mail：hkcite@biznetvigator.com
新馬經銷／城邦（馬新）出版集團Cite（M）Sdn. Bhd.
E-mail：cite@cite.com.my
法律顧問／王子文律師　元禾法律事務所
台北市羅斯福路三段三十七號十五樓
二〇二〇年九月初版一刷

■中文版■

郵購注意事項：
1. 填妥劃撥單資料：帳號：50003021戶名：英屬蓋曼群島商家庭傳媒(股)公司城邦分公司。2. 通信欄內註明訂購書名與冊數。3. 劃撥金額低於500元，請加附掛號郵資50元。如劃撥日起 10～14日，仍未收到書時，請洽劃撥組。劃撥專線TEL：(03) 312-4212 ． FAX：(03) 322-4621。E-mail：marketing@spp.com.tw